KATRIN RODEIT

Mich sollst du fürchten

STIMME DER VERGANGENHEIT 14 Jahre sind seit dem Mord an Jules Vater vergangen. Und niemand weiß, was Jule all die Jahre für ein schreckliches Geheimnis mit sich herumgetragen hat: Sie war dabei, als ihr Vater getötet wurde. Und ausgerechnet jetzt hat sie die Stimme des Mörders wieder gehört. Oder spielt ihr ihre Fantasie einen Streich? Jule Flemming ist wild entschlossen, den Täter zur Strecke zu bringen, und gerät dabei in ein Wechselbad der Gefühle.

Auch ihr Job als Privatdetektivin verlangt ihr alles ab. Jule ist auf der Suche nach einem verschwundenen polnischen Mädchen, und die Spur führt zu einem Menschenhändlerring. Gelingt es ihr, Karolina aus dessen Fängen zu befreien? Und was noch wichtiger ist, überführt sie den Mörder ihres Vaters?

Katrin Rodeit wurde am Rande der Schwäbischen Alb in Ulm geboren. Nach dem Abitur studierte sie Betriebswirtschaft an der Berufsakademie und arbeitete im Vertrieb von Leasinggesellschaften. Mittlerweile lebt sie mit ihrem Mann und den beiden Kindern in der Nähe von Ulm und arbeitet in Teilzeit. Ihre freie Zeit widmet sie fast ausschließlich dem Schreiben. »Mich sollst du fürchten« ist der 3. Band um die sympathische Ulmer Privatdetektivin Jule Flemming. Bereits erschienen sind »Mein wirst du sein« und »Gefährlicher Rausch«, beide im Gmeiner-Verlag.

Bisherige Veröffentlichungen im Gmeiner-Verlag:
Gefährlicher Rausch (2014)
Mein wirst du sein (2013)

KATRIN RODEIT

Mich sollst du fürchten

Kriminalroman

GMEINER SPANNUNG

Ausgewählt durch Claudia Senghaas

Besuchen Sie uns im Internet:
www.gmeiner-verlag.de

Im Ehnried 5, 88605 Meßkirch
Telefon 07575/2095-0
info@gmeiner-verlag.de

1. Auflage 2015

Lektorat: Claudia Senghaas, Kirchardt
Herstellung: Mirjam Hecht
Umschlaggestaltung: U.O.R.G. Lutz Eberle, Stuttgart
unter Verwendung eines Fotos von: © cat_arch_angel – Fotolia.com
und © andrey7777777 – Fotolia.com
Druck: GGP Media GmbH, Pößneck
Printed in Germany
ISBN 978-3-8392-1728-3

VORBEMERKUNG

Die Geschichte sowie die handelnden Personen sind frei erfunden. Jegliche Übereinstimmung mit realen Personen ist zufällig und nicht gewollt. Die erwähnten Schauplätze in Ulm gibt es wirklich. Lediglich der »Jazz-Keller« und die erwähnten Firmen sind meiner Fantasie entsprungen.

PROLOG

Ich weiß, dass ich Ärger bekomme. Der Puls pocht in meinem Hals. Ich darf nicht hier sein.

Aber ich habe Papa so lange nicht gesehen und Sehnsucht nach ihm. Nach seinen Armen, die mich drücken, seinem stoppeligen Gesicht, wenn er mir einen Kuss auf die Wange gibt. Und nach seinem Lächeln.

Leise Stimmen dringen aus seiner Garderobe. Er muss das Radio laufen haben. Es ist nicht seine Art, sich vor einem Auftritt ablenken zu lassen. Normalerweise braucht er Ruhe und möchte allein sein. Nicht einmal seine Familie will er um sich haben.

Aber mein Verlangen nach einer kleinen Aufmerksamkeit ist zu groß, als dass mich das kümmert. Ich weiß, dass er ähnlich denkt. Immerhin haben wir uns fast drei Monate nicht gesehen, nur telefoniert. Das ist nicht dasselbe.

Ich lächle in mich hinein, als ich mir sein Gesicht vorstelle, wenn er mich sieht, und schleiche näher an die Kabine heran. Die Stimmen werden lauter. Eine gehört Papa, die andere ist mir fremd. Hat er Besuch? Ein Fan? Sein Manager?

Was wird er Augen machen, wenn er mich sieht! Ich gebe der Tür einen Schubs und betrete den Raum auf Zehenspitzen.

In diesem Moment verändert sich etwas. Ich kann es nicht greifen. Es ist ein Gefühl der Bedrohung, das mich wie ein Nebel einhüllt. Instinktiv suche ich Schutz hin-

ter dem Kleiderschrank, der im Flur steht. Ich fröstle in meinem kurzen Rock und dem dünnen T-Shirt, obwohl es draußen sommerlich warm ist.

»Das ist nicht dein Ernst!«, höre ich die fremde Stimme sagen. Sie ist erfüllt von Ungläubigkeit, klingt drohend.

Mein Herzschlag beschleunigt sich.

»Mein voller Ernst.« Die Stimme meines Vaters. Ruhig und gelassen.

»Ich dachte, wir hätten einen Deal.«

»Existiert nicht mehr. Ich habe es mir anders überlegt.« Wieder mein Vater. Es ist beruhigend, ihn zu hören. Eine Festung im Sturm.

»Anders überlegt! Wenn ich das schon höre!« Eine Pause entsteht. Dumpfe Schritte, das Geräusch vom Teppichboden beinahe verschluckt. »Hör mal, so geht das nicht. Du bist mir etwas schuldig.«

»Ich? Dir? Sicher nicht!« Mein Vater klingt spöttisch. Wie ich ihn kenne. Dafür liebe ich ihn. Nichts ist so schlimm, dass es ihn aus der Bahn werfen könnte.

Ich zaubere ein Lächeln auf mein Gesicht. Gerade will ich hinter dem Schrank hervortreten, als sich der Ton wieder verschärft.

»Steck das Ding weg!« Mein Papa.

Ich spüre, wie mir die Panik den Rücken hinaufkriecht, ducke mich beim Klang seiner Stimme. Sie macht mir Angst. Er hat Angst.

»Das werde ich nicht tun. Überleg es dir noch einmal. Du hast eine Familie, Kinder.«

»Lass meine Familie aus dem Spiel!« Er wird lauter. »Und jetzt mach, dass du hier rauskommst. Ich will dich nicht mehr sehen. Hörst du? Nie wieder will ich deine Visage sehen!« Stuhlfüße schaben über den Boden, das

Geräusch gedämpft. Er muss aufgestanden sein. »Und wenn ich dich auch nur in der Nähe meiner Familie erwische, wirst du mich kennenlernen.«

Die Worte stehen im Raum. Die lastende Bedeutung ist selbst mir bewusst, obwohl ich den Inhalt nicht verstehe. Ich beiße mir auf die geballte Faust.

»Du weißt zu viel.« Die fremde Stimme klingt kalt.

Dann zerreißt ein Knall die Stille. Ich zucke zusammen, unterdrücke den Aufschrei, der sich durch meine Kehle einen Weg bahnt, und beiße noch einmal in meine Hand, bis es schmerzt. Es schluckt den Schrei, der mir im Hals steckt.

Einen Moment herrscht Stille, ehe ein dumpfer Laut den Raum ausfüllt. Der Widerhall des Schusses dröhnt in meinem Kopf.

MONTAG

Ich schreckte hoch, setzte mich auf. Versuchte, mich in der Dunkelheit zu orientieren. Mein Gesicht war nass, das Herz klopfte zum Zerspringen.

Mühsam kämpfte ich die Panik nieder. Ich war zu Hause. In meinem Bett. Alles war gut.

Nichts war in Ordnung.

Mit zitternden Fingern tastete ich über den Nachttisch, dann flammte Licht auf und erhellte den Raum. Gleichzeitig ein Scheppern, ich zuckte zusammen und stieß einen Schrei aus. Der Wecker lag auf dem Boden.

Ich schüttelte mich und wischte mir die Tränen aus dem Gesicht, während ich versuchte, meine Atmung unter Kontrolle zu bekommen.

Es dauerte, ehe ich die Decke zurückwerfen und aufstehen konnte. Ich lief im Schlafzimmer umher, dann ging ich ins Bad und spritzte mir kaltes Wasser ins Gesicht.

Langsam hob ich den Kopf und betrachtete das Gesicht, das mich aus dem Spiegel heraus anstarrte. Das sollte ich sein? Blass wie der Novembernebel, die Augen tief in den Höhlen mit dunklen Schatten darunter. Ich wandte mich ab und griff nach dem Handtuch.

Ziellos tigerte ich durch die Wohnung. Nahm in der Küche die Zeitung von der Arbeitsplatte, um sie auf dem Tisch wieder abzulegen, gab dem Kaktus ein paar Tropfen Wasser und blätterte in der Fernsehzeitung, ohne darin zu lesen.

Schließlich setzte ich mich mit einer Flasche Wasser auf das Sofa und umschlang die angezogenen Beine mit den Armen.

FRÜHER AM ABEND

Mark und ich waren in der »Hundskomödie« gewesen, einer Pizzeria mitten in der Friedrichsau. 1980 war Landesgartenschau in Ulm gewesen und damals war alles hübsch bepflanzt und hergerichtet worden. Die Bevölkerung profitiert noch heute davon: Im Sommer war es herrlich, an der Donau entlang oder zwischen den Auseen hindurch spazieren zu gehen. Biergärten aber auch Sitzbänke luden zum Verweilen und Entspannen ein. Kleine Kinder rannten kreischend zwischen den wunderschön angelegten Blumenbeeten herum, auf dem Weg zum Spielplatz oder zum Tiergarten, der sich vom Aquarium zum Kleintierzoo gemausert hatte. Und an allen Ecken und Enden war es bunt und farbenfroh, wenn die Blumen in voller Blüte standen.

Wir wollten es uns gut gehen lassen. Das Zusammensein genießen, unbekümmert wie verliebte Teenager in einer warmen Sommernacht.

Ich befand mich auf einer wilden Achterbahnfahrt der Gefühle, ständig in Gefahr, aus der Kurve geschleudert zu werden. Aber im Moment war mir das egal, ich wollte glücklich sein, ohne an morgen denken zu müssen. Man konnte nie wissen, wann das nächste Gewitter hereinzog und alles mit sich fortriss. Und dass bei uns eines kommen würde, war so sicher, wie der Morgen auf die Nacht folgt.

Wir saßen da, scherzten, unterhielten uns über den zurückliegenden Fall und darüber, dass wir jetzt quitt waren, was das gegenseitige Retten von Leben anbelangte. Mark hat als Kriminalkommissar andere Ermittlungsmethoden als ich, die ich meine Brötchen als Privatdetektivin verdiente. Wir waren nicht immer einer Meinung, verfolgten aber stets das gleiche Ziel. Und letztlich war es uns seit Marks Rückkehr nach Ulm gelungen, zwei Fälle gemeinsam zu lösen. Und eine heiße Affäre zu beginnen.

Den Tisch hinter uns belegte eine Horde Geschäftsleute in Feierabendlaune. Die Krawatten abgelegt, die Ärmel hochgekrempelt. Es gab Gestoße und Getöse, bis endlich alle einen Platz gefunden hatten. Dann kam der Kellner und einer der Männer bestellte Prosecco.

Diese Stimme. Sie raubte mir seit Jahren den Schlaf. Hinterhältig und lauernd. Ich erkannte in ihr die Stimme des Mannes wieder, der vor 14 Jahren meinen Vater umgebracht hatte. Die Stimme von damals, die ich als Jugendliche, hinter dem Schrank versteckt, gehört hatte, kurz bevor der Schuss fiel.

Irgendwo stritten zwei Kinder, ein Hund bellte. Kellner eilten mit Pizzatellern durch die eng bestuhlten Reihen, riefen »Scusa!«. Aus der Küche drangen italienische Worte zu mir herüber, Besteck klapperte.

»Und da dachte ich mir, dass du doch eigentlich zurückkommen könntest. Was hältst du davon?« Mark lächelte und sah mich an.

Der Sinn der Worte drang nicht zu mir durch.

»Hallo? Erde an Jule? Alles okay?« Er winkte mir zu, grinste.

»Was?«

»Du könntest zur Polizei zurückkommen. Ich finde, das ist eine hervorragende Idee. Wir würden zusammenarbeiten. Was meinst du?«

Einen Moment starrte ich ihn entgeistert an, versuchte, den Sinn der Worte zu verstehen. »Sicher nicht.«

Was passierte gerade? Ich musste mich getäuscht haben. Meine Fantasie hatte mir einen Streich gespielt. Ich versuchte, auf weitere Worte vom Nebentisch zu lauschen und gleichzeitig Marks Ansinnen zu begreifen.

»Warum nicht? Denk doch mal in Ruhe darüber nach. So abwegig finde ich das nicht. Wir kommen uns sowieso ständig in die Quere. Da könnten wir doch gleich zusammenarbeiten. Außerdem könnte ich ein bisschen auf dich aufpassen.« Er zwinkerte mir zu.

»Das ist jetzt ein Witz, oder? Warum solltest du auf mich aufpassen?«

Das Lächeln verschwand von seinem Gesicht, wich Verunsicherung. »Na, deine letzten beiden Fälle waren nicht ganz ungefährlich.«

»Aber du hättest sie nicht gelöst.«

»Das stimmt nicht, wir waren dran. Ich habe mich nur nicht selbst in Gefahr gebracht, um sie aufzuklären.«

Ich schüttelte den Kopf. Fragte mich noch immer, was für eine Stimme ich da gehört hatte. »Lass gut sein, Mark. Wir können nicht zusammenarbeiten. Das würde nie gut gehen.«

»Warum denn nicht?«

»Weil wir beide viel zu eigensinnig sind.«

»Du vielleicht, ich nicht.«

Da war ich mir nicht so sicher. Für mich war das Thema beendet.

»Überleg es dir einfach mal in Ruhe. Wir müssen ja nichts übers Knie brechen.«

Und dann wieder. Diese Stimme! Der Mann sprach mit jemandem am Tisch, lachte laut auf. Er war es!

Mein Kopf zuckte zu ihm herum und gleich wieder zurück. Unter Marks verwundertem Blick zerrte ich meinen Geldbeutel aus der Tasche, holte einen 20-Euro-Schein hervor und legte ihn auf den Tisch.

»Was …?« In seiner Miene spiegelten sich Verständnislosigkeit und Entsetzen. »Spinnst du? So schlimm fand ich den Vorschlag jetzt nicht!«

»Ich muss weg«, sagte ich und stand auf.

»Bist du plötzlich verrückt geworden?«

»Hat nichts mit dir zu tun.«

Ohne einen Blick zurückzuwerfen, hastete ich ins Restaurant zur Bedientheke. Dabei stieß ich beinahe eine Kellnerin um, die drei mit Pizza beladene Teller balancierte. Mein gemurmeltes »Entschuldigung« ließ sie aufschnauben, dann eilte sie weiter.

»Bitte, die Leute da hinten …« Ich deutete vage in die Richtung des Tisches, an dem ich eben noch gesessen hatte.

Der Kellner hinter dem kleinen Stehpult musterte mich und hob unwirsch die Hand. Zwischen Schulter und Kopf hatte er das Telefon eingeklemmt, einen Kugelschreiber quer im Mund und blätterte in einem großen Buch. Es dauerte ewig, ehe er das Gespräch beendete, und ich fragte mich, ob er das absichtlich tat.

»Ja?« Ein unverbindliches Lächeln auf den Lippen.

»Der Tisch da hinten, an dem die Geschäftsleute sitzen.«

Er runzelte die Stirn und blickte in die angezeigte Richtung.

»Kennen Sie die Leute?«

»Ich habe keine Ahnung, wer die Herrschaften sind«, sagte er, die Ruhe selbst.

»Könnten Sie nicht vielleicht in Ihrem Buch da nachsehen?«

Er schüttelte den Kopf, sah mich fest an, als ich mich halb über das Pult zu beugen versuchte, und klappte das Buch zu. Der Luftzug strich mir über die Nase. Seine Hände lagen zwei riesigen Pranken gleich auf dem glatten Leder.

Ich nickte langsam, drehte mich weg und wollte gehen. Dann sah ich mich noch einmal um. »Könnten Sie nicht vielleicht für mich eine Ausnahme machen? Es ist nämlich wirklich wichtig. Es geht sozusagen um Leben und Tod.«

Er schüttelte wieder den Kopf, nahm das Buch und legte es unter den Tisch. »Wenn Sie das so brennend interessiert, dann gehen Sie doch hin und fragen. Und jetzt entschuldigen Sie mich bitte, ich habe zu tun.«

Beim bloßen Gedanken daran brach mir der kalte Schweiß aus. Fluchtartig verließ ich die »Hundskomödie«.

Ruhig bleiben, ermahnte ich mich. Es nutzt niemandem, wenn du jetzt panisch wirst. Du bist schon panisch, erinnerte mich meine andere Hälfte, und ich zwang mich, durchzuatmen.

Ich musste herausfinden, wer er war.

Mein Auto stand bei Mark vor der Tür. Bis dorthin brauchte ich bestimmt zehn Minuten zu Fuß, selbst wenn ich rannte.

Ich wog ab. Die Entscheidung war riskant, aber ich hatte keine Wahl.

Ich nahm die Beine unter den Arm und schaffte den Weg in siebeneinhalb Minuten. Während der Zeit betete ich ununterbrochen, dass die Runde sich nicht auflöste, während ich unterwegs war. Drei weitere Minuten später stand ich auf dem öffentlichen Parkplatz der Friedrichsau. Zwölf Minuten nachdem ich losgerannt war, überzeugte ich mich atemlos davon, dass die Herrenrunde noch an ihrem Tisch saß. Ich war um das Gebäude herumgeschlichen und hatte mich dem Biergarten von hinten genähert. Nun stand ich hinter einem Gebüsch und linste zwischen den Ästen hindurch.

Auch Mark saß noch an unserem Tisch. Ein bisschen tat er mir leid, ich hätte nicht so abrupt davonrennen sollen. Ihm wenigstens erklären müssen, was geschehen war. Vielleicht hätte er mir sogar helfen können. Ich würde das nachholen, nahm ich mir vor. Würde ihn anrufen und ihm alles schildern.

Den Appetit hatte es ihm bei meinem überstürzten Aufbruch auf jeden Fall nicht verschlagen. Die Pizza war aufgegessen, gerade trank er sein Bier aus.

Wie kam er nur auf die absurde Idee, dass ich zurück in den Polizeidienst gehen könnte? Schlimmer noch, dass wir zusammenarbeiten würden. Das ginge niemals gut. Außerdem mochte ich meinen Job. Nichts zog mich zurück in das strukturierte Dasein eines Achtstundentages. Dafür schätzte ich die Annehmlichkeiten, die mir meine freie Zeiteinteilung bot, zu sehr.

Viel eher vermutete ich, dass er mich unter Kontrolle haben wollte. Seine Motive mochten ehrenwert sein, vielleicht hatte er sogar Angst um mich. Aber ich war mein eigener Herr. Niemals würde ich zulassen, dass jemand anderes über mein Leben bestimmte.

Eine Blondine näherte sich seinem Tisch, und ich kniff die Augen zusammen. Weiße Bluse mit tiefem Ausschnitt, enge Röhrenjeans, die ihre Beine noch länger wirken ließen, und hellbraune hochhackige Pumps, bei deren bloßem Anblick meine Füße zu schmerzen begannen.

Ich schnappte nach Luft. Zielstrebig steuerte sie auf Mark zu, der jetzt aufsah. Ein Missverständnis, durchzuckte es mich. Das konnte nicht sein. Ein Strahlen glitt über sein Gesicht, als er sie wahrnahm. Er stand auf und breitete die Arme aus.

Moment mal, was tat *sie* hier? Und wie sahen die beiden sich an? Jetzt küssten sie sich auf die Wange! Und als ob das nicht genug wäre, umarmte Mark sie auch noch. In welchem Film war ich jetzt gelandet?

Ich wartete darauf, dass sie sich voneinander lösten. Dass Mark sich wieder setzte und Barbie ihres Weges ging.

Weit gefehlt, sie strahlten sich an wie zwei Honigkuchenpferde, und jetzt bot Mark ihr einen Platz an. War es zu fassen! Nicoles Hintern landete auf den Zentimetern, auf denen ich eben noch gesessen hatte!

Ich merkte, wie mir das Blut in den Kopf stieg, und fühlte mich wie ein Drucklufttopf kurz vor der Explosion.

Sie stellte ihre zu den Schuhen passende Handtasche neben ihrem, *meinem,* Platz ab und legte die Sonnenbrille auf den Tisch. Ein Kellner fragte nach ihren Wünschen, und Mark bestellte etwas. Wenig später kehrte der Ober zurück und brachte zwei Gläser Prosecco.

Ich schäumte derweil vor mich hin und musste tatenlos zusehen, wie die Frau, mit der mein Ex-Mann mich betrogen hatte, ungeniert mit meinem Freund zu flirten begann. Mark fiel in ihr Lachen ein, und die beiden unterhielten sich prächtig. Als die Gläser leer waren, bezahlte er die Rechnung. Beide erhoben sich und verließen gemeinsam das Restaurant. Marks Hand lag auf ihrem Rücken, und er führte sie durch die Menge.

Ich duckte mich hinter dem Busch, was nicht nötig gewesen wäre. Mark und Nicole waren so ins Gespräch vertieft, dass sie mich nicht einmal bemerkt hätten, wenn ich aus dem Gebüsch auf den Weg gesprungen wäre.

Wo gingen sie hin? In eine Bar, einen draufmachen? Zu Mark nach Hause? Wiederholte sich die Geschichte, und ich musste wieder tatenlos zusehen?

Sie verschwanden aus meinem Blickfeld. Na warte, Mark Heilig! Um dich und Nicole würde ich mich später kümmern. Aber so was von!

Die Gesellschaft an dem großen Tisch war zwischenzeitlich mit essen beschäftigt und hatte eine neue Runde Getränke geordert. Gedanklich richtete ich mich auf einen langen Abend ein.

Es wurde ein sehr langer Abend. Bis kurz nach halb zwölf musste ich ausharren, ehe sich die Herrschaften mehr oder weniger angesäuselt von ihren Plätzen erhoben und das Restaurant unter lautstarken Bemerkungen verließen.

Ich pickte mir den Mann heraus, in dessen Stimme ich den Mörder meines Vaters erkannt haben wollte, und betrachtete ihn aus sicherer Entfernung. Er war kleiner, als seine volltönende Stimme hatte vermuten lassen. Kaum 1,65 Meter groß, sonnengebräunt, sportlich elegantes Hemd und gut sitzende Anzughose. Er führte die Gruppe an, die vor der Tür weiterpalaverte. Dann setzten sich alle in Richtung des Parkplatzes in Bewegung, auf dem auch mein alter Golf stand.

Mit etwas Abstand trabte ich hinterher. Die Herren zerstreuten sich und stiegen in ihre Fahrzeuge. Autos, bei deren bloßem Anblick der Neid in mir hochkroch. Kein Vergleich zu meiner alten Schüssel.

Mein Mörder, wie ich ihn insgeheim nannte, fuhr einen Audi Q7, neueste Baureihe. Ich ließ ihm den Vortritt, notierte mir das Kennzeichen und fädelte hinter ihm in den Stadtverkehr ein. Ich war im Tunnel, außer dem Audi vor mir gab es nichts mehr.

Sein Weg führte ihn durch Neu-Ulm auf die B10 Richtung Günzburg. Zu so später Stunde war nicht mehr viel los, und er schien es nicht eilig zu haben. Vielleicht aus Angst vor einer Kontrolle? Ich wusste nicht, wie viel er getrunken hatte, ob er sich noch hinter das Steuer hätte setzen dürfen. Ich vermutete, nicht.

Unsere Fahrt endete in Nersingen, einer kleinen Gemeinde im Bayerischen. Am Ende der Ortschaft bog er rechts ab, folgte einer schmalen Straße. Ich schaltete die Scheinwerfer aus und ließ meinen Golf langsam hinterher rollen. Der Q7 bog auf eine Hofauffahrt und verschwand aus meinem Blickfeld. Ich rollte an dem Haus vorbei, als das Garagentor die Rücklichter des Fahrzeuges gerade verschluckte.

Die Straße endete auf einem Feldweg. Ich fuhr ein paar Meter hinein, stellte den Motor ab und stieg aus. Vorsichtig schlich ich zurück. Die Nacht war dunkel, wir hatten Neumond. Ein Hund bellte in der Nähe. Ich näherte mich der Hofeinfahrt entlang einer dicken Thujahecke. Sie war mindestens drei Meter hoch, ich konnte unmöglich erkennen, was sich dahinter verbarg. Nur eines war sicher: Sie war lang. Sehr lang!

Dann erreichte ich die Garageneinfahrt. Genauer gesagt waren es drei. Eine Doppelgarage und eine Einzelgarage, das Haus daran angeschlossen. Es musste einen

Durchgang zur Villa geben. Welche Schätze sich dahinter verbargen? Von dem Q7 einmal abgesehen. Ich biss die Zähne zusammen. Wer war er?

Über den Toren war eine Kamera angebracht. Klein und gut versteckt, aber für das geschulte Auge sichtbar. Ich blieb zurück, um nicht in ihren Aufnahmewinkel zu geraten.

Rechts neben der Auffahrt war ein hohes stählernes Tor. Keine Möglichkeit, einen Blick dahinter zu werfen. Zumal auch dort eine Kamera ihr Auge auf den Weg richtete. Direkt über der Computertastatur für das Schloss, das den Eingang sicherte. Ein Namensschild konnte ich nirgendwo sehen.

Wer lebte hier? Ein Filmschauspieler? Ein bekannter Musiker? Ein Unternehmer? Oder ein Gangsterboss?

Plötzlich flammte Licht auf. Scheinwerfer tauchten die Hofeinfahrt und einen Teil der Straße in gleißende Helligkeit. Ich stand mittendrin wie ein Reh im Scheinwerferlicht eines Autos und bewegte mich nicht. Mein Verstand sagte mir, dass es zu spät war, obwohl mein Herz mich drängte, zu verschwinden. Ich war wie gelähmt, blieb stehen, wo ich war, und hielt die Luft an.

Das stählerne Tor öffnete sich nach innen, und der Mann, der kurz zuvor den Q7 in die Garage gefahren hatte, trat heraus. Er hatte sich umgezogen, trug jetzt eine teuer aussehende Jogginghose und ein Polohemd, und musterte mich, die Hände beulten seine Hosentaschen aus. Ob er darin etwas verbarg?

Ich schluckte und starrte zurück, wusste nicht, was ich denken oder sagen sollte. Stand ich dem Mörder meines Vaters gegenüber? Alles in mir drängte danach, es ihm ins Gesicht zu schreien, mich auf ihn zu stürzen.

Ich ballte die Hände zu Fäusten und zwang mich, ruhig durchzuatmen.

»Wer sind Sie?«

Die Stimme. Sie jagte mir Schauer über den Rücken und ließ mich frösteln. War sie es?

Luft holen. »Wer? Ich?« Ich krächzte mehr, als dass ich sprach.

»Sehen Sie sonst noch jemanden?«

Ich räusperte mich. »Ich war spazieren.« Das kam schon deutlicher.

»Mitten in der Nacht?« Er klang lauernd. Hatte er Angst? Wovor?

»Haben Sie ein Problem damit?«

»Wieso schleichen Sie auf meinem Grundstück herum?«

Wir musterten uns abschätzend.

»Ich stehe auf der Straße und nicht auf Ihrem Grundstück. Mein Freund hat mich rausgeschmissen«, schob ich hinterher und sah zu Boden. Meine Schultern sackten nach unten, die Stimme wurde leiser. »Ich bin herumgelaufen. Und dabei wohl zu weit gegangen. Ich kenne mich hier nicht aus.« Vorsichtig sah ich auf. Kaufte er mir das ab?

Er schwieg einen Moment, sah mich einfach nur an. Ich sagte nichts, hielt stand.

»Dann gehen Sie wohl mal besser zurück«, sagte er schließlich und verlagerte das Gewicht vom linken auf das rechte Bein. Die Hände hielt er noch immer in den Taschen. Verbarg er eine Waffe? »Nicht, dass Sie noch verhaftet werden. Es gibt Menschen, die kommen auf dumme Gedanken.«

War das eine Drohung? »Ja, da haben Sie wohl recht. Gute Nacht.«

»Viel Glück mit Ihrem Freund!«

Kam es mir nur so vor, oder schwang ein misstrauischer Unterton in seiner Stimme mit?

Das Tor fiel ins Schloss, ich stand allein auf der Straße. Mir blieb nichts anderes übrig, als meinen Weg fortzusetzen, wenn ich nicht noch mehr auffallen wollte.

Er sollte nicht sehen, wohin ich ging. Also trottete ich zur Hauptstraße zurück, bog links ab, dann noch einmal. Und versuchte dabei, meine Gefühle und Gedanken unter Kontrolle zu bekommen. Es gelang mir nicht.

In einer weiten Schleife war ich zu meinem Auto zurückgekehrt. Ich hatte keine Ahnung, wer der Typ war und wie er hieß. Und ich konnte nur hoffen, dass er mir meine Vorstellung abgenommen hatte.

IN DEN FRÜHEN MORGENSTUNDEN

Nur langsam beruhigte ich mich wieder.

Man vergisst die Stimmen verstorbener Menschen, kann sich schon nach kurzer Zeit nicht mehr daran erinnern. Die meines Vaters war längst nicht mehr präsent.

Oder waren sie im Unterbewusstsein noch vorhanden, gut verborgen, ohne dass man es ahnte? Und wenn man sie hörte, kehrte die Erinnerung zurück?

Aus dem Kühlschrank nahm ich mir ein Bier, öffnete es am Küchentisch und fügte ihm eine weitere Kerbe zu. Der Kronkorken, den ich normalerweise auffing, fiel zu Boden. Das Geräusch war nicht laut, aber in der nächtlichen Wohnung reichte es, mich zusammenzucken zu lassen.

Ich ging ins Wohnzimmer und öffnete den linken Hochschrank. Ich wusste genau, wo ich hingreifen musste, obwohl ich die Unterlagen seit Jahren nicht mehr in der Hand gehalten hatte.

Vertraut verstaubter Geruch stieg mir in die Nase, als ich den Deckel der Akte öffnete. Sie war dünn. Das war alles, was von meinem Vater übriggeblieben war. Eine schmale Ermittlungsakte. Weil damals nicht viele Fakten zusammengetragen werden konnten. Es gab nichts.

Ich blätterte die Papiere langsam durch. Sie sahen zerlesen aus. Wie oft hatte ich sie in den letzten Jahren in den Händen gehalten? Als ich meine Ausbildung bei der

Polizei begonnen hatte, hatte ich die Akte zum Kopieren heimlich an mich genommen. Es war der einzige Grund für meinen Berufswunsch gewesen. Die Akte, und weil ich insgeheim gehofft hatte, den Mörder meines Vaters irgendwann zu finden.

Mit den Jahren hatte ich immer weniger darin gelesen. Ich kannte jedes Detail auswendig, hätte es zu jeder Tages- und Nachtzeit herunterbeten können. Auch heute noch, da ich den Inhalt seit Längerem nicht mehr angesehen hatte.

Seite für Seite blätterte ich durch die Mappe und spürte wieder die Hoffnung, die ich jedes Mal dabei gehabt hatte. Die Hoffnung, etwas zu finden, einen kleinen Hinweis, der bisher übersehen worden war.

Die Fakten eines kurzen Lebens auf wenige Blätter in sachlichem Amtsdeutsch reduziert. Name, Alter, Beruf, Familienstand, Lebenslauf. Der Autopsiebericht. Ein Schuss ins Herz. Das Projektil war in die rechte Herzkammer eingedrungen, hatte sie durchschlagen und war in der Brustwirbelsäule steckengeblieben. Der Tod war in kürzester Zeit eingetreten. Mein Vater hatte keine Chance gehabt.

Als er gefunden wurde, kurz, nachdem ich das Zimmer verlassen hatte, fehlten seine Brieftasche und ein goldenes Feuerzeug in Form eines Goldbarrens, weswegen die Theorie des Raubmordes kurzzeitig im Raum gestanden hatte. Dagegen sprach, dass ein Päckchen Kokain bei ihm gefunden worden war. Weit mehr als die zum Eigenbedarf übliche Menge.

Schnell war von einem Mord im Milieu die Rede gewesen, mein Vater habe sich mit Kriminellen eingelassen, sei ein Dealer gewesen.

Das hatte mir einen Stich versetzt. Mein Vater und Drogen? Niemals! Für ihn war die Familie über alles gegangen, auch wenn die Ehe meiner Eltern längst nur noch auf dem Papier bestanden hatte. Aber seinen Kindern hätte er das nicht angetan, da war ich mir sicher.

Wo waren die Drogen hergekommen? Hatte der Mörder sie verloren? Unwahrscheinlich. Ein Päckchen Kokain fiel nicht mal eben so jemandem aus der Tasche. Selbst dann nicht, wenn dieser Jemand ein Mörder war.

Wieso waren sie im Büro meines Vaters gefunden worden? Waren sie absichtlich dort platziert worden? Um eine falsche Spur zu legen? Warum? Und wieso hatte er meinen Vater umgebracht? Wo war das Motiv?

Ich hatte das Unterste zuoberst gekehrt. Mehr noch als die Polizei, obwohl auch die akribisch gearbeitet hatte. Weder im beruflichen noch im privaten Umfeld hatte sich ein Hinweis gefunden, der einen Feind meines Vaters identifiziert hätte. Es musste etwas Persönliches sein. Das war dem Gespräch zu entnehmen gewesen, das die beiden geführt hatten. Sie hatten sich gekannt, waren per Du gewesen.

Im Stillen verfluchte ich mich, dass ich nicht hinter dem Schrank hervorgekommen war und nachgesehen hatte. Warum hatte ich mich weggedreht, als der Mann an mir vorbei zur Tür hinausgelaufen war? Und warum hatte ich den Raum selbst Hals über Kopf verlassen, statt dort zu bleiben?

Die Antwort war ebenso einfach wie logisch: weil ich Angst gehabt hatte. Ich war ein 14-jähriges verstörtes Mädchen gewesen, das den Mord am Vater miterlebt hatte. Instinktiv hatte ich mir die Hand zuerst auf die

Ohren, dann auf das Gesicht gepresst. Sehe ich dich nicht, siehst du mich nicht.

Noch immer machte ich mir Vorwürfe, dass ich nicht hingesehen hatte. Ich hätte ihn identifizieren können.

In meinem Zorn und meiner Hilflosigkeit schlug ich die Akte auf den Tisch. Sie schlitterte davon, segelte samt Inhalt zu Boden. Papiere lagen in wildem Durcheinander auf dem Teppich.

Ich würde sie wieder einsortieren, ich wusste, wo welches Blatt seinen Platz hatte.

Irgendwann musste ich doch eingeschlafen sein. Das Läuten des Telefons riss mich aus dem Schlaf, und ich hatte Schwierigkeiten, mich zu orientieren. Ich setzte mich auf, sah mich verwirrt um, weil ich auf dem Sofa lag.

Auf dem Boden lag die leere Bierflasche inmitten der Papiere, die ich nicht weggeräumt hatte. Die Erinnerung an letzte Nacht holte mich ein.

Ich schüttelte den Kopf, das Telefon lag in der Küche und läutete erbarmungslos. Ich stand auf und warf einen Blick auf die Nummer. Unbekannt.

»Flemming?« Meine Stimme glich dem Krächzen eines Raben im Novembernebel. Genauso fühlte ich mich.

»Hier ist deine Mutter«, flötete es aus dem Hörer.

Ich schloss die Augen und unterdrückte den Impuls, gleich wieder aufzulegen.

»Warum wird deine Nummer nicht angezeigt?« Wäre es so gewesen, ich hätte nicht abgenommen.

»Ich habe den Anbieter gewechselt und muss solche Dinge erst wieder einrichten lassen. Das dauert ein wenig, und du weißt ja, wie ungeschickt ich in solchen Dingen bin …?«

Ich wusste es. Und überhörte das Fragezeichen am Ende des Satzes. Sollte Sebastian sich darum kümmern, er war der Techniker in der Familie.

»Kind, ich habe über uns nachgedacht«, sprach meine Mutter weiter, als sie verstanden hatte, dass ich ihr nicht helfen würde.

»Bloß das nicht«, entfuhr es mir. Erneut kniff ich die Augen zu. Wann hatte sie das zuletzt getan? Über mich nachgedacht?

Einen Moment überlegte ich, ob ich ihr Störgeräusche in der Leitung vorgaukeln sollte. Immerhin hatte sie einen neuen Anschluss. Aber das hatte ich zuletzt öfter getan, irgendwann würde sie misstrauisch werden.

»Hast du schlecht geschlafen? Oder einen Kater?«

»Worum geht es?«

»Um Kunst.«

Oh, bitte nicht!

»Und um dich und um mich.«

Das beunruhigte mich noch mehr. »Mutter, du sprichst in Rätseln.«

»Na, du hast doch so toll gesungen am Samstag. Warum hast du mir das eigentlich nie erzählt? Ach, egal. Auf jeden Fall fand ich das so schön! Das muss an den Genen liegen. Die Kunst liegt uns einfach im Blut.«

Ich dachte an die Bilder, die sie malte, und schüttelte mich.

»Nächste Woche ist meine Vernissage, und da dachte ich mir …«, sie schob eine kunstvolle Pause ein, während der ich überlegte, einfach aufzulegen, »… du könntest etwas singen.«

»Nein.«

»Das würde meinen Gästen sicher gefallen … Wie, ›nein‹?«

»Nein«, wiederholte ich.

»Was soll das heißen?«

»Dass ich keine Zeit habe.« Bestimmt hatte ich etwas vor. Vielleicht musste ich auf Connys Kinder aufpassen. Oder auf Leons Wellensittich.

»Aber wir könnten uns doch gegenseitig unterstützen. Du könntest bei mir singen, und ich könnte bei deinen Auftritten meine Bilder ausstellen. Da hätte jeder was davon. Eine Win-win-Situation sozusagen.«

Seit wann schmiss meine Mutter mit betriebswirtschaftlichem Wortgut um sich? »Das kommt überhaupt nicht infrage. Jeder macht sein eigenes Ding. Ich singe, du malst. Fertig. Das wird nicht vermischt.« Ich stellte mir gerade vor, wie Lou seinen »Jazz-Keller« in einen Ausstellungsraum für die Bilder meiner Mutter verwandelte. Ich war mir sicher, dass nicht nur mir übel wurde bei dem Gedanken.

»Aber …«

»Basta!«

Das Klingeln an der Tür enthob mich weiterer Diskussionen. Welch ein Segen! Wer immer das war, ihn schickte der Himmel.

»Mutter, ich muss jetzt Schluss machen. Wir können später noch mal telefonieren.«

»Aber Jule …«

Ich legte auf und rauschte zur Tür. Es hatte oben an der Wohnungstür geklingelt. Bestimmt wollte Leon mir seine neueste Legokreation zeigen. Vor nicht einmal einer Woche hatte ich ihm seinen heiß ersehnten X-Wing Starfighter geschenkt, und seither bastelte er wie ein Weltmeister, um mit den bunten Plastiksteinen ganze Welten aus Star Wars nachzubauen.

»Dich schickt der Himmel«, freute ich mich, als ich die Tür aufriss. Sogar neue Schokoküsse hatte ich für meinen kleinen Freund gekauft.

Dann gefroren meine Gesichtszüge, mein Mund öffnete sich und wurde trocken. Heraus kam nichts.

Mark starrte mich einen Moment an, dann drückte er die Tür auf und ging an mir vorbei in die Küche. Er hatte wirklich Nerven, hier aufzutauchen!

»Komm doch rein«, murmelte ich und folgte ihm. »Was kann ich für dich tun?«

»Was du für mich tun kannst?« Seine Stimme war leise, er hatte die Hände auf der Tischplatte abgestützt und nagelte mich mit seinem Blick fest. »Kannst du mir bitte sagen, was das für ein Auftritt war gestern Abend? Wir sitzen gemütlich beim Pizzaessen, alles ist gut. Dann siehst du plötzlich aus, als hättest du ein Gespenst gesehen, springst auf und lässt mich einfach sitzen. Hast du eine Ahnung, wie lange ich dort gesessen und auf dich gewartet habe?«

»Bis kurz nach acht«, antwortete ich bissig.

Seinem Gesichtsausdruck nach zu urteilen hatte ich ihn mit meiner Antwort aus dem Konzept gebracht. Gut so.

»Ich habe versucht, dich anzurufen«, fuhr er fort, ohne auf meine Worte einzugehen oder wegen Nicole wenigstens ein bisschen schuldbewusst zu sein. »Du hattest dein Handy ausgeschaltet und zu Hause bist du auch nicht gewesen.«

»So sehr kann dich das ja nicht interessiert haben. Hattest du einen netten Abend?«

»Wie bitte?« Seine Wagenknochen traten deutlich hervor.

»Du hast dich ja schnell getröstet. Wenigstens war der Platz noch warm, als Nicole sich hingesetzt hat.«

Mark atmete tief durch. »Ich weiß zwar nicht, warum dich das etwas angeht, aber ich kenne Nicole schon eine Ewigkeit, und wir haben uns länger nicht gesehen.«

»Das habe ich bemerkt.«

»Woher kennst *du* sie überhaupt?«

»Das tut im Moment nichts zur Sache.« Wir funkelten uns an.

»Spionierst du mir nach?«

»Und wenn? Immerhin habe ich interessante Dinge herausgefunden.«

»Jule, was unterstellst du mir da?«

»Nichts. Müsste ich?« Zum Beispiel dass Nicole mir zum zweiten Mal einen Mann ausspannte?

»Mach dich nicht lächerlich.«

»Aber da war mal was«, riet ich aufs Geratewohl.

Dass er nichts sagte, war mir Antwort genug.

»Willst du mir jetzt sagen, warum du gestern Abend verschwunden bist?«

Es machte mich so verdammt wütend, dass er mir keine Antworten gab. Nach den letzten Tagen war ich der Meinung, ein Recht darauf zu haben. »Nein.« Nicht nach der Nummer. Nicht, wenn er mir nicht sagte, woher er Nicole kannte und was es mit ihr auf sich hatte.

Außerdem würde er darauf bestehen, mir den Fall abzunehmen. »Persönlich involviert« hieß das im Polizeideutsch. Wenn er mir überhaupt glaubte.

Sein Blick fiel durch die offene Tür ins Wohnzimmer und blieb an den am Boden verstreuten Papieren hängen. Er machte einen Schritt darauf zu. Ich war schneller, schob mich in den Rahmen.

»Was ist das?«, hob er an, und sein Tonfall ließ mich den Atem anhalten.

»Nichts!« Er durfte die Akte nicht sehen. Schon gar nicht deren Inhalt.

»Das ist doch …«

»Das geht dich nichts an!« Ich machte mich so breit, wie es eben ging, um ihm den Blick zu versperren. »Du willst mir ja auch nicht sagen, woher du Nicole kennst.«

Mit kalten Augen sah er mich an. »Das eine hat mit dem anderen nichts zu tun. Das ist lächerlich, Jule, und das weißt du auch.«

Das hatte mir mein Ex-Mann damals auch gesagt. Nachdem ich ihn im Bett mit Nicole erwischt hatte. »Dann sag es mir einfach.«

Wir blitzten uns an, dann drehte er sich wortlos um und verließ die Wohnung.

Das Büro der Privatdetektei Werner Simon lag in der Nachbarstadt Blaustein. Die Entfernungen sind in Ulm und Umgebung nicht nennenswert, und so brauchte ich kaum zehn Minuten, bis ich dort war. Draußen war es dunkel. Dicke Wolken hingen am Himmel, das Wetter passte zu meiner Stimmung.

Gegen halb zwölf stapfte ich mit zusammengebissenen Zähnen die Treppen ins Büro hinauf, umgeben vom Geruch orientalischer Gewürze aus der Wohnung darunter.

Ich wollte Werner davon überzeugen, dass ich Urlaub brauchte.

Vor einer halben Stunde hatte ich zu meinem Q7-Fahrer einen Namen erhalten. Meinem ehemaligen Kollegen Jochen Eigner vom Polizeirevier Ulm-Mitte hatte ich vorgeflunkert, dass ich vergangene Nacht einen Unfall gehabt hatte. Er wusste, dass ich log. Und ich wusste, dass er das wusste. Aber ich hatte ihn nie in Schwierigkeiten gebracht, und er mochte mich. Also hatte er eine Halterabfrage veranlasst und mich eine halbe Stunde später zurückgerufen.

Er hieß Martin Strohm und wohnte in Nersingen. In dem Haus, vor dem ich letzte Nacht im Scheinwerferlicht gestanden hatte.

Martin Strohm. Ich kramte in meinen Erinnerungen, ob der Namen etwas in mir hervorrief. Immer und immer wieder sagte ich ihn mir vor. Aber da war nichts.

Anna Jost, unser Sofia-Loren-Double mit der rauchigen Whiskey-Stimme, saß hinter dem Empfangstresen über ihre Tastatur gebeugt und klapperte in Blitzgeschwindigkeit darauf herum. Mir war es ein Rätsel, wie sie das schaffte, arbeitete ich doch selbst seit Jahren mit dem Zweifinger-Adler-Suchsystem. Okay, mittlerweile hatte ich mich zu drei Fingern hochgearbeitet.

Als sie die Tür klappen hörte, hob sie die Augen über den Rand ihrer Brille hinweg. Dabei runzelte sie die Stirn. Als sie mich sah, erwärmte ein Lächeln ihr Gesicht und gleich darauf mein Herz. Die gutmütige Seele im Büro, Herrscherin über das Chaos.

»Flapsi, bleib hier!«, kommandierte sie mit strenger Stimme und sah unter den Tisch, doch es war zu spät. Ein kleiner brauner Langhaardackel fegte um die Ecke des Tresens und sprang an meinem Bein hoch. Augenblicklich verbreitete sich ein unangenehmer Geruch in dem kleinen Büro. Flapsi hatte ein Problem mit seinem Verdauungsapparat.

»Entschuldigung«, sagte Anna und ging zum Fenster, um es zu öffnen.

Das braune Fellknäuel gehörte noch nicht lange zum Team, aber er hatte bereits einen bleibenden Eindruck hinterlassen. Im Sommer war das nicht schlimm, aber ich fragte mich, wie wir im Winter damit umgehen wollten.

»Jule, wie praktisch, dass du hier bist!«, tönte eine tiefe Stimme hinter mir.

Wie praktisch, dass er gerade hier war. Ich setzte ein entwaffnendes Lächeln auf und drehte mich um. »Werner, guten Morgen!«

Mein Chef grinste mich an und legte mir eine Hand auf die Schulter. Augenblicklich fühlte ich mich wie in einen Schraubstock gezwängt. Entweder spürte er meine Absichten, oder das war seine Art, mir zu sagen, wie sehr er mich mochte.

Werner überragte mich einen guten Kopf. Mit seiner Statur und der dunklen Stimme erinnerte er an einen gutmütigen Brummbär. Ich wusste, dass das Fassade war. Dahinter konnte er ungemütlich werden, wenn ihm etwas nicht in den Kram passte.

»Du kannst gleich mitkommen«, fuhr er fort und verstärkte den Druck seiner Hand auf meinem Oberarm. Langsam aber unnachgiebig schob er mich in den kleinen Flur, an dessen Ende das Besprechungszimmer lag.

Warum gingen wir nicht in sein Büro? Mir blieb nichts anderes übrig, als mitzugehen, denn er plapperte unablässig auf mich ein. Ich warf einen Blick zurück zu Anna, die Flapsi wieder unter den Schreibtisch verfrachtet hatte. Sie zuckte entschuldigend mit den Schultern, ein mitleidiges Lächeln auf den Lippen. Ich ahnte nichts Gutes.

»Ich stelle dir gleich Alicja Golla vor. Du musst langsam mit ihr sprechen. Sie kann zwar einigermaßen gut Deutsch, aber wenn wir zu schnell reden, versteht sie uns nicht. Sie kommt aus Polen.«

Stopp! Wer war Alicja Golla? Und wieso sollte ich mit ihr reden? Ich war gekommen, um Urlaub einzureichen.

»Werner, ich …«, hob ich erneut an. Doch er schubste mich ins Besprechungszimmer und schnitt mir damit das Wort ab.

»Hier wären wir schon«, sagte er langsam betont und überlaut. War Frau Golla auch schwerhörig?

Ich sah mich nach der Dame um. Sie hatte sich hinter dem Besuchertisch verkrochen. Den Kopf zwischen den Schultern eingezogen, die Arme vor der Brust verschränkt hatte ich den Eindruck, sie wollte sich unsichtbar machen. Dabei hatte sie das nicht nötig. Sie war eine hübsche junge Frau, kaum 20 Jahre alt, mit langen blonden Haaren. Sie war schlank und hatte eine Figur mit Rundungen an den richtigen Stellen. Trotzdem stand sie da wie eine Musterschülerin, die der Lehrer in die Ecke gestellt hatte.

Von hinten stupste mich die Pranke, die noch kurz zuvor auf meinen Schultern gelegen hatte, und ich machte einen Satz nach vorn.

»Das ist Alicja Golla«, pries Werner sie mit einer Stimme an, die einem Staubsaugervertreter alle Ehre gemacht hätte. »Sie ist dein neuer Fall! Naja, besser gesagt, ihre Schwester.«

Ich nickte Frau Golla zu, drehte mich dann aber zu meinem Chef um. »Werner, können wir uns kurz unter vier Augen unterhalten?«, fragte ich leise.

»Nicht jetzt.«

»Genau jetzt.«

Er runzelte die Stirn. »Einen Augenblick bitte«, wandte er sich laut an Frau Golla, während ich schon nach draußen auf den Flur trat. Er schloss die Tür und sah mich an. »Was?«

»Werner, ich brauche Urlaub.«

Er schüttelte den Kopf. »Du kannst jetzt keinen Urlaub nehmen. Wir haben einen neuen Fall.«

Ich schwieg.

»Du hattest doch erst Urlaub. Ist etwas passiert?«

»Nichts.«

»Dann gibt es auch keinen Grund. Jule, die Frau da drinnen sucht ihre Schwester.« Er deutete mit dem Kopf auf die geschlossene Tür des Besprechungszimmers. »Sie ist noch jünger als Alicja. Erst 18. Und Alicja vermutet, dass ihr etwas zugestoßen ist.« Mit Hundeaugen sah er mich an. »Wer soll sich denn um sie kümmern? Ich habe keine Zeit, und Bernd ist immer noch an seinem großen Fall dran. Vielleicht ist sie nur ausgerissen und das ist schnell erledigt«, fügte er leiser hinzu. »Was wäre, wenn deine Schwester verschwinden würde?«

»Ich habe keine Schwester.«

»Na, dann eben dein Bruder. Oder deine Mutter.«

Ich würde eine Flasche Schampus aufmachen.

»Jule, ich kann auch anders«, verlegte sich Werner jetzt aufs Drohen.

Ich funkelte zurück.

»Lass uns einen Deal machen«, schlug er versöhnlich vor. »Du hast eine Woche. Wenn du sie bis nächsten Montag nicht gefunden hast, dann übernehme ich den Fall, und du kannst in Urlaub gehen. So lange, wie du brauchst.«

Ich dachte kurz nach und wusste, dass ich keine Wahl hatte. »Hmpf.«

»Musst du immer das letzte Wort haben?« Werner klang erleichtert und tätschelte meine Wange. Ich schob seine Hand zur Seite und stapfte zurück ins Besprechungszimmer.

Alicja Golla hatte sich während der ganzen Zeit nicht bewegt. Sie stand noch immer mit verschränkten Armen hinter dem Tisch und sah zu Boden. Langsam ging ich auf sie zu und reichte ihr die Hand.

»Jule Flemming«, sagte ich und erinnerte mich an Werners Ermahnung, langsam zu sprechen.

»Sie versteht dich nicht«, protestierte mein Chef hinter mir.

Ich drehte mich um. »Und warum nicht? Sie ist doch nicht taub.«

Ein scheues Lächeln zuckte über ihr Gesicht, das sich jedoch gleich wieder verflüchtigte.

»Wollen wir uns setzen?«, fragte ich und deutete zum Tisch. Als sie zögerte, nahm ich Platz und wartete, bis sie sich zu mir gesetzt hatte. Ich holte Block und Stift aus meinem Lederbeutel und sah sie an, dann fiel mir etwas ein.

»Ach Werner«, sagte ich mit honigweicher Stimme und süßem Lächeln. »Könntest du uns bitte Kaffee bringen? Und vielleicht ein paar Kekse.«

Er schnappte nach Luft, doch diese kleine Boshaftigkeit würde er mir verzeihen. Noch einen Moment stand er dort und starrte mich an. Dann wandte er sich um und verschwand ohne ein Wort durch die Tür.

»Also, Frau Golla, was kann ich für Sie tun?«, wandte ich mich der jungen Frau zu.

»Ich suchen mein Schwester. Karolina.« Sie sprach leise. Ihr Deutsch klang hart, sie rollte das R. Nervös fuhr sie mit der Hand in die Handtasche und kramte darin, ehe sie ein Foto hervorzog und es mir reichte. Hätte ich es nicht besser gewusst, hätte ich gesagt, dass sie selbst es war. Zwei, drei Jahre jünger vielleicht. Die gleichen blonden Haare, etwas kürzer. Sympathische braune Augen, ein scheues Lächeln auf den Lippen.

»Das sein Karolina. Mein kleine Schwester. 18.«

Ich notierte. »Wie alt sind Sie, wenn ich fragen darf? Reine Neugierde«, schob ich hinterher, als ich bemerkte, wie ihr Blick noch unsicherer wurde.

»23.«

Ich hätte sie jünger geschätzt. »Und wie kommen Sie darauf, dass Ihrer Schwester etwas zugestoßen ist?«

Alicja holte tief Luft. Die Augen auf ein Taschentuch geheftet, das sie in Händen hielt. »Karolina sich nicht mehr gemeldet.« Sie hob hilflos die Arme.

»Seit wann haben Sie keinen Kontakt mehr zu Ihrer Schwester?«

»Drei Wochen.«

»Und wie kommen Sie jetzt ausgerechnet auf uns?«

»Karolina sein nach Deutschland gegangen vor ein Jahr. Als Au-pair-Mädchen. Nach Setzingen in ein Familie mit kleine Kinder. Wir oft telefoniert, sie sagen, es ihr gutgehen bei Familie. Und dann sie sein verschwunden. Plötzlich weg.«

»Wie heißt denn die Familie?«

Wieder fuhr ihre Hand in die Tasche. Sie zog einen Zettel heraus, runzelte die Stirn und reichte ihn mir. »Neuenfels« stand da notiert, darunter eine Adresse in Setzingen. Das war nicht weit von hier. Ich schrieb alles mit.

»Haben Sie mit der Familie gesprochen?«

»Ja, aber niemand wissen, wo sie sein.«

»Haben Sie mit der Agentur Kontakt aufgenommen?«

Fragend sah sie mich an.

»Die Au-pair-Vermittlungsagentur. Die Verantwortlichen, die ihr die Stelle besorgt haben.«

Sie nickte. »Ich haben versucht, aber dort niemand wissen, wo Karolina sein.«

»Haben Sie denn nicht die Polizei eingeschaltet?«

Eine Träne kullerte über ihre Wange, und sie wischte sie mit dem Taschentuch fort.

Werner trat ein, in den Händen ein Tablett mit Tassen, einer Kanne und einem Teller Gebäck. Er öffnete den Mund, dabei fiel sein Blick auf Alicja, die schluchzend mit einem zerknüllten Taschentuch vor dem Mund am Tisch saß. Eilig stellte er das Tablett auf dem Tisch ab und floh aus dem Raum.

Ich nahm die Tassen und schenkte ein, bis Alicja sich so weit im Griff hatte, dass sie reden konnte. Mit einem aufmunternden Lächeln schob ich den Teller mit den Keksen zu ihr hinüber und angelte mir selbst einen mit Schokolade und Mandelsplittern.

»Waren Sie bei der Polizei in Polen?«

Sie schüttelte den Kopf. »Ich da war, aber sie nichts tun. Karolina schon mal Ärger gehabt. Nichts Schlimmes. Dummheit in Jugend. Aber sie sagen, Karolina erwachsen.«

Mir schwante nichts Gutes. »Was hat sie angestellt?«

»Sie in Supermarkt Lippenstift geklaut.« Ihre Stimme war leiser geworden, dann sah sie wieder auf. »Das lange her. Polizei uns nicht helfen.«

Die Rechtslage war in Deutschland nicht anders. Wer volljährig war, war für sich selbst verantwortlich. Auch für seinen Aufenthaltsort. Allerdings wurde nach einem Vermissten gesucht, wenn der begründete Verdacht eines Verbrechens oder eines Unglücksfalls bestand.

»Wo kommen Sie denn her? In Polen meine ich?«

»Lubieszyn. An Grenze.«

Ich hatte keine Ahnung, wo das war, würde zu Hause den Atlas befragen müssen.

»Die deutsche Polizei?«, schlug ich vor, aber Alicjas Kopfschütteln ließ keinen Zweifel, dass sie das Vertrauen in die Rechtsstaatlichkeit welches Landes auch immer verloren hatte.

»Ich haben eine Anruf. Es sein Karolina, ich mir ganz sicher. Sie leise reden, sie sagen, sie in Deutschland, in Ulm. Dann sie hat geschrien und aufgelegt. Einfach aufgelegt.«

»Sind Sie sicher, dass es Ihre Schwester war?«

Alicja nickte und kippte drei Löffel Zucker in den Kaffee, ehe sie umrührte und daran nippte. »Es ganz sicher Karolina. Ihr was passiert. Sie schrecklich geschrien.«

Wieder versagte ihr die Stimme, und ihre Augen schwammen erneut in Tränen.

»Wann war das?«

»Vor drei Wochen.«

»Haben Sie die Telefonnummer, von der aus sie angerufen hat?«

Noch ein Zettel aus ihrer Tasche. Sie räusperte sich. »Telefon speichert Nummer, von wo angerufen. Ich aufgeschrieben. Ich versucht, anzurufen. Immer wieder. Aber Telefon aus.«

Ich nahm das Blatt an mich und notierte die Nummer ebenfalls auf meinem Block.

»Hatte Karolina Probleme?«, fragte ich unvermittelt, und Alicjas Kopf zuckte hoch. Endlich kam so etwas wie Leben in ihr Gesicht, sie sah mich empört an.

»Probleme? Was für Probleme?«, fragte sie lauter als zuvor. Sieh an, sie hatte Stimme!

»Nichts Schlimmes«, versuchte ich, sie zu besänftigen. »Was Mädchen in dem Alter eben haben. Ein Freund vielleicht, Schwierigkeiten in der Schule, bei der Ausbildung. Was macht sie denn?«

Alicja räusperte sich. »Sie sein anständiges Mädchen«, sagte sie steif.

»Ich habe nichts anderes erwartet.«

Alicja sah wieder auf den Tisch und fiel in ihre Starre zurück. »Sie in Schule. Abschluss gemacht.« Sie rang die Hände, suchte nach Worten.

»Abitur?«, schlug ich vor.

Sie nickte eifrig.

»Wir nicht immer ganz einfach. Eltern tot.«

Ich antwortete nicht, hatte keine Ahnung, was ich sagen sollte. Wie es war, ohne Vater aufzuwachsen, wusste ich selbst. Mitgefühl überkam mich. »Was ist passiert?«

»Sie bei Autounfall getötet. Lange her. Wir bei Tante aufgewachsen. Dann ich alt genug, ich arbeiten. Wir ausgezogen, ich auf Karolina aufpassen. Und jetzt sie weg.«

Bevor sie wieder anfangen konnte zu schluchzen, hakte ich nach. »Hat Karolina einen Freund?«

Alicja schüttelte den Kopf. »Sie Schluss gemacht mit Lukas.«

»Warum?«

»Er guter Junge. Ich ihn mögen. Aber Karolina wollen nicht mehr. Er wollen heiraten, sie nicht. Sie sagt, sie zu jung. Dann sie als Au-pair weggehen.«

»Könnte er mit ihrem Verschwinden zu tun haben?«

Erschrocken sah sie mich an. »Nein! Ich bei ihm. Er auch große Angst, dass etwas passiert.«

Sie klang überzeugt. Ich dachte einen Moment nach, studierte meine Notizen. Ein Name, eine Telefonnummer, ein Foto. Eine Au-pair-Agentur, eine Familie, in der sie gelebt hatte. Vor drei Wochen der ominöse Anruf, dann kein Lebenszeichen mehr.

»Wissen Sie sonst noch etwas?«

Alicja schüttelte den Kopf. »Ich sonst nix wissen.«

Sie langte über den Tisch und hielt meine Hand fest. Ihr flehender Blick fixierte mich auf dem Stuhl. »Sie mir helfen, mein kleine Schwester finden. Bitte!«

Zurück zu Hause schob ich eine Pizza in den Ofen und begann, das Chaos der Nacht aufzuräumen. Akribisch sortierte ich die Loseblattsammlung aus der Ermittlungsakte meines Vaters und legte alles geordnet zurück in die Mappe. Nun lag sie unschuldig auf dem Tisch in der Küche, und ich starrte sie an, als könne sie mir die Antwort auf meine drängendsten Fragen liefern. War Martin Strohm der Mörder meines Vaters? Oder war alles nur ein Produkt meiner Fantasie? Ein Wunsch?

Gedankenverloren teilte ich die Pizza in mehrere Stücke, legte sie auf einen Teller und aß mit der Hand. Gleichzeitig überlegte ich, wie ich Karolina finden sollte.

Ein neuer Fall war das Letzte, was ich im Moment brauchen konnte, aber das ließ sich jetzt nicht ändern. Ich würde sie suchen müssen und in Setzingen bei Familie Neuenfels damit anfangen.

Die Pizza war zur Hälfte gegessen, als es an der Tür klingelte. Durch den Spion blickte ich auf kurze Haare und ein durch das Guckloch verzerrtes Gesicht hinunter.

»Leon, mein Freund, komm rein!«

»Hallo, Jule!«, strahlte er mich aufgeregt an. »Ich muss dir was ganz Wichtiges erzählen!«

»Komm erst mal rein.«

»Hast du Schokoküsse da?« Er stob an mir vorbei in die Küche und sah sich suchend um. Oben auf dem Schrank entdeckte er die Schachtel und starrte mit gierigen Augen hinauf.

Ich schmunzelte. Kinder waren mit so wenig zufrieden.

Leon war acht Jahre alt und wohnte mit seiner Mutter ein Stockwerk tiefer. Weil Barbara als Krankenschwester im Schichtdienst arbeitete und alleinerziehend war, war er oft sich selbst überlassen. Vor einiger Zeit hatten wir uns angefreundet. Zwar waren wir ein ungleiches Paar, aber wir passten doch zusammen. Wenn ich mich ihm auch nicht immer gewachsen fühlte. Leon wusste über alles im Haus Bescheid. Manchmal fragte ich mich, ob er einen Röntgenblick hatte.

Ich angelte die Schachtel vom Schrank und öffnete sie. Über Leons Gesicht breitete sich ein Strahlen aus. Mit Bedacht wählte er einen mit dunkler Schokolade überzogenen Schokokuss und setzte sich an den Küchentisch, ehe er voller Genuss hineinbiss. Ich sah ihm angewidert zu. Ich hasse Schaumküsse.

»Hast du schon gehört? Es ist etwas voll Cooles passiert!« Die Worte kamen undeutlich aus seinem Mund, er quetschte sie an der schaumigen Masse vorbei.

Was sollte ich gehört haben? Das Radio hatte ich nicht angeschaltet, auch sonst fühlte ich mich von der Außenwelt abgeschnitten.

Ich nahm mir ein weiteres Stück Pizza, biss hinein und sah Leon erwartungsvoll an.

»Mark hat eine Leiche gefunden!« Mit großen glänzenden Augen sah er mich an.

Ich verschluckte mich an dem Bissen und bekam einen Hustenanfall. Leon sah mir interessiert zu, während ich mir auf die Brust klopfte und die Tränen aus den Augen wischte.

»Wie bitte?«, krächzte ich, als ich wieder reden konnte.

»Mark hat eine tote Frau gefunden«, präzisierte er.

Voll cool. In der Tat. »Wie kommst du darauf?« Ich hustete noch immer.

»Im Thalfinger Wald lag eine Leiche. Heute Morgen. Irgendein Mann war mit seinem Hund Gassi. Und der hat beim Pipimachen eine Tote gefunden. Eine Frau.«

Leons Eifer war gleichermaßen faszinierend wie abstoßend. »Und wie kommst du auf Mark?«

»Na er ist doch Polizist. Bei der Kriminalpolizei. Ich habe ihn angerufen und gefragt. Und er war dabei.«

Das hatte er nicht getan! Ich sah ihn mit hochgezogenen Brauen an, studierte sein Gesicht. Er hatte es getan. Ich nahm mir ein weiteres Stück Pizza und biss hinein.

»Sie war echt übel zugerichtet. Voller Schnittwunden und verstümmelt.«

Ich legte das Stück zurück und schob den Teller von

mir. Es war Zeit für ein ernstes Wort zwischen uns. »Woher weißt du das?«

Leon suchte intensiv in der Schachtel nach einem weiteren Schokokuss. »Ach, hab ich so gehört.« Er sah nicht auf.

Ich runzelte die Stirn. »Sag mal, wenn da eine Tote gefunden worden ist, das ist doch nicht so schön, oder? Ich meine, sie ist vermutlich umgebracht worden. Wenn sie so zugerichtet war.« Ich hatte keine Ahnung, wie ich das angehen sollte. Leon schien hartgesottener, als ich gedacht hatte. Oder er hatte den Ernst der Lage nicht begriffen. »Das ist ein schreckliches Verbrechen. Und die Frau hatte bestimmt Freunde, vielleicht sogar eine Familie.« Das Bild von Karolina erschien vor meinem geistigen Auge, ich schüttelte den Kopf. »Das ist doch nicht toll, oder?«

Leon sah mich mit großen Augen an und dachte über das nach, was ich gesagt hatte. Sogar die Schokoküsse hatte er für einen Moment vergessen. Dann nickte er.

»Du hast recht«, sagte er schließlich. »Dann war es ein Mörder. Fängst du ihn?«

Nun musste ich doch lächeln. »Nein. Das ist nicht meine Aufgabe.«

»Aber du bist doch Privatdetektivin. Und hast auch schon einen Mörder gefangen.«

Daran wollte ich nicht erinnert werden. »Ja, aber das macht die Polizei.«

»Mark?«

»Vermutlich.«

»Habt ihr gestritten?«, legte Leon den Finger zielsicher in die Wunde.

Ich schüttelte den Kopf.

»Weißt du, vielleicht werde ich auch Polizist.«

Ich lächelte in mich hinein. Vor einer guten Woche hatte er Privatdetektiv werden wollen, sein Vorhaben aber aufgegeben, als er festgestellt hatte, wie langweilig Beschatten war. Sein neuer Berufswunsch würde ähnlich lang anhalten.

Er stand auf. »Mal sehen, vielleicht kann ich Mark irgendwie helfen.«

»Meinst du nicht, du solltest das der Polizei überlassen?«, fragte ich vorsichtig. »Also der richtigen. Ich kann mir nicht vorstellen, dass Mark Zeit zum Telefonieren hat.«

Leon überlegte einen Moment.

»Hey, was macht eigentlich dein X-Wing Starfighter?«

Seine Augen begannen zu glänzen. »Voll cool! Ich habe eine ganze Stadt dazu gebaut. Da gibt es jetzt richtig viel Action.«

Er erzählte noch ein bisschen, und ich war erleichtert. Wie einfach sich Kinder ablenken ließen.

Um halb sechs hatte ich genug davon, in der Wohnung zu sitzen und über Strohm oder Karolina nachzugrübeln. Ich brauchte einen Tapetenwechsel. Also schulterte ich meinen Lederbeutel und schloss doppelt ab. Wenig später parkte ich meinen altersschwachen Golf vor dem »Jazz-Keller«. Das war nicht nur der Ort, an den ich ab und zu ging, um etwas zu trinken, das war der Ort, an dem mein heimliches Zuhause war. Und an dem ich ab und zu sang.

Der Parkplatz davor füllte sich langsam, wenn auch die Zahl der Gäste überschaubar bleiben würde. Ich hatte Lou schon oft vorgeschlagen, den Laden montags zu schließen. Aber der »Jazz-Keller« war sein Ein und Alles. Mit dem Argument, dass dabei ein freier Tag für ihn heraussprang, rannte ich gegen Wände.

Samtig rotes Licht hüllte mich ein, als ich den Raum betrat, und das leise Summen gedämpfter Stimmen hieß mich willkommen. Nur wenige der runden Tische waren besetzt, gemütliche Sessel waren darum gruppiert, und Fanny, die Kellnerin, eilte mit Getränken durch die Gänge. Die festangestellte Sängerin Cosima hatte ihren freien Abend, sodass im Hintergrund leise Jazz-Klänge aus der Stereoanlage erklangen.

Ich nickte Andreas zu, der wie beinahe jeden Abend an einem der Tische im Gastraum saß. Vor ihm stand eine Flasche Bier, an der er gelegentlich nippte, und Flocki, die große und ständig sabberende Dänische Dogge, lag zu seinen Füßen.

Er erwiderte meinen Gruß, und sein Blick folgte mir, ich spürte es. Wenn Andreas mich ansah, bekam ich Gänsehaut. Es war nicht unangenehm, aber ich fühlte mich jedes Mal nackt, wenn er mich aus dunklen Augen intensiv musterte. Als würde er versuchen, auf den Grund meiner Seele zu blicken.

Wie immer trug er schwarze Röhrenjeans, ein schwarzes Hemd, die Haare zum Pferdeschwanz zusammengebunden. An sich nichts Ungewöhnliches, aber um Andreas rankten sich Gerüchte. Von einem Tag auf den anderen war er da gewesen, Flocki an seiner Seite. Niemand wusste, wer er war, woher er kam oder was er tat. Manchmal fragte ich mich, ob er überhaupt Andreas hieß. Wenn nur die Hälfte von dem stimmte, was gemunkelt wurde, machte man ihn sich besser nicht zum Feind.

Andreas hatte vielfältige Talente. Er war ein fantastischer Sänger, aber eine Wiederholung des Duetts mit ihm würde es nicht geben. Erst kürzlich war er zu meinem persönlichen Vocalcoach mutiert und hatte Gesangsqualitäten bei mir zum Vorschein gebracht, die mir selbst bis dahin unbekannt gewesen waren.

Trotzdem blieb ich dabei: Man kam ihm besser nicht zu nahe.

»Was darf's sein?«, drang Fannys fröhliche Stimme an mein Ohr. Sie war von hinten an mich herangetreten, und ich drehte mich zu ihr um. Ich bin nicht besonders groß, dennoch blickte ich auf sie herab. Ihre Stupsnase reckte sich mir entgegen, das Tablett hielt sie mit beiden Händen locker vor dem Bauch.

»Ich hatte dich nicht hier erwartet.« Sie zwinkerte mir zu.

»Wieso?«

»Na komm schon, so wie du und dein Kommissar am Samstagabend verschwunden seid, hatte ich nicht damit gerechnet, dass ihr das Bett vor Ende der Woche verlassen würdet.« Sie grinste mich frech an. »Er sieht übrigens zum Anbeißen aus! Da kann jede Frau schwach werden. Und ich verstehe Lou. Ach, da kommt er ja.«

Ich drehte mich langsam um. Lou kam mit ausgebreiteten Armen auf mich zugerannt.

»Ich will noch ein paar Details!«, raunte Fanny mir zu, ehe Lou mich in seine Arme zog.

»Jule! Wie schön, dass du hier bist!« Er küsste mich links und rechts auf die Wange und hielt mich dann auf Armeslänge von sich entfernt, um mich mit leicht schräg geneigtem Kopf zu mustern.

Lou hieß eigentlich Gregor Falke. Er liebte Jazz, und seinen Spitznamen verdankte er seiner Kleidung. Ich kannte ihn nicht anders als im Anzug. Meist waren sie weiß oder schwarz, dazu einen Hut, um den ein farbiges Band geschlungen war. Abgestimmt in gleicher Farbe wahlweise eine Krawatte oder ein Einstecktuch. An der Ernsthaftigkeit, mit der er diese Ensembles trug, zweifelte niemand. Dennoch sah er aus, wie eine zu klein geratene und in die Breite gezogene Kopie von Lou Bega.

»Wer hätte das gedacht! Du und der Kommissar. Du bist mir vielleicht eine.« Er ließ mich los und drohte mir scherzhaft mit dem Zeigefinger.

So lächerlich das war, aber Mark hatte Lou kürzlich für einen Serienmörder gehalten. Ich hatte meinen Freund herauspauken müssen, was mich beinahe das Leben gekostet hatte. Am Ende war es Lou ähnlich ergangen wie mir: Er war dem kantigen Äußeren von Mark und seinem lausbubenhaften Grinsen verfallen und hatte sich in ihn verguckt. Mark wusste von seinem Glück nichts, und ich hatte mich gehütet, es ihm zu erzählen.

»Das Sommerfest müssen wir wiederholen. Das war so ein toller Erfolg! Fantastisch, einfach fulminant! Ich wusste ja, dass du singen kannst. Aber dass du so ein Pfund raushaust, unglaublich.« Überschwänglich drückte er mich noch einmal an sich, ehe er zurück zu seinen Gästen verschwand.

»Was zu trinken?«, fragte Fanny, als Lou gegangen war, und ich bestellte eine Cola, was mir einen entsetzten Blick eintrug. »Ist dir schlecht? Bist du schwanger?«

»Also wirklich, Fanny!«

Sie kicherte. »Könnte doch sein. An Unbefleckte Empfängnis glaube ich zumindest nicht.«

»Jetzt werd nicht frech!«

»Du bist mir noch ein paar Details schuldig. Ich will alles wissen«, fügte sie mit Grabesstimme hinzu. »Und wer weiß, vielleicht …« Sie ließ den Satz in der Luft hängen und grinste mich keck an.

»Ich glaube nicht, dass das so schnell geht.« Die Vorstellung, über Nacht schwanger zu werden, war zu absurd. Ich schüttelte den Kopf. So komisch das war, es wäre ein Albtraum. Nicht nur für mich, sicher auch für Mark.

Fanny stellte das Glas vor mir ab und ging dann in den Gastraum, um Bestellungen aufzunehmen.

Ich ließ meinen Blick über die Tische schweifen, die nur mäßig besetzt waren, während ich der Musik lauschte.

Über den »Jazz-Keller« war ich vor einigen Jahren gestolpert. Mehr durch Zufall, als dass ich es beabsichtigt hätte. Ziellos war ich durch die Nacht gestreift und dann stehen geblieben, um den Klängen von drinnen zu lauschen. Ich wusste bis heute nicht, warum ich hineingegangen war. Es musste eine Fügung des Schicksals gewesen sein.

Drinnen wurde ich damals vom Lärm eines Junggesellenabschieds empfangen, und ich sah der Alberei eine Zeitlang zu, während ich einen Cocktail trank. Irgendwann wurde ein improvisierter Karaoke-Wettbewerb ausgetragen. Angeleiert vom angesäuselten Bräutigam, der noch einmal einen draufmachen wollte. Er quatsche so lange auf Lou ein, bis der Cosima in die Pause schickte und die Bühne den Herrn der Schöpfung überließ.

Es dauerte nicht lange, da hatte ich Lust, es auch einmal wieder zu versuchen. Ich trank mir mit einem weiteren von Fannys Cocktails Mut an und fragte schließlich, ob ich das Mikrofon haben dürfte. Die fröhliche Runde nahm mich gern in ihrer Mitte auf. Sie johlten und feuerten mich an. Bis die ersten Töne von Bette Midlers »The Rose« erklangen und ich zu singen begann.

Das Gejohle verstummte, und den Rest des Abends gestaltete ich. Zwar hatte Cosima einen Versuch unternommen, die Bühne zurückzuerobern, aber Lou hatte sie am Arm festgehalten. Ab diesem Zeitpunkt nahm ich den ersten Platz in ihrer persönlichen Hassliste ein, während Lou mich am liebsten adoptiert hätte. Er hatte mir schließlich das Versprechen abgenommen, wiederzukommen, und ab da war ich öfter Gast im »Jazz-Keller«. Lou wollte mich mehr als einmal überreden, einen Vertrag bei ihm zu unterschreiben. Ich hatte abgelehnt. Wenn ich singen wollte, sang ich. Wenn nicht, dann nicht. Mein Verhältnis zu Cosima hatte das nicht verbessert.

Andreas kam auf mich zu, die Bierflasche lässig in der Hand, und setzte sich auf den Barhocker neben mich.

Flocki schnupperte ein bisschen an mir, hinterließ eine Sabberspur auf meiner Hose und ließ sich dann mit einem tiefen Seufzer auf den Boden fallen. Den Kopf auf die Vorderpfoten gelegt, guckte sie aus traurigen Augen zu mir hoch.

»Probleme, Prinzessin?« Andreas dunkle Stimme drang an mein Ohr.

»Nein«, antwortete ich. »Ich meine, ja … also … ach Mist!«

»Du hast Probleme«, stellte er fest und nippte an seinem Bier. »Dachte ich mir schon. Man sieht es dir an.«

»Ehrlich?« War ich eine so schlechte Schauspielerin?

»Du trägst es vor dir her wie an die Stirn getackert.«

Er tippte mit dem Zeigefinger an meinen Haaransatz. Dann fasste er mir ans Kinn. Langsam drehte er meinen Kopf und zwang mich, ihn anzusehen. »Hör mal, du hast in letzter Zeit zweimal ziemlich Mist gebaut. Das hätte schief gehen können.«

Ich antwortete nicht.

»Vielleicht kann ich dir helfen. Ich habe … Möglichkeiten.«

Jetzt sah ich ihn an, versuchte, in seinem Gesicht eine Antwort zu finden. »Welche Möglichkeiten sind das denn?«

»Dies und das.«

»Wer bist du?«

Wieder lachte er leise, gab mir aber keine Antwort. »Brauchst du meine Hilfe?«

Und plötzlich wusste ich, was ich zu tun hatte. Ich atmete tief durch. »Das ist nett von dir. Aber nein, danke.«

»Okay, du weißt, wo du mich findest, falls du es dir anders überlegst.«

Wenig später verließ ich den »Jazz-Keller«.

Zu Hause empfing mich die Einsamkeit, die immer in meiner Wohnung auf mich lauerte und mich überfiel, sobald ich die Tür öffnete. Doch das Gespräch mit Andreas hatte mir geholfen. Es hatte mir gezeigt, dass ich das Päckchen teilen musste, weil mein Rücken nicht stark genug war, es zu tragen. Ich hatte mich ohnehin zu lang allein damit abgemüht.

Ich hatte an Mark denken müssen, vorhin am Tresen der Bar. Und da hatte ich gewusst, dass er mir helfen würde. Sicher hatte er Verständnis dafür, dass ich damals die Akte ausgeliehen und kopiert hatte. Er würde mir auch meinen überstürzten Aufbruch in der Pizzeria verzeihen. Und ich würde mich zusammenreißen und daran glauben, dass es für Nicole eine logische Erklärung gab.

Ich setzte mich an den Küchentisch und griff nach dem Telefon. Ich atmete tief ein, dann wählte ich die Durchwahl bei der Kripo. Ich kannte sie auswendig. Einmal eingetippt brannten sich Nummern für lange Zeit in mein Gedächtnis ein. Etwas, auf das ich stolz war und das ich trainierte. In Zeiten digitaler Speicher eine Seltenheit.

Das Freizeichen ertönte, und mein Herzschlag beschleunigte sich. Obwohl es längst Abend war, wusste ich, dass er noch arbeitete und gleich abnehmen würde.

»Jule.«

»Hallo, Mark.«

Im Hintergrund waren Geräusche zu hören, er war nicht allein.

»Das ist ein ganz schlechter Zeitpunkt im Moment«, sagte er. Er klang abgehetzt, müde. Dann hielt er den Hörer zu und sprach mit jemand anderem. Ich konnte nicht verstehen, was er sagte. »Lass uns wann anders reden, ich habe gerade überhaupt keine Zeit.«

»Mark, ich …«

»Es geht gerade nicht. Ich weiß nicht, wann ich hier herauskomme.«

»Ich habe ein Problem!«, sagte ich verzweifelt.

»Ich auch.«

Mit Nicole?, lag mir auf der Zunge zu fragen, dann drang aber schon das Freizeichen aus der Leitung. Er hatte aufgelegt. Einfach aufgelegt! War es zu fassen?

Ich hielt das Telefon in der Hand und starrte es an. Dann stand ich auf, griff mit zusammengebissenen Zähnen nach meinem Lederbeutel und verließ die Wohnung wieder.

Kurze Zeit später umfing mich wieder die tröstliche Stimmung des »Jazz-Kellers«. Fanny sah mich mit großen Augen an, als ich mich auf den gleichen Hocker fallen ließ, den ich kurz zuvor verlassen hatte.

»Machst du mir bitte einen Kaffee? Und einen Cocktail. Tequila Sunrise«, erstickte ich ihre Fragen im Keim.

Ihre Augen wurden immer größer, aber sie wagte nicht, etwas zu sagen.

Ich brauchte ein Ventil. Als sie mir den Kaffee hinstellte, daneben den Cocktail, verlangte ich nach dem Mikrofon. Ohne eine Frage zu stellen, gehorchte sie und drehte die Musik aus. Als ich auf der Bühne stand, dimmte sie das Licht. Ich sah nicht hinunter ins Publikum. Hatte keine Ahnung, wie viele Gäste dort saßen, verschwendete keinen Gedanken darauf, ob Andreas unten saß oder nicht. Ich schloss einfach die Augen und wartete, dass die Musik einsetzte.

Die ersten Töne von Aviciis »Wake me up« drangen an mein Ohr, und ich begann zu singen.

Treffender hätte ich meinen momentanen Zustand nicht formulieren können. Meine Geschichte begann hier und jetzt, und ich hatte keine Ahnung, wohin sie gehen würde. Lediglich mein Ziel, das kannte ich. Ich hatte es fest anvisiert und würde keinen Moment ruhen, ehe ich es erreicht hatte.

Als ich geendet hatte, fühlte ich mich besser. Erleichtert. Die Musik hatte etwas Magisches für mich. Sie schaffte es, Unaussprechliches durch Töne in Worte zu fassen. Und nahm der Realität damit ein wenig von ihrem

Schrecken. Ich legte das Mikrofon zur Seite und ging zurück an meinen Platz am Tresen.

»Geht's dir jetzt besser?«, fragte Fanny und stellte mir ungefragt noch einen Tequila Sunrise hin. Ich würde mit dem Taxi nach Hause fahren, entschied ich. Heute war es sowieso egal.

Ich nickte und nahm einen tiefen Schluck.

Es dauerte nicht lang, dann spürte ich ein Kribbeln über meinen Rücken wandern. Wenig später stupste mich etwas gegen die Hüfte, und als ich die Hand automatisch nach unten streckte, strichen meine Finger über einen weichen Hundekopf.

Andreas setzte sich auf den gleichen Hocker wie zuvor, und Flocki ließ sich auf den Boden plumpsen. So ein Hundeleben war erfreulich einfach, wie mir schien.

»Nehmen wir mal für einen kurzen Moment an, ich bitte dich um Hilfe«, sagte ich in die Stille hinein, ohne ihn anzusehen. »Nur für einen winzigen Augenblick. Wie sähe die aus?«

»Dann sollte ich zuerst einmal dein Problem kennen.«

Ich wandte den Kopf. Sein Profil war kantig, das im Nacken zusammengebundene schwarze Haar verlieh ihm etwas Geschmeidiges. Kurz drängte sich mir der Vergleich mit einem Panther auf, der auf der Lauer lag.

Möglicherweise war es der Alkohol, der mich die Entscheidung fällen ließ. Oder meine Wut auf Mark. Ich atmete tief durch. »Okay, dann lass uns reden.«

Andreas stand auf. »Da unten haben wir mehr Ruhe.« Ohne zu sehen, ob ich ihm folgte, nahm er sein Bier und setzte sich an seinen Tisch im Gastraum. Flocki erhob sich augenblicklich, trottete hinter ihm her und ließ sich zu seinen Füßen wieder nieder.

Ich setzte mich ebenfalls. Die Situation hatte etwas Surreales. Vor Kurzem hatte ich ein Duett mit Andreas gesungen und ihn für einen Serienkiller gehalten. Was erwartete mich jetzt?

Er war ein guter Zuhörer. Redete nicht, lauschte sogar meinem Schweigen und sah mich einfach nur an. Nicht erwartungsvoll, nein, geduldig. Ich begann, Vertrauen zu fassen. Fühlte die innere Ruhe, die er ausstrahlte und die auch mich ergriff. Es tat so gut, mir endlich alles von der Seele zu reden.

»Und jetzt weiß ich nicht, ob er es war oder nicht, und ich habe keine Ahnung, was ich tun soll«, beendete ich meinen Bericht und sah unglücklich auf.

Ein seltsamer Ausdruck stahl sich in seine Augen, den ich nicht deuten konnte. Es sah aus wie … Schmerz.

»Okay«, sagte er schließlich. »Du hast ein Problem.«

»Sage ich doch. Denkst du, dass er es war? Ist es möglich, dass ich die Stimme 14 Jahre nicht gehört habe und sie dann trotzdem wiedererkenne?« Ich starrte vor mich hin. »Und wenn er es nicht war?«

»Das ist nicht die Frage«, sagte er und nippte an seinem Bier. »Sieh mal, du wirst es dir nie verzeihen, wenn du nicht versuchst, es herauszufinden. Du kaust schon so lange an der Geschichte. Im Grunde ist es ein Wunder, dass du nicht längst daran kaputtgegangen bist. Du suchst die Bestätigung dafür, dass du etwas unternehmen musst. Ich verstehe dich nur zu gut.« Er lachte leise, aber da war ein trauriger Ausdruck in seinen Augen.

»Und jetzt? Glaubst du, dass Martin Strohm meinen Vater umgebracht hat?« Es auszusprechen, nahm der Situation den Schrecken.

»Lass es uns herausfinden. Wenn du es nicht tust, wirst du immer mit der Frage leben müssen, ob er es war oder nicht. Und deine Schuld nie abtragen können. Zu dem Päckchen, das du trägst, wirst du dir ein weiteres aufhalsen. Und das wird dich irgendwann auffressen.«

Er hatte recht.

»Lass mich mal in Ruhe darüber nachdenken«, bat er, und ich nickte.

Wir saßen noch eine Weile nebeneinander. Während ich meinen Cocktail trank, hüllte Andreas sich in Schweigen. Er wirkte abwesend, war in Gedanken ganz woanders, das konnte ich deutlich sehen.

»Wir sind uns ähnlicher, als du denkst«, meinte ich, ihn murmeln zu hören, als ich aufstand. Ich wandte mich um, doch er saß da und starrte vor sich hin, und ich fragte mich, ob ich mir das nicht nur eingebildet hatte.

DIENSTAG

Am nächsten Morgen fühlte ich mich frisch und ausgeruht wie seit Langem nicht mehr. Mir den ganzen Mist von der Seele zu reden, hatte gut getan, ich hätte es längst tun sollen.

Wenig später saß ich mit einer Tasse Kaffee vor dem Laptop, bereit, die Aufgaben anzunehmen. Denn da gab es nicht nur Strohm, ich musste mich auch um das verschwundene polnische Mädchen kümmern.

Zunächst googelte ich Martin Strohm und erhielt knapp fünf Millionen Einträge. Ich schränkte die Suche um den Wohnort ein und landete gleich einige Treffer. Bilder waren da zu sehen von der Person, der ich vorletzte Nacht in Nersingen gegenübergestanden hatte. Jünger sah er aus, lächelte freundlich in die Kamera. Die Bilder waren von einem Fotografen aufgenommen, eindeutig. Strohm verkörperte lässige Eleganz und strahlte eine Souveränität aus, die ich von einflussreichen Geschäftsleuten kannte. Kein Zweifel, er war es gewohnt, Anweisungen zu erteilen. Vermutlich duldete er keinen Widerspruch. Obwohl er auf dem Bild lachte, wirkten seine Augen kalt. Unwillkürlich bekam ich Gänsehaut.

Gleich darauf fand ich die Antwort auf meine Frage, wer er war. Der nächste Hinweis bezog sich auf »Strohm – Internationale Transporte«.

Nicht schon wieder! Von Speditionen hatte ich seit meinem letzten Fall die Nase gestrichen voll. Einen der

Verbrecher, der mit Drogen im großem Stil gehandelt hatte, hatte ich ins Krankenhaus verfrachtet. Noch war nicht sicher, ob er durchkommen würde.

Doch offenbar war Strohm ein angesehener Bürger des Landkreises. Mir war er gänzlich unbekannt. Was nicht zuletzt daran liegen mochte, dass er, obwohl nur einen Steinwurf entfernt, in einem anderen Bundesland wohnte und arbeitete. Nersingen lag in Bayern, nicht mehr in Baden-Württemberg. Allerdings scherte ich mich auch selten um die Upperclass in meiner Umgebung. Ich gehörte nicht dazu, so viel stand fest.

Strohm schien Mitglied im Lions Club zu sein, nahm regelmäßig an Golfturnieren teil, und seine Firma war mit etlichen Preisen ausgezeichnet worden. Außerdem engagierte er sich für einen Förderkreis, der sich um tumor- und leukämiekranke Kinder kümmerte.

So viel soziales Engagement. Wie passte das zusammen? Ich nagte gedankenverloren auf dem Stift herum, mit dem ich meine Erkenntnisse über Strohm in mein Notizbuch geschrieben hatte. Interessantes war noch nicht viel zusammengekommen, aber es half mir, meine Gedanken zu sortieren. So sehr ich sonst schludern mochte, über meine Fälle führte ich akribisch Buch. Und für den Spediteur hatte ich ein neues begonnen.

Wo sonst konnte ich weitere Auskünfte sammeln? Ich hätte Jochen anrufen und ihn fragen können, ob etwas gegen Strohm vorlag. Dann hätte ich die Farce mit dem Crash in der vorletzten Nacht aber nicht mehr aufrechterhalten können. Und meinen Ex-Kollegen in Schwierigkeiten gebracht, weil er mir helfen wollte, aber nicht durfte. Wenn es ganz dumm lief, würde sogar Mark von meinen Nachforschungen erfahren.

Nein, Jochen schied als Informationsquelle diesmal aus.

Ich nahm den Stift aus dem Mund. Im Grunde wusste ich, wen ich anrufen musste. Das Telefonat würde wieder in endlosen Diskussionen enden, die zu nichts führten.

Ich schob das Notizbuch und den Stift auf dem Tisch hin und her und starrte auf die zerschrammte Holzplatte. Es half nichts, ich wählte ihre Nummer. Einen irrwitzigen Moment lang hoffte ich, dass sie nicht zu Hause war. Auch wenn mir das nichts brachte. Als sie sich schließlich meldete, schloss ich einen Moment die Augen und räusperte mich.

»Hier ist Jule.«

Die Antwort war ein erstauntes und erfreutes Aufatmen, das mich an das Jauchzen eines kleinen Kindes erinnerte, das in die Luft geworfen und wieder aufgefangen wurde.

»Jule, wie schön, dass du dich meldest! Damit hätte ich ja nie gerechnet.«

Ich tat das nicht freiwillig!

»Hast du es dir überlegt?«

»Was meinst du?«

»Na, möchtest du auf meiner Vernissage jetzt doch singen?«

Um Himmels willen, das hatte ich völlig vergessen! Wie konnte ich nur? »Nein, es geht um etwas ganz anderes«, versuchte ich, sie von ihrem Vorhaben abzulenken.

»Ach …« Die Enttäuschung in ihrer Stimme war nicht zu überhören. Als hätte ihr jemand einen Eimer kaltes Wasser über den Kopf gekippt.

»Martin Strohm«, warf ich einen Brocken hin, in der Hoffnung, dass sie das Thema Kunst damit ruhen ließ.

Nun schwieg sie. Lange Zeit drang kein Ton aus dem Hörer, und ich wollte schon fragen, ob sie noch dran war. Vielleicht hatte die Technik sie wieder im Stich gelassen. Doch dann hörte ich sie atmen.

»Und?«, drängte ich schließlich, als es mir zu lange dauerte.

»Wie kommst du ausgerechnet auf den?«

Das letzte Wort langgezogen wie Kaugummi. Sie kannte ihn. Woher? Wer war er?

»Habe ich in alten Unterlagen von Papa gefunden«, log ich und hoffte, dass sie die Unterlagen niemals sehen wollte.

»Er war ein Schulfreund von deinem Vater. Sie haben zusammen die mittlere Reife gemacht.«

Sie hatten sich gekannt! War es zu fassen! Eine Spur, ich hatte eine Spur. Es konnte tatsächlich möglich sein.

»Waren sie gute Freunde?«

Meine Mutter schwieg einen Moment, als müsse sie in ihrem Gedächtnis kramen. »Ich denke schon. Damals zumindest. Aber das war noch, bevor wir uns kennengelernt haben. Also, dein Vater und ich.«

Sie sprach nie von »Papa« oder »Fritz«. Geschweige denn von »meinem Mann« oder Ähnlichem. Für sie war er immer nur »dein Vater«. Das Unpersönliche in dieser Äußerung mochte ihre Beziehung widerspiegeln. Ob sie überhaupt jemals glücklich gewesen waren? Am Anfang vielleicht. Als sie das Leben genossen hatten. Aber dann war ich passiert. Ein Unfall. Bitterkeit mischte sich zu dem Chaos in meinem Kopf, und ich versuchte trotzig, sie zu verdrängen. Dafür war im Moment kein Platz.

»Ein paar Mal war Martin noch mit uns unterwegs, dann haben wir uns aus den Augen verloren. Ich hatte aber nie den Eindruck, dass dein Vater darüber sehr betrübt war, wenn sie zu Schulzeiten auch echt gute Freunde gewesen sind. Martin hat nach der Schule wohl ein paar krumme Dinger gedreht.«

Wie sich das anhörte aus dem Mund meiner Mutter.

»Krumme Dinger?«

»Ich habe keine Ahnung. Er hat nie gesessen oder so. Ich weiß auch nicht, ob überhaupt je Anklage erhoben wurde. Im Grunde weiß ich überhaupt nichts. Heute hat er eine Spedition drüben in Bayern. Ich glaube nicht, dass sie noch Kontakt zueinander hatten.«

Keinen, bis zu jenem verheerenden Abend vor 14 Jahren? Das Gesicht meines Vaters tauchte vor meinem inneren Auge auf. Sein jungenhaftes Lächeln, die Arme ausgebreitet, bereit, mich aufzufangen.

Ich schwieg einen Moment, versuchte, den Kloß in meinem Hals hinunterzuschlucken.

»Ich verstehe nicht, warum du das alles wissen willst.«

»Bin ich eben beim Aufräumen darüber gestolpert«, murmelte ich vor mich hin und hoffte, sie damit abspeisen zu können.

Meine Sorgen waren unbegründet. Eine Unart meiner Mutter war, dass sie das Thema fliegend wechseln konnte. Auch wenn sie zuvor eine Frage gestellt hatte, im nächsten Moment interessierte sie weder die Antwort noch ihr Gegenüber.

»Na, wie auch immer«, fuhr sie auch gleich fort und schob eine Kunstpause ein. »Wegen der Vernissage und deinem Gesang …«

»Mutter, jetzt hör bitte auf, davon zu reden!«, entfuhr

es mir. »Ich werde nicht für dich singen. Schlag dir das ein für alle Mal aus dem Kopf!«

»Aber Jule, jetzt sei doch nicht gleich so grantig.«

»Ich bin nicht grantig, aber ich muss arbeiten. Und zwar dringend. Ich habe gerade zwei schwierige Fälle, und da kann ich mich auf nichts anderes konzentrieren.«

Das war nicht einmal gelogen.

»Aber Jule …«

»Sorry, Mutter, aber ich muss arbeiten.«

Ich hatte meine Motorradklamotten angezogen und den Helm schon in der Hand, als mein Handy klingelte.

»Hier Alicja Golla«, meldete sich meine Gesprächspartnerin.

Das musste eine Art Gedankenübertragung gewesen.

»Ich wollen nur fragen, ob Sie schon etwas haben erfahren wegen die Telefonnummer. Und wegen Karolina.«

»Ich bin dran«, sagte ich. »Gerade wollte ich zu Familie Neuenfels nach Setzingen fahren. Das Überprüfen der Telefonnummer dauert noch ein wenig. Aber ich kümmere mich und melde mich bei Ihnen, sobald ich etwas herausgefunden habe. Das dauert sicher nicht mehr lang.«

»Okay, ich hoffe.«

Die Telefonnummer. Ich hatte sie von Alicja bekommen und von dem Zettel auf meinen Block übertragen, den ich nun aus der Handtasche zog.

Einem Impuls folgend wählte ich die Nummer und lauschte angestrengt in den Hörer. Die Stille wurde schließlich von einer freundlichen Automatenstimme unterbrochen, die mir erklärte, dass »The person you have called is temporarily not available«. Was hatte ich erwartet? Dass Karolina freudestrahlend den Hörer abnahm? Um mir zu erklären, dass es ihr gut ginge und alles nur ein Missverständnis sei? Alicja hatte das längst probiert. Wenn ich sie gewesen wäre, hätte ich mir die Finger wund gewählt.

Andreas war die Lösung für mein dringendstes Problem. Und dabei konnte er gleich unter Beweis stellen, was er drauf hatte.

Noch nie hatte ich ihn angerufen. Bis gestern hatte ich noch nicht einmal eine Telefonnummer von ihm gehabt.

Schon nach dem ersten Klingelton hob er ab. Mehr als ein knappes »Ja« drang aber nicht zu mir.

»Hier ist Jule.«

»Weiß ich, Prinzessin.«

»Woher?«

»Wusste ich schon, bevor es geklingelt hat.«

»Bist du Chuck Norris oder was?« Veralberte er mich? Klar tat er das.

»Wenn ich Chuck Norris wäre, hätte ich dich angerufen, um dir die Antwort auf deine Frage zu geben.«

Ich schnaubte. »Wie sieht es aus, bleibt es dabei, dass du mir hilfst?«

»Sicher.«

»Okay, du musst mir einen Gefallen tun. Ich habe eine Handynummer und muss wissen, wem der Anschluss gehört. Mit Namen, Adresse und allem, was dazugehört.« Angestrengt lauschte ich dem Schweigen, das aus der Leitung kam. »Bist du noch da?«

»Ich habe Stift und Papier in der Hand, schieß los.«

Ich diktierte die Zahlen.

»Mach ich«, sagte er, und ich rechnete schon damit,

dass das Gespräch damit beendet wäre. »Prinzessin hat das mit dem Fall zu tun?«

Ups. »Im weitesten Sinn«, antwortete ich schnell und wurde rot wie ein Feuermelder.

»Gut, ich wollte nur sichergehen.« Mit diesen Worten legte er auf, und ich sank auf den Küchenstuhl. Mit Andreas zusammenzuarbeiten würde alles andere als leicht werden.

Kurzerhand übertrug ich alles, was ich an Informationen über Karolina bekommen hatte, in mein Notizbuch. Inklusive der Telefonnummer, die ich Andreas gerade durchgegeben hatte.

Wenig später preschte ich mit dem Motorrad davon. Andere gingen zum Joggen, um ihre Gedanken zu sortieren, aber ich hasste es, ziellos einen Fuß vor den anderen zu setzen und schweißgebadet und mit Seitenstechen nach Hause zu kommen. Für mich war eine gemütliche Fahrt mit dem Motorrad die ideale Gelegenheit, mich auf andere Gedanken zu bringen. Dabei brauchte ich nicht zu rasen. Ich gehörte nicht zu den Fahrern, die stolz darauf waren, in kürzester Zeit von A nach B zu gelangen und dabei Rekorde aufzustellen. Oder unterwegs an einem Baum zu landen. Nein, ich genoss die Natur und die Freiheit, die mich umgab. Die Sonnenstrahlen und den kühlen Wind, der mir ins Gesicht wehte, wenn ich das Visier hochklappte.

Setzingen war ein kleiner Ort am Rande der Schwäbischen Alb. Für mich der Inbegriff ländlicher Idylle. Zwischen normalen Wohnhäusern gab es noch wenige Bauernhäuser am Straßenrand, zum Teil üppig bepflanzt, an anderen nagte wiederum der Zahn der Zeit. Die Hauptstraße führte schnurgeradeaus durch den Ort. Ich hatte mir zuvor angesehen, wo ich hinmusste, und bog in der Mitte rechts ab.

Wenig später parkte ich das Motorrad vor dem Wohnhaus der Familie Neuenfels. Vögel zwitscherten, und der Wind strich durch das Pampasgras im Vorgarten. Aus dem Garten war Kindergeschrei zu hören, auf dem Nachbargrundstück wurde der Rasen gemäht.

Ich klingelte an der Vordertür und lauschte dem Trampeln kleiner Füße im Flur. Dann erklang Geschrei, gleich darauf wurde die Tür aufgerissen und ein kleiner Junge von fünf oder sechs Jahren sah mich mit großen Augen an. Er trug kurze Hosen, die Knie grün von Grasflecken. Hinter ihm ertönte ohrenbetäubendes Geschrei. Ein weiterer, kleinerer Junge tauchte auf, den Mund aufgerissen, dicke Krokodilstränen kullerten über seine Wange.

»Ich wollte auch die Tür aufmachen«, schluchzte er.

Interessiert sah ich zu, wie nun auch die Mutter erschien, den Kleinen sichtlich genervt vom Boden hochnahm und den Größeren zurückzog.

»Samuel, wie oft habe ich dir schon gesagt, dass du nicht einfach die Tür aufmachen darfst. Du weißt doch nicht, wer draußen steht. Entschuldigung«, sagte sie, an mich gewandt. »Außerdem möchte Philip die Tür auch einmal aufmachen.«

Den Großen kümmerte das wenig. Er grinste mich ungeniert an.

»Die Kinder machen mich fertig«, stöhnte sie und strich sich das lange dunkle Haar aus der Stirn.

»Hallo«, sagte ich und musterte sie.

Sie war kleiner als ich und kam offenbar gerade von der Gartenarbeit. Auch ihre Hosen wiesen Flecken auf, und das T-Shirt war alt und löchrig.

»Bitte entschuldigen Sie. Hallo.«

»Mein Name ist Jule Flemming.« Ich streckte ihr die Hand entgegen, aber sie schüttelte den Kopf.

»Ich war gerade im Garten und habe mit den Kindern Johannisbeeren gepflückt. Sie würden sich nur schmutzig machen.«

Ich zog die Hand zurück. »Ich bin Privatdetektivin. Darf ich Sie kurz sprechen?« Ich reichte ihr eine Karte und wartete schweigend ab, bis sie sie studiert hatte und wieder aufsah.

Sie schaute an mir vorbei und hob die Hand. Ein gequälter Ausdruck huschte über ihr Gesicht. »Hallo.«

Automatisch drehte ich mich um und sah eine ältere Frau den Weg entlang gehen. Sie schien es nicht besonders eilig zu haben und sah unverwandt zu uns herüber. Nun blieb sie sogar stehen.

»Und? Haben Sie das Rezept schon ausprobiert?«, wollte sie wissen und lehnte sich an das Gartentor.

»Ich bin noch nicht dazu gekommen«, antwortete Frau Neuenfels und zog Samuel von der Tür weg nach drinnen. »Kommen Sie«, fügte sie an mich gewandt hinzu. Sie trat zur Seite und gab den Eingang frei. »Vielleicht ist es besser, wenn wir reingehen.«

Ich meinte etwas wie »neugierige alte Schachtel« vernommen zu haben, konnte mich aber auch täuschen.

Samuel drehte sich um und rannte davon. Philip strampelte sich ebenfalls frei, wurde von seiner Mutter auf dem Boden abgesetzt und stob hinterher.

»Privatdetektivin? Wie komme ich zu der Ehre?« Ihr Lachen hörte sich gekünstelt an, der Blick war wachsam.

»Ich habe ein paar Fragen zu Karolina Golla.«

Einen Moment musterte sie mich schweigend, dann führte sie mich durch die Küche in das Esszimmer. Überall waren Spuren der Kinder zu sehen.

»Bitte entschuldigen Sie die Unordnung«, sagte sie verlegen. »Aber wo Kinder sind, ist es schwer, das Chaos im Griff zu halten. Bitte nehmen Sie Platz.« Sie deutete auf einen Tisch, um den vier Stühle standen, und setzte sich so, dass sie die Terrassentür im Blick hatte.

Philip und Samuel hatten sich augenscheinlich wieder beruhigt und spielten im Sandkasten miteinander.

Die beiden erinnerten mich an die Kinder meiner besten Freundin Conny, Sophie und Alexa. Die beiden stritten auch ständig miteinander. Und wenn sie sich längst wieder beruhigt hatten, war Conny noch immer sauer darüber, dass sie sich gezankt hatten.

Ich setzte mich zu ihr und zog mein Notizbuch aus der Tasche. »Ich bin wegen Karolina Golla hier«, wiederholte ich und ließ sie nicht aus den Augen. »Ihrem Au-pair-Mädchen. Sie wird vermisst, und ihre Spur verliert sich irgendwo hier.«

»Au-pair-Mädchen ...?«

»Sie hatten kein Au-pair-Mädchen?« Wie kam Alicja dann auf diesen Namen und die Adresse?

»Äh, nein. Ich meine ... also ...«

Ich holte das Foto aus dem Notizbuch und schob es ihr über den Tisch zu. »Das ist Karolina Golla. Kennen Sie sie?«

Ihre Augen flackerten, sie warf nur einen kurzen Blick auf das Bild und schob es wieder zu mir herüber. »Ich kenne die Frau nicht.«

Sie log. Dazu brauchte man nicht über viel Menschenkenntnis verfügen. »Sie kennen Sie also nicht?«

Wieder schüttelte sie den Kopf.

»Nun, ich habe Ihren Namen und Ihre Adresse als letzten bekannten Aufenthaltsort erhalten. Wie können Sie sich das erklären?«

Frau Neuenfels sah zum Fenster hinaus auf die spielenden Kinder und zuckte mit den Schultern. »Ich habe keine Ahnung. Das müssen Sie schon den fragen, der das behauptet hat.«

»Wenn das alles ein Missverständnis ist, wird sich das sicher über die Au-pair-Agentur aufklären lassen«, sagte ich und sah, wie sie zusammenzuckte.

Samuel kam hereingerannt, Philip hinterher. »Mama, ich habe Durst, ich will was trinken.«

»Wie heißt das?«, fragte sie automatisch und stand auf.

»Bitte«, maulte Samuel. »Krieg ich jetzt was?«

Ich fuhr mit der Hand über den Tisch und fegte das Foto zu Boden. Es segelte kurz über das Parkett, dann blieb es mit der Rückseite nach oben liegen. Samuel und Philip bückten sich gleichzeitig, aber Samuel war schneller und hob es auf. Philips Mundwinkel zuckten schon wieder, dann sah er das Bild an, das sein Bruder umgedreht hatte.

»Hey, das ist ja Karo«, sagte er und strahlte. »Kennst du die auch?«

Ich nickte und sah dabei Frau Neuenfels an. Ihr Gesicht hatte eine tiefrote Farbe angenommen, sie sah zu Boden. Dann verschwand sie eilig in der Küche. Ich hörte sie mit Geschirr klappern, dann gluckerte es. Kurze Zeit später kam sie mit zwei gefüllten Kindergläsern zurück.

Samuel reichte mir das Foto zurück, trank einen Schluck und stellte das Glas auf dem Tisch ab, ehe er wieder hinausrannte, seinen Bruder im Schlepptau.

Ich sagte nichts und wartete ab. Doch Frau Neuenfels schien verstummt.

»Sie kennen Karolina Golla also nicht. Aber Ihre Kinder schon.«

Noch immer sagte sie kein Wort und starrte auf die Tischplatte.

»Frau Neuenfels, Sie haben mich angelogen. Warum? Frau Golla ist verschwunden. Ich könnte auf die Idee kommen, dass Sie etwas damit zu tun haben.«

Sie zuckte zusammen und sah erschrocken auf. »Nein, nein!«

»Eben. Also erzählen Sie mir doch einfach, woher Sie sie kennen und was passiert ist.«

Sie zögerte noch immer.

»Ich bin nicht von der Polizei. Ich bin Privatdetektivin und ausschließlich daran interessiert, Frau Golla zu finden.«

»Sie ist kein Au-pair gewesen.« Frau Neuenfels sprach leise, ich verstand sie kaum. »Das haben wir nur allen erzählt, um keinen Ärger zu kriegen. Sie hat meine Schwiegermutter gepflegt.«

»Als illegale Pflegekraft, verstehe.«

Frau Neuenfels nickte. »Sehen Sie, sie war dement und am Ende bettlägerig. Mein Mann hat es nicht übers Herz gebracht, sie in ein Pflegeheim zu geben. Außerdem sind die Kosten kaum tragbar. Ich allein konnte das aber auch nicht. Immerhin habe ich die Kinder und den Haushalt. Eine richtige Pflegekraft einzustellen, die rund um die Uhr da ist, ist unbezahlbar. Da hat ein Kollege aus der Firma meines Mannes ihm den Tipp gegeben, dass wir uns um eine osteuropäische Kraft kümmern sollten. Die seien gut und viel billiger. Also haben wir über das Internet Kontakt mit so jemandem aufgenommen.« Sie sah auf. »Es war perfekt. Zwei Wochen später war Karolina da, und sie war ein echter Glücksgriff. Sie war nett und dankbar, dass wir sie aufgenommen haben. Sie hat sich um meine Schwiegermutter und die Kinder gekümmert, und wir haben sie anständig bezahlt. Es hat ihr an nichts gefehlt.«

»Und allen anderen haben Sie erzählt, dass Sie ein Au-pair-Mädchen haben.«

Sie nickte und sah mich schuldbewusst an. »Karolina war aber wirklich gern bei uns«, fügte sie hinzu. »Das möchte ich nur noch einmal klarstellen.«

Das glaubte ich ihr. Alicja hatte erzählt, dass sie mehrmals mit Karolina telefoniert hatte und die sich immer nur lobend über ihr Leben bei Familie Neuenfels geäußert hatte. Ich verstand aber auch ihr schlechtes Gewissen.

»Und was ist dann passiert?«

»Meine Schwiegermutter ist im Frühjahr verstorben.«

»Und dann brauchten Sie Karolina nicht mehr«, ergänzte ich.

Sie nickte und sah wieder auf den Tisch.

»Was ist dann passiert?«, bohrte ich weiter.

»Karolina wollte nicht zurück nach Polen. Sie wollte in Deutschland bleiben, konnte ja auch mittlerweile die Sprache einigermaßen. Und als Pflegekraft war sie wirklich gut. Wir haben uns ein bisschen umgehört. In Bernstadt gibt es einen Bauern, Hartmut Gröner. Dem ist vor Jahren die Frau davon. Er hat nicht mehr geheiratet, aber einen kranken Vater. Wir kannten ihn zwar nicht weiter, aber er hat einen vernünftigen Eindruck gemacht. Also haben wir die beiden einander vorgestellt, und Karolina hatte nichts dagegen, bei ihm zu arbeiten.«

Ich ließ mir die Adresse geben und stand auf. Bernstadt war nicht weit von hier und der Umweg nicht nennenswert. Ich beschloss, gleich noch einen Abstecher zu machen.

»Wir kriegen jetzt aber keinen Ärger?«, fragte Frau Neuenfels besorgt, als sie mich zur Tür brachte.

»Wie gesagt, ich bin nicht von der Polizei, ich suche Karolina. Was weiter passiert, ist nicht meine Sache.« Allerdings wollte ich nicht ausschließen, dass ich den Behörden einen Tipp geben würde, was die »Au-pair-Agentur« anbelangte. Denen gehörte das Handwerk gelegt.

Als ich das Haus verließ, sah die ältere Dame zu mir herüber, die vorhin nach dem Rezept gefragt hatte. Sie fegte die Straße und nickte mir leutselig zu.

Ich erwiderte den Gruß und war im Stillen dankbar, in der Stadt zu wohnen.

Bis Bernstadt war es nicht weit, ich brauchte kaum zehn Minuten. Der Ort war ein wenig größer als Setzingen und ebenfalls ländlich geprägt.

Den Gröner-Hof fand ich erst auf Nachfragen. Er lag am Ende der Ortschaft, etwas außerhalb und ich musste über einen breiten Feldweg fahren, ehe ich ihn erreichte.

Ich stieg vom Motorrad und sah mich um. Linkerhand waren Stallungen, lautes Muhen drang zu mir herüber. Der Putz bröckelte vom Gebäude, und das Dach wies an einigen Stellen Löcher auf. Penetranter Bauernhofduft stieg mir in die Nase. Rechts stand ein graues Wohnhaus. Die Fenster waren alt, an den Rahmen war der Lack abgesprungen. Sie waren so schmutzig, dass ich kaum einen Blick hineinwerfen konnte. In dem kleinen Gärtchen davor wucherten Unkraut und wilde Blumen.

Vorsichtig ging ich den Weg entlang auf das Wohnhaus zu, achtete darauf, wohin ich trat. Ein Hund, der an einer Kette angeleint war, begann laut zu bellen und rannte auf mich zu. Ich zuckte zusammen, machte ein paar Schritte in Richtung des Wohnhauses, aber meine Sorge war unbegründet. Die Kette hielt ihn rechtzeitig zurück. Mit seinem Bellen gab er mir aber deutlich zu verstehen, was er davon hielt, dass ich hier war.

Da öffnete sich die Tür, und ein Mann trat heraus. Er ging gebeugt, der dünne Rest der verbliebenen Haarpracht schlohweiß. Er trug ein Flanellhemd, durch das er beinahe durchfiel, und die speckigen Jeans hielten auch nur an seinem Körper, weil er eine Schnur durch die Gürtellaschen geschlungen und vorne zugeknotet hatte.

»Wer sind Sie denn?«, fragte er mit erstaunlich kräftiger Stimme.

»Jule Flemming«, stellte ich mich vor, verzichtete aber darauf, ihm die Hand zu geben. »Ich bin Privatdetektivin.«

»Privatdetektivin?«

»Wo ist denn Herr Gröner?«

Er sah mich mit gerunzelter Stirn an. »Wen suchen Sie?«

»Herrn Gröner. Ist das Ihr Sohn?«

Er dachte einen Moment nach. »Halt die Schnauze, Bruno«, fuhr er den Hund an und musterte mich. »Meinen Sohn?«

Ich nickte. »Herrn Gröner.«

Der alte Mann ließ sich auf die Bank vor dem Haus fallen. Sie ächzte unter dem geringen Gewicht. »Wollen Sie sich zu mir setzen?«, fragte er und klopfte auf die linke Seite.

Ich schüttelte den Kopf. »Nein danke, ich habe es eilig. Ich suche Herrn Gröner«, wiederholte ich noch einmal, ahnte aber bereits, dass das keinen Sinn hatte.

»Schade. Ich habe schon lange keinen Besuch von einer jungen Frau mehr gehabt.« Er lachte meckernd.

»Tatsächlich?« Eigentlich hätte Karolina hier sein müssen. »Es war niemand hier?«

»Sie gefallen mir.«

Ich ließ das Kompliment unkommentiert, zog stattdessen Karolinas Foto aus der Tasche und hielt es ihm unter die Nase. »Kennen Sie die Frau? War die vielleicht hier?«

Er griff danach, und ein wehmütiger Ausdruck erschien auf seinem Gesicht. »Die habe ich schon mal gesehen.« Er nickte und starrte mit gerunzelter Stirn auf das Bild. »Ich weiß nur nicht mehr, wo.«

»War die Frau hier? Bei Ihnen?«

Er nickte vage. »Ich kann mich nicht mehr erinnern.«

»Aber Sie kennen sie?«

»Ich habe sie schon einmal gesehen.«

Das war besser als nichts. »Und wissen Sie vielleicht auch, wo sie jetzt ist?«

Er schüttelte bedauernd den Kopf und reichte mir das Bild zurück. »Sie ist nicht hier.«

»Sind Sie sicher?«

Er nickte. »Das wüsste ich.«

»Ist Ihr Sohn denn nicht da?«

»Ich glaube, der ist vorhin weggefahren.«

»Wissen Sie, wann er zurückkommt?«

Wieder schüttelte er den Kopf. »Vielleicht später?«

»Wann kann ich ihn denn am besten antreffen?« Ich wurde zunehmend ungeduldig.

»Vielleicht morgens?«

Das führte zu nichts, ich verabschiedete mich.

»Wollen Sie nicht noch ein wenig bleiben? Ich könnte Kaffee kochen.«

Ich lehnte dankend ab und ging. Der alte Mann schien verwirrt zu sein. Allerdings hatte ich den Eindruck, dass er sich wirklich an Karolina erinnerte. Ich musste mit dem Sohn reden, vielleicht konnte er mir weiterhelfen.

Ich hatte mich kaum umgezogen und es mir mit einer Tasse Kaffee gemütlich gemacht, als Leon an der Tür klingelte.

»Jule, hast du schon gehört?« Mit glänzenden Augen und geröteten Wangen marschierte er in meine Küche und sah sich suchend um. »Schokoküsse?«

»Sind alle.«

»Oh …«

Ich war doch kein Gemischtwarenladen. »Warum isst du die Dinger eigentlich ständig? Und nimmst noch nicht einmal ein Gramm zu dabei!« War das nicht ungerecht?

Mit großen Augen sah er mich an. »Na, weil sie mir schmecken. Und weil Mama mir keine kauft.«

Ja, klar. Ob Barbara wusste, dass er hier einen nahezu nie enden wollenden Vorrat hatte? Wahrscheinlich nicht. Ich schwor mir, in nächster Zeit diesbezüglich ein wenig strenger mit Leon zu sein. Ich konnte ohnehin darauf verzichten.

»Na, egal. Ich muss dir was erzählen, ganz dringend.«

»Dann schieß mal los.«

»Die Frau, die da tot im Wald lag, die war übelst zugerichtet.« Aufgeregt fuhr er sich mit der Hand über das Haar.

Was kannte er nur für Worte?

»Sie hatte keine Zunge mehr im Mund, die war rausgeschnitten, und überall hatte sie Stiche und so Kratzer von 'nem Messer, stell dir das Mal vor!«

Ich verschluckte mich an meinem Kaffee und hustete. Leon plapperte unentwegt weiter, schilderte mir alle grausamen Details.

»Sag mal, woher weißt du das alles?«, fragte ich, als ich mich wieder beruhigt hatte und das Verschüttete aufgewischt war.

Leon sah zum Fenster hinaus und zog mit dem Finger Kreise auf der Tischplatte.

»Och, hab ich so gehört.«

Ich nämlich nicht. Zwar hatte ich in den lokalen Nachrichten mittlerweile von einem Leichenfund in Ulm erfahren, dort war aber nicht einmal das Geschlecht genannt worden, geschweige denn war etwas über den Zustand des Leichnams bekannt gegeben worden.

»Leon …«

Unschuldig blickte er mich an. Große glänzende Augen in einem kleinen Gesicht. »Was?«

»Wo hast du das gehört?«

»Im Radio.«

»Das stimmt nicht!«

Er sprang auf und hob einen Legostein auf, den er unter der Bank gesehen hatte. »Dann hast du eben einen anderen Sender gehört als ich«, klang es dumpf von unter dem Tisch hervor, ehe sein Kopf wieder auftauchte. »Bestimmt muss Mark jetzt ganz schön viel arbeiten. Heiratet ihr eigentlich?«

Eilig stand ich auf und kramte im Küchenschrank nach einer Tafel Schokolade. Verflixt, da war doch kürzlich noch eine gewesen. Hatte ich die schon aufgegessen?

»Was jetzt?«, hakte er mit der unerbittlichen Beharrlichkeit, die Kinder zu eigen ist, nach.

Endlich fand ich die Schokolade und hielt sie ihm hin. Barbara würde es mir in dieser Situation sicher verzeihen.

»Danke«, sagte er denn auch freudestrahlend, um mir gleich darauf wieder in den Rücken zu fallen. »Habt ihr euch gestritten?«

»Leon, ich glaube, jetzt ist genug. Es gibt Dinge, die Kinder nichts angehen. Und das gehört dazu. Okay?«

»Na gut«, maulte er und tröstete sich mit der Schokolade, während ich mir Gedanken über die verstümmelte Leiche machte. Ich konnte nur hoffen, dass das nicht Karolina war. Alicja mitteilen zu müssen, dass ihre Schwester Opfer eines Gewaltverbrechens geworden war, wollte ich nicht. Andererseits alarmierte mich der Zustand der Frau in höchstem Maß. Das Herausschneiden der Zunge deutete entweder auf sexuelle Abartigkeit oder auf eine Spiegelstrafe hin. Eine gängige Praxis, wenn verhindert werden sollte, dass Menschen über etwas redeten, oder man sie bestrafen wollte, wenn sie es bereits getan hatten. Auch als Abschreckung gegenüber anderen, die sich mit ähnlichen Gedanken trugen. Hatte die Tote etwas gewusst oder gesehen, über das sie nicht reden durfte? War an ihr ein Exempel statuiert worden?

Ich konnte nur hoffen, dass meine Suche nach Karolina nicht schneller ein Ende fand, als mir lieb war. Mark anzurufen und ihn nach näheren Informationen zu fragen, traute ich mich nicht. Ich würde warten müssen, bis ein Foto der Toten zu Identifikationszwecken in der

Zeitung veröffentlicht wurde. Oder mir etwas anderes überlegen.

»Leon, woher weißt du das mit der Leiche?«, fragte ich noch einmal streng.

Er sah mich nicht an.

»Raus damit!«

Jetzt schlug er die Augen nieder. »Ich habe den Polizeifunk abgehört.« Seine Stimme war kaum mehr als ein Flüstern.

»Du hast *was*?«

»Den Polizeifunk abgehört!« Trotzig sah er mich an.

»Das geht doch gar nicht.«

»Und wie das geht! Soll ich es dir zeigen?«

Wie wollte er das geschafft haben?

»Ich habe ein Funkgerät von meinem Opa bekommen. Er hat auch eines. Und er hat mir gezeigt, wie man die Frequenzen einstellt, damit wir funken können. Und dabei bin ich irgendwie auf dem Polizeifunk gelandet. Der ist sowieso viel spannender, als wenn ich mit Opa funke.«

Das konnte ich mir vorstellen. War es zu fassen! Was hatte er nun wieder angestellt. »Leon, das darf man nicht«, sagte ich schließlich und sah ihn an. Ein gewisses Maß an erwachsener Autorität musste sein. Auch wenn ich zugegebenermaßen beeindruckt war.

Er schluckte und sah mich mit großen Augen an.

»Darf ich auch mal hören?« Ich zwinkerte ihm zu.

Verunsicherung breitete sich auf seinem Gesicht aus, dann lächelte er scheu, als er merkte, dass ich ihm nicht böse war.

»Und du nimmst mir das Funkgerät nicht weg?«

Ich hob die Hand zum Schwur. »Großes Indianerehrenwort!«

»Okay, dann komm mit!«

Gemeinsam gingen wir nach unten, direkt in Leons Zimmer. Es war ein typisches Jungszimmer. Ein wildes Durcheinander von Buntstiften, Papieren und Autos auf dem Boden, dazwischen der Schlafanzug und ein Kuscheltier.

»Toll, was du da gemacht hast«, lobte ich, als ich die Legostadt sah, die er aufgebaut hatte.

Seine Augen begannen zu glänzen. »Voll cool! Da gibt es jetzt richtig viel Action.«

»Okay, und wo ist das Funkgerät?«

»Da.« Er deutete auf den Schreibtisch und setzte sich auf den Stuhl davor.

Das Funkgerät war nichts Besonderes, zumindest konnte ich nichts Auffälliges entdecken. Ich hatte mich damit aber auch nie beschäftigt.

Leon betätigte ein paar Schalter und schraubte an ein paar Knöpfen. Es knackte und rauschte in der Leitung, Stimmen waren zu hören, erst verzerrt, dann deutlicher, ehe sie wieder im Funkgestöber verschwanden.

Es dauerte nicht lang, dann hörte ich tatsächlich den Polizeifunk. Das übliche Piepen gefolgt von den Nummern der Einsatzfahrzeuge.

»Hier 753, ich habe im Blautalcenter ein ungefähr dreijähriges Mädchen, das seine Mutter sucht. Sie heißt Sonja, Weiteres unbekannt.«

Es rauschte, dann wieder ein Piepen, die Antwort aus der Zentrale.

Ein anderer Wagen wurde über einen Unfall mit Personen auf einem Parkplatz in der Weststadt informiert.

Für mich nichts Neues, das hatte ich selbst jahrelang gehört. Allerdings war es befremdlich, dass wir in einem Kinderzimmer saßen und mit einem normalen Funkgerät den Polizeifunk abhörten.

In Ulm war der Funkverkehr der Polizei noch analog. Wann er auf digital umgestellt werden sollte, wusste ich nicht. Dann war es aber sicher vorbei mit der Mithörerei, und Leon musste sich ein anderes Hobby suchen.

Ich erinnerte mich, dass in einem Mickey-Mouse-Heft vor langer Zeit einmal ein kleines Funkgerät gewesen war, mit dem man auch den Polizeifunk abhören konnte. Ich schüttelte den Kopf.

Wir lauschten beide eine Zeitlang. Leons Augen glänzten, seine Wangen glühten. Ich kam nach kurzer Überlegung zu der Überzeugung, dass er nicht viel anstellen konnte. Vermutlich wurde es ihm bald zu langweilig, und wenn der Reiz des Neuen und des Verbotenen erst verflogen war, hörte er von allein damit auf. Ich verabschiedete mich, doch er hörte mir kaum zu, so vertieft war ins Zuhören.

Ich war gerade dabei, das Schlachtfeld, das er in meiner Küche hinterlassen hatte, wegzuräumen, als mein Handy klingelte. Andreas. Das ging aber schnell!

»Wir müssen reden«, verlangte er in einem Ton, der keinen Widerspruch duldete.

Ups … »Äh, worüber?«

»Du kommst nachher in den ›Jazz-Keller‹. Um sechs.«

Ja, klar, du mich auch. Ich war doch keine Marionette, an deren Fäden er beliebig ziehen konnte! Doch ehe ich zu einer Antwort anheben konnte, hatte er aufgelegt.

Verärgert sah ich auf die Uhr. Es war halb sechs. Und ich brauchte ihn.

Ich ließ mir Zeit beim Umziehen und machte mich sorgfältig zurecht. Unterwegs hielt ich an meiner Lieblings-Döner-Bude in Söflingen und verspeiste mein Fladenbrot vorsichtig, damit keinesfalls etwas auf die Kleidung kleckerte. Meine Art des stillen Protests. Um halb sieben zog ich auf dem Parkplatz des »Jazz-Kellers« den Schlüssel aus dem Zündschloss.

Ich nickte Andreas kurz zu, der dort an seinem Stammtisch saß, und ging zu Fanny an die Bar.

»Zumindest siehst du heute besser aus als gestern«, begrüßte sie mich und unterzog mich einer kritischen Musterung.

»Danke«, antwortete ich trocken und setzte mich auf den Hocker. »Wenn man solch ehrliche Freunde hat, braucht man keine Feinde mehr.«

Sie zuckte mit der Schulter. »Von unehrlichen Freunden hast du nichts.«

»Machst du mir bitte eine Cola?«

»Cola? Warum schon wieder Cola? Darf es ein Schuss Rum dazu sein? Auf die Freiheit?«

Ich schüttelte den Kopf, spürte Andreas' Blick im Rücken. »Nein danke, ich muss noch arbeiten.«

Neben mir rauschte Cosima mit wogendem Busen heran. Sie hatte sich in ein lila Schlauchkleid gezwängt und schüttelte ihr pechschwarzes Haar.

»Du und arbeiten? Aber nicht hier, damit das klar ist!«

Ich wusste genau, was sie meinte. Seit ich ihr beim Sommerfest die Show gestohlen hatte, war das Tischtuch zwischen uns endgültig zerschnitten. War das erst am Wochenende gewesen? Es kam mir vor wie in einem anderen Leben.

»Keine Sorge, die Bühne gehört dir«, antwortete ich mürrisch. »Hör auf die Stirn zu runzeln, in deinem Alter gehen die Falten nicht mehr weg.«

Ich nahm meine Cola und wandte mich ab. Langsam ging ich zwischen den Tischen hindurch auf Andreas zu. Ich wusste, dass sowohl Fanny als auch Cosima mir nachsahen. Wie selbstverständlich nahm ich in dem zweiten Sessel an Andreas' Tisch Platz, stellte mein Glas ab und lächelte ihn an.

Ich konnte nicht umhin zu sehen, welche Wirkung die Einlage auf Cosima hatte, und wandte den Kopf zum Tresen. Mit offenem Mund und großen Augen stand sie da, ehe sie sich aus ihrer Erstarrung löste und schnaubend hinter der Bühne verschwand. Ich wäre jede Wette eingegangen, dass sie ein Auge auf Andreas geworfen hatte.

Fanny grinste mich an.

»Fertig, Prinzessin?«, platzte Andreas in meine Zufriedenheit und schüttelte den Kopf. »Was seid ihr Frauen nur für Zicken.«

»Ist doch bloß Spaß.«

»Ist nicht auszuhalten«, widersprach er. »Aber das müsst ihr wissen.«

Ich nickte. Im Grunde gab ich ihm recht. Das brauchte er aber nicht zu wissen. Unser Gestreite war albern und kindisch. Aber es gehörte irgendwie dazu.

»Also, was hast du?«, fragte ich geschäftsmäßig und zückte mein Notizbuch. Dort, wo die Informationen über Alicja standen, schlug ich es auf.

Andreas beugte sich zu mir herüber und warf einen Blick in das aufgeschlagene Buch. In seinen Augen blitzte es, und seine Mundwinkel zuckten. Es war kaum wahrnehmbar, aber ich hätte schwören können, dass er lachte. »Da steht aber noch nicht besonders viel.«

»Das solltest du jetzt auch ändern«, antwortete ich keck und hielt den Stift schreibbereit in der Hand. Er schwebte praktisch schon über den weißen Zeilen.

»Mike Richter, wohnt in Wiblingen am Tannenplatz. 32 Jahre alt, arbeitet als Türsteher im ›Red Lounge‹. Noch Fragen?«

Keinen einzigen Buchstaben hatte ich niedergeschrieben. Mit großen Augen starrte ich ihn an. Das war mein Job! Und ich konnte nicht fassen, dass andere ihn ebenso gut erledigten.

»Jetzt klapp den Mund wieder zu, Prinzessin. Ich habe Kontakte«, sagte er geheimnisvoll und zwinkerte mir zu. Dann nahm er mir das Notizbuch aus der Hand und griff nach dem Kugelschreiber. Für einen Sekundenbruchteil berührten seine Finger meine Hand, und ich zuckte zusammen.

»Aber, aber. Wer wird denn so schreckhaft sein?« In aller Seelenruhe schrieb er in steiler, präziser Schrift die Daten, die er mir eben genannt hatte, in mein Büchlein nieder. Doch statt es mir zurückzugeben, begann er, durch die leeren Seiten zu blättern.

»Warum schreibst du das hinten rein?«, fragte er und sah mich verwundert an.

»Weil ich den Platz vorne für etwas anderes brauche«, murmelte ich, aber Andreas war längst am Anfang angekommen und las interessiert, was ich über Strohm zusammengetragen hatte.

In den nächsten Minuten war es ruhig am Tisch. Akribisch studierte er meinen Aufschrieb, und ich ging zur Bar, um uns Bier zu holen.

Fanny musterte mich mit hochgezogenen Brauen. »Was wird das denn?«, fragte sie und deutete auf den Tisch, an dem Andreas noch immer in meine Notizen vertieft war.

»Wir arbeiten.«

»Ihr arbeitet.«

»Exakt.«

»Und was arbeitet ihr da?«

»Oh, das ist eine lange und komplizierte Geschichte.«

Sie unterbrach das Polieren des Glases für einen Moment. »Verbrenn dir nicht die Finger an ihm.«

Ich schüttelte den Kopf. »Habe ich nicht vor.«

»Du spielst mit dem Feuer.«

Das brauchte sie mir nicht zu sagen.

Andreas sah auf und blickte sich suchend um. Als er mich entdeckte, nickte er und winkte mich heran.

Ich entschuldigte mich bei Fanny, die nur den Kopf schüttelte, und ging mit zwei Flaschen Bier zurück. Wir prosteten uns zu, dann nahm er den Faden wieder auf.

»Da hast du Einiges zusammengetragen.«

Ich nickte, ich verstand meinen Job auch.

»Und das hat nichts mit der Telefonnummer zu tun.«

Schuldbewusst schlug ich die Augen nieder.

»War das ein Test?«

»Ein anderer Fall, den ich habe«, antwortete ich kleinlaut und sah ihn nicht an. »Aber ich könnte Hilfe brauchen, was meinst du? Ich muss morgen noch einmal nach Bernstadt fahren, da könntest du mitkommen.« Ich fand die Idee nicht schlecht. Wenn er mir helfen wollte, konnte ich ihn bei der Suche nach Alicja gleich einbinden. Je eher ich sie fand, umso schneller konnte ich mich um Strohm kümmern. »Aber jetzt sag, welchem Kontakt hast du die Telefonnummer zu verdanken?«

Zu meiner Verwunderung breitete sich ein Grinsen auf seinem Gesicht aus, und schließlich lachte er schallend.

»Ich weiß nicht, was daran so komisch sein soll«, schnappte ich beleidigt.

Andreas wischte sich über die Augen. »Mein ›Kontakt‹«, antwortete er mit vor Lachen zitternder Stimme, »war niemand anderes als eine Bekannte, die bei einer Online-Plattform in Ulm arbeitet. Die haben Chats, einen Flohmarkt, Singlebörse, alles, was das Herz des Internetjunkies begehrt. Es war einen Versuch wert, und ich habe gleich einen Treffer gelandet. Ich hätte es ebenso gut bei einer Ulmer Bank oder der Bahn probieren können. Recherche ist manchmal ganz einfach, wenn man jemanden kennt.«

Das brauchte er mir nicht sagen.

»So, jetzt aber zum eigentlichen Thema«, fuhr er fort, als er sich beruhigt hatte. »Strohm. Was hast du über ihn herausgefunden?«

Ich fasste noch einmal kurz zusammen, was ich in den letzten Stunden zusammengetragen hatte. Das Meiste kannte er aus meinem Notizbuch ohnehin.

»Fakt ist, dass sie sich gekannt haben«, schloss ich meinen Bericht. »Insofern wäre es also möglich.«

»Wir brauchen mehr«, sagte Andreas. »Wir müssen ihn gläsern machen, sehen, wo die Schwachstellen sind. Die seiner Firma. Wir brauchen sämtliche seiner Gefährten, Bettgeschichten, Schuhgröße, Lieblingsessen … Die Liste lässt sich beliebig fortsetzen.«

»Okay, dann machen wir uns jetzt über die Spedition her.«

»Ich denke, da sollten wir auf jeden Fall genauer hinsehen. Wer Dreck am Stecken hat, macht auch vor der Firma nicht halt.«

»Wir hacken seinen Computer«, schlug ich vor. Ich hatte keine Ahnung, wie das ging, aber wozu hatte ich meinen Bruder Sebastian? Zwar schaffte er es, sich ein ums andere Mal in Schwierigkeiten zu bringen, aus denen ich ihn wieder herauspauken musste, aber wenn man ihn vor einen PC setzte, war er in seiner eigenen Welt. Außerdem war er Mitglied in irgendeinem Hackerclub, und ich wollte lieber nicht genau wissen, was er dort tat.

Andreas nickte, Flocki gab ein vernehmliches »Wau« von sich. Beruhigend tätschelte er ihren Kopf und kraulte sie hinter den Ohren.

»Gute Idee«, stimmte er zu. »Ich kenne da jemanden.«

»Das ist nett von dir, aber ich kenne da auch jemanden. Er ist im Moment ohne Job, hat dafür also sicher Zeit.« Leider hatte mein Bruder seine Arbeit als Aushilfskellner in der Diskothek »Jungle« verloren. Und zu einem gewissen Teil trug ich Schuld daran. Bestimmt tat es seinem Ego gut, gebraucht zu werden. Und bis er einen neuen Job hatte, kam er wenigstens nicht auf dumme Gedanken.

»Lass mich wissen, wenn du etwas brauchst«, antwortete Andreas.

»Woher kennst du einen Hacker?«, platzte ich heraus. Das brannte mir auf der Seele. Uns allen hier im »Jazz-Keller«. Nur hatte sich bisher niemand getraut, ihn danach zu fragen. Dass wir jetzt am gleichen Tisch saßen und an einem gemeinsamen Fall arbeiteten, rechtfertigte mein Interesse, fand ich. Und meine Neugier.

»Du kennst doch auch einen.« Er lächelte mir zu. »Ich hatte diverse Jobs«, fügte er schließlich hinzu. »Da habe ich ein paar Leute kennengelernt.« Sein Ton besagte eindeutig, dass die Fragestunde für ihn damit beendet war. Noch bevor sie begonnen hatte.

»Auf Dauer können wir unsere Zentrale hier übrigens nicht halten«, sagte er.

Zweifellos hatte er recht, wir konnten nicht im »Jazz-Keller« darüber diskutieren, ob Strohm ein Mörder war oder nicht.

Andreas würde mir vermutlich nicht verraten, wo er wohnte.

»Hast du Lust, morgen zum Abendessen zu kommen?«

War ich bescheuert? Hatte ich das gesagt? Laut und damit für Andreas hörbar? Warum? War ich lebensmüde?

Sag Nein, bitte sag Nein!

Er sah mich einfach nur an, die Hände unter dem Kinn gefaltet. »Okay«, antwortete er einfach, und ich sank in mich zusammen. Was hatte ich mir da nur wieder eingebrockt?

Eine Weile schwiegen wir, nippten jeder an unserem Bier. Mir schwante, dass mich dieser Fall vor Herausforderungen stellen würde, die nicht nur mit Strohm zu tun hatten.

Ich wusste nicht, worüber Andreas nachdachte, seinem Gesicht war keine Regung zu entnehmen. Ich hingegen fragte mich, warum ich es nicht einmal schaffte, die Klappe zu halten. Immer wieder verließen Worte meinen Mund, die besser dort geblieben wären. Ich sollte einen Waffenschein dafür beantragen.

»Ihr Lieben!« Lou kam mit ausgebreiteten Armen und gewinnendem Lächeln an unseren Tisch und riss mich aus meinen Gedanken. Der weiße Hut mit dem roten Band saß keck auf seinem runden Kopf, und der Anzug mit Fliege in passender Farbe stand ihm trotz seiner körperlichen Fülle ausgezeichnet. Wie immer strahlte er, auch wenn er wieder hoffnungslos hektisch wirkte. »Was sitzt ihr hier und steckt die Köpfe zusammen? Brütet ihr etwa über einem neuen Duett?«

»Nie im Leben«, sagte ich sofort und registrierte Andreas' entsetztes Kopfschütteln. Immerhin waren wir darin einer Meinung.

»Schade.« Lou ließ die Arme hängen. »Ihr habt das so schön gemacht.«

»Nur über meine Leiche« meinte ich, Andreas murmeln zu hören. Sicher nicht für meine Ohren bestimmt, für Lous schon gar nicht.

Hatte ihm das ebenso zugesetzt wie mir? Erstaunlich.

»Wir reden nur ein bisschen«, sagte ich schnell, und Lou nickte.

»Ihr solltet es euch wirklich überlegen. Das war so toll neulich. Ich meine, dass du singen kannst, wusste ich ja. Aber Andreas auch noch. Das ist wie ein Geschenk des Himmels!«

Ich schüttelte nur den Kopf, und Lou seufzte.

»Sag mal, möchtest du nicht den Kommissar mal hierher mitbringen?«, wechselte er das Thema, und ich wünschte mir, dass er beim alten geblieben wäre.

»Nein«, sagte ich düster und hoffte, dass er nicht weiter nachfragen würde.

»Habt ihr Streit?«

»Nein.«

Lou seufzte auf und erhob sich. »Ich sehe schon, da komme ich heute nicht weiter.« Er rückte seinen Hut zurecht und fegte etwas von seinem Revers.

Ich nickte und war froh, als er sich trollte.

»Ganz schön interessantes Leben hast du, Prinzessin«, sagte Andreas nach einer ganzen Weile in die Stille hinein.

MITTWOCH

»Sebastian, ich brauche deine Hilfe.«

»Äh, Mamas Problem mit dem Telefon habe ich erledigt.«

Einen Moment schwieg ich irritiert. »Heißt das jetzt, sie kann mich anrufen, und ihre Nummer wird nicht angezeigt? Oder wird meine bei ihr wieder eingeblendet?«

»Deine wird bei ihr angezeigt und ihre bei dir. So wie ihr es wolltet.«

Müde rieb ich mir über die Stirn. Ich hatte nicht besonders gut geschlafen in der letzten Nacht. Wilde Träume hatten mich verfolgt. Nicht nur, dass mein Vater wieder und wieder gestorben war, diesmal tauchte auch noch Andreas auf, der mir gute Ratschläge gab, die ich nicht verstand. Ich schüttelte mich.

»Nein, ich brauche ein Computergenie.«

»Hast du deinen Rechner schon wieder gecrasht?«

»Hey, was denkst du von mir?«

»Wäre ja nicht das erste Mal.«

»Jetzt werd mal nicht frech, mein Lieber!« Ich liebte dieses Geplänkel zwischen uns. Auch wenn ich nicht wirklich wusste, ob er tatsächlich mein Bruder war. Aber ich mutmaßte, dass noch nicht einmal meine Mutter über den genauen Grad unserer Verwandtschaft Bescheid wusste. Zumindest war das ein Thema, zu dem sie eisern schwieg. Und Sebastian und mir war es einerlei. Wir hatten das Nachfragen aufgegeben und verstanden uns auch ohne das Wissen um verwandtschaftliche Beziehungsgrade.

»Nein«, wurde ich wieder ernst. »Ich interessiere mich für den Inhalt eines anderen PCs.«

Er schwieg einen Moment. »Du willst, dass ich einen Rechner für dich hacke«, stellte er fest.

»So könnte man es nennen.«

»Du weißt aber schon, dass das illegal ist.«

Beinahe prustete ich los, wenn ich an die Dinger dachte, die er schon ausgefressen hatte. Aus denen ich ihn wieder herausholen musste. »Jetzt sag nicht, dass dich das bisher gestört hat.«

Sebastian räusperte sich am anderen Ende der Leitung.

»Du machst das doch ständig in deinem Club«, unterstellte ich und wusste, dass ich damit nicht falsch lag. Dass er schwieg, war für mich Antwort genug.

»Komm schon, ich habe dir neulich den Hintern gerettet. Wenn ich nicht gewesen wäre, lägest du jetzt im Wald, und die Wildschweine würden an deinen Zehen herumknabbern.«

Vernehmlich seufzte er, ich hatte ihn.

In den nächsten Minuten schilderte ich Sebastian, was genau ich von ihm wollte. Er hörte zu, brummelte ab und zu etwas vor sich hin und versprach zähneknirschend, dass er mir helfen würde.

»Wozu brauchst du das?«, fragte er, als ich geendet hatte.

»Das ist eine delikate Sache«, antwortete ich. Noch wollte ich ihm nicht sagen, um was es ging. Es reichte, wenn ich nicht mehr schlafen konnte, da brauchte ich Sebastian nicht auch noch mit hineinzuziehen.

»Ein neuer Fall?«, hakte er dennoch nach.

»Ja, nennen wir es einen neuen Fall. Wenn es so weit ist, erzähle ich dir mehr, versprochen.«

»Es passiert aber nicht wieder irgendwas Gefährliches?«

»Nein, natürlich nicht!« Wenn ich das nur selbst glauben könnte. Ich hörte mich überzeugter an, als ich war. Wenn der Mann wirklich meinen Vater auf dem Gewissen hatte, würde er auch vor den Kindern nicht zurückschrecken, wenn sie ihm in die Quere kamen.

Sebastian versprach, sich darum zu kümmern. Ich sollte mir keine Gedanken machen, das sei ein Klacks für ihn. Na, das wollten wir hoffen.

Ich schenkte mir eine weitere Tasse Kaffee ein und blätterte gedankenverloren in dem Notizbuch. Andreas' Schrift stach mir ins Auge. Die steilen Buchstaben reckten sich mir entgegen.

Ich schnappte mein Notebook und trank den Rest Kaffee aus der Tasse, während der Rechner startete. In der nächsten Stunde stöberte ich im Internet. Es faszinierte mich immer wieder, wie viel Zeit man mit Recherche verbringen konnte.

Zuerst googelte ich den Namen »Mike Richter«. Das Ergebnis waren einige Einträge in sozialen Netzwerken, ein paar Bilder und eine Adresse. Wie freizügig die Menschen mit privaten Details und Fotos waren, die sie ins Netz stellten. Wenn man diese Informationen zusammentrug, ergab sich ein genaues Bild einer Person. Nicht nur schlussfolgerte ich aus verlinkten Seiten Gewohnheiten, auch ein genaues Profil über Lieblingsurlaubsziele und die daraus resultierende finanzielle Lage waren ersichtlich. Für Menschen wie mich überaus nützlich. Zur Erforschung des Konsumverhaltens auch für die Werbeindustrie. Und dann wunderten sich alle, dass sie mit unerwünschter Werbung zugeschüttet wurden, die sich zufällig genau mit den Kaufgewohnheiten der Einzelnen deckte.

Ich war sparsam mit dem Verbreiten von Informationen über mich. Aus Erfahrung wusste ich, dass Wissen Macht verleiht. Und ich war nicht bereit, über mich etwas preiszugeben.

Das Bild von Mike Richter war ein recht durchschaubares. Er war wohl knapp 1,80 Meter groß, hatte die aufgepumpte Figur eines Bodybuilders, einen blondierten Bürstenhaarschnitt und trug coole Markenklamotten. Auf Fotos war er mit freizügigen Schönheiten in Machoposen zu sehen, im Hintergrund Discothekenlicht oder Sonne und Strand. Vermutlich Mallorca am Ballermann oder Lloret de Mar. Für mehr reichten Verstand und Geldbeutel wahrscheinlich nicht.

Voilà, ich hatte das Klischee eines fiesen Türstehers vor mir, das ein Schriftsteller nicht besser hätte zeichnen können. Langweilig und durchschaubar.

Als Nächstes kümmerte ich mich um das »Red Lounge«, in dem er arbeitete. Dem Namen nach war es mir bekannt. Allerdings hatte ich bisher keine Berührungspunkte gehabt. Es war ein Tabledance-Schuppen mit Bordell. Nicht mehr und nicht weniger. Der Besitzer war ein gewisser Patrick Scheurer, der wegen des Verdachts der Steuerhinterziehung schon einmal unter Anklage gestellt worden war. Die wurde aber fallengelassen, weil man ihm nichts hatte nachweisen können. Ich erinnerte mich an den aufsehenerregenden Prozess vor einigen Jahren, nicht aber an Details.

Die Bilder, die die Suchmaschine ausspuckte, zeigten mehr oder weniger leicht bekleidete Damen in aufreizenden Posen mit laszivem Blick. Karolina entdeckte ich nicht darunter, und nachdem ich mich eine Viertelstunde durchgewühlt hatte, sah ich mich auf der Homepage um. Die Fotos dort waren professioneller, aber nicht weniger freizügig, und vermittelten den Eindruck, als wäre dort jeden Abend eine große Party im Gange. Videos von Tabledance und noch mehr nackte Haut waren zu sehen. Akrobatische Bühnenshows und »Hot Erotic« wurden versprochen.

Ich klappte den Bildschirm zu und zuckte mit den Schultern. Jedem das Seine.

Ob Karolina irgendwo im »Red Lounge« zu finden war? Ich konnte mir kaum vorstellen, dass den Mädchen das so großen Spaß machte, wie die Bilder mich glauben machen wollten. Die Tanzerei meinetwegen. Aber was sich in den Hinterzimmern abspielte, war ein knallhartes Geschäft, in dem Gefühle jedweder Art keinen Platz hatten.

Ich griff nach dem Hörer und wählte Alicjas Handynummer. Sie meldete sich augenblicklich.

Was ich ihr mitzuteilen hatte, wollte ich nicht am Telefon ausplaudern. Das schien mir irgendwie pietätlos, und so verabredeten wir uns zum Mittagessen in der Bierwirtschaft »Zur Lochmühle« in der Ulmer Altstadt. Zunächst aber stand ein erneuter Besuch auf dem Gröner-Hof auf dem Programm. Andreas hatte versprochen, mit mir dorthin zu fahren, also rief ich ihn an und fragte, ob er Zeit hätte. Wenig später holte ich ihn in der Friedrichsau ab. Ausgerechnet auf jenem Parkplatz, auf dem ich drei Tage zuvor geparkt hatte, um die Verfolgung von Strohm aufzunehmen. Es war sein Vorschlag gewesen.

Andreas stieg ein und tippte sich zum Gruß an die Stirn. »Möchtest du mir nicht erzählen, worum es bei dem Fall geht? Warum muss ich überhaupt mit?«

Ich schielte zu ihm hinüber und fuhr los. »Du hast angeboten, mir zu helfen, also dachte ich, dass es nicht schaden kann, wenn du mitfährst.« Außerdem hatte ich noch eine kleine Aufgabe für ihn. Aber das würde ich ihm erst später verraten.

Auf der Fahrt nach Bernstadt informierte ich ihn über die wichtigsten Dinge im Fall Karolina Golla, schilderte ihm meinen Besuch bei Familie Neuenfels und meine Entdeckung, als was Karolina dort gearbeitet hatte.

»Eine Au-pair-Agentur gibt es also nicht. Vielmehr ist es eine illegale Vermittlungsstelle für Pflegekräfte aus dem Osten. Und dabei hat Karolina noch Glück gehabt. Die Familie scheint nett zu sein und hat sie gut behandelt, die Kinder mochten sie. Aber ich kann mir gut vorstellen, dass manche der Frauen auch ausgebeutet werden. Dabei haben sie keinerlei Rechte, und wenn ihnen etwas passiert, sind sie nicht einmal versichert.«

»Eine Sauerei ist das«, pflichtete Andreas mir bei. »Denen sollte man das Handwerk legen.«

Ich sah zu ihm hinüber und lächelte ihn süß an. »Genau.«

»Warum siehst du mich so an?«

»Ich hatte da an dich gedacht. Ich habe eine Telefonnummer und einen Namen, der vermutlich falsch ist, von einer Au-pair-Agentur, die es nicht gibt. Ich schlage vor, du kümmerst dich darum und sammelst Daten zusammen, die wir nach Abschluss des Falls den Behörden übergeben können.«

Einen Moment schwieg er. »Das ist dein Fall«, sagte er schließlich.

»Und du wolltest mir helfen. Also zeig, was du kannst. Sicher mehr, als über eine Handynummer einen Teilnehmer herausfinden, oder? Außerdem habe ich noch einen zweiten Fall.«

Er brummte vor sich hin. »Und das Handy gehört ausgerechnet dem Türsteher eines Bordells?«, fragte er weiter, und ich wertete es als Zustimmung, dass er tun würde, worum ich ihn gebeten hatte. So ein Gehilfe war eine praktische Sache.

»Das muss überhaupt nichts heißen«, antwortete ich. »Wir dürfen keine voreiligen Schlüsse ziehen. Dafür kann es eine ganz natürliche Erklärung geben.« Wenn ich ihm auch darin zustimmte, dass das seltsam war.

»Wie kommt dein Hacker voran?«, wechselte Andreas unvermittelt das Thema.

»Ich habe ihn heute Morgen angerufen und er macht sich an die Arbeit. Sobald ich etwas höre, gebe ich dir Bescheid.«

Den Rest der Fahrt verbrachten wir größtenteils schweigend. Wir lauschten der Musik im Radio und summten hin und wieder mit.

Auf dem Gröner-Hof erwartete uns ein ähnliches Bild wie am Vortag. Der Hund war angekettet und lag in der Sonne. Als er uns bemerkte, sprang er bellend auf. Im Stall muhten die Kühe, sonst war nichts zu hören oder zu sehen.

»Hallo?«, rief ich, als wir vor dem Bauernhaus standen.

Drinnen rumpelte es, dann wurde die Tür geöffnet. Herr Gröner senior trug das gleiche Flanellhemd wie gestern, die Hose immer noch von einem Strick gehalten. Misstrauisch sah er uns an.

»Wer sind Sie?«, wollte er wissen.

Ich warf Andreas einen vielsagenden Blick zu. »Jule Flemming, ich bin Privatdetektivin. Erinnern Sie sich?«

Er runzelte die Stirn, dann schüttelte er den Kopf.

»Ich war gestern schon einmal hier und wollte mit Ihrem Sohn sprechen. Ist er da?«

»Mein Sohn?« Er sah mich an, als wisse er nicht, von wem ich sprach.

»Papa? Was ist los?«, drang eine Stimme polternd von drinnen. Gleich darauf klappte die Tür wieder, und Herr Gröner junior trat auf uns zu. Er war groß gewachsen, breitschultrig und schob einen gewaltigen Bauch vor sich her. Auch er trug ein Flanellhemd, blau-schwarz kariert, Jeans, die von allein standen, wenn er sie auszog, und grobe Stiefel. Ich mochte nicht wissen, was der braune Matsch war, der daran haftete.

Mit zusammengekniffenen Augen blickte er uns an. »Wer sind Sie?« Sein Ton ließ keinen Zweifel über seine Ablehnung für unser Erscheinen.

»Jule Flemming«, stellte ich mich vor und reichte ihm eine Karte. »Das ist Andreas …« Ich blickte zu ihm hinüber, damit er den Rest ergänzte. Er schwieg. »Andreas«, beendete ich den Satz.

Er sah auf die Karte, studierte sie eingehend.

»Wir waren gestern schon einmal hier«, fügte ich, um einen freundlichen Tonfall bemüht, hinzu. »Leider habe ich Sie nicht angetroffen.«

»Ach, dann waren Sie das! Sie haben meinen Vater so durcheinandergebracht.«

»Wieso durcheinander gebracht?«

»Er war völlig durch den Wind, als ich gestern nach Hause gekommen bin. Und da waren Sie schuld daran.

Er faselte etwas von einer Frau und von einem Foto. Er war so aufgeregt, dass er gestern Abend nicht einschlafen wollte. Was haben Sie sich nur dabei gedacht?«

»Entschuldigen Sie mal«, sagte ich. »Ich habe Ihrem Vater nur ein paar Fragen gestellt, die er mir aber nicht beantworten konnte.«

»Sie hätten ihm gar keine Fragen stellen dürfen«, wütete Gröner weiter. »Mein Vater ist alt. Er ist krank.«

»Er ist ein Pflegefall«, fügte ich hinzu und forschte in seinem Gesicht, ob das eine Reaktion hervorrief. Aber Gröner hatte sich so in Rage geredet, dass er nicht darauf einging. Oder er hatte sich verdammt gut im Griff.

»Verschwinden Sie, Sie stehlen mir kostbare Zeit. Heutzutage ist es nicht einfach, einen Hof zu führen. Sie haben ja keine Ahnung, was das für Arbeit bedeutet. Und dann noch einen kranken Vater zu Hause und keinen, der einem hilft. Aber für euch feine Pinkel aus der Stadt ist das natürlich nichts. Ihr wisst ja nicht, was da alles dahintersteckt, um was man sich kümmern muss. Ja, ihr macht euch die Finger nicht dreckig. Komm, Papa.« Er drehte sich um, fasste seinen Vater am Ellbogen und wollte ihn mit sich fortziehen. Offenbar hatte er sein Pulver verschossen.

Aber Papa schien keine Lust zu haben, wieder ins Haus zu gehen. Er stemmte sich dagegen und wehrte seinen Sohn mit erstaunlicher Kraft ab. Ein Grinsen huschte über sein Gesicht, als er mich ansah. »Bleibt sie jetzt da?«, fragte er und deutete mit dem Kinn auf mich.

Gröner antwortete nicht und zerrte seinen Vater mit sich.

»Sind Sie jetzt fertig?«, fragte Andreas in aller Seelenruhe. »Möchten Sie sich nicht wenigstens anhören, was wir fragen möchten?«

Gröner blieb stehen und ließ seinen Vater los. »Nein«, sagte er und ging weiter.

»Das ist kein Problem. Dann kommen wir mit der Polizei wieder.«

Ich lauschte dem Geplänkel zwischen den beiden und dachte bei mir, dass Andreas das nicht schlecht machte. Er wirkte ruhig und souverän. Der letzte Satz war eine Lüge gewesen, aber das konnte Gröner nicht wissen. Er hätte ebenso gut von mir sein können.

Gröner junior war wieder stehen geblieben und drehte sich jetzt langsam um.

»Sehen Sie, geht doch. Wir können doch vernünftig miteinander reden«, sagte Andreas zufrieden. Er nahm mir das Foto von Karolina aus der Hand und ging damit auf Gröner zu.

»Kennen Sie die Frau?«

»Nein«, erklärte Gröner nach einem kurzen Blick auf das Bild.

»Das ist Karolina!«, rief Gröner senior erfreut aus und riss Andreas das Foto aus der Hand.

Offenbar schien er doch lichte Momente zu haben. Wenn er sich auch nicht mehr daran erinnerte, mich gestern schon gesehen zu haben, so konnte er dem Bild doch einen Namen zuordnen.

»Karolina Golla«, sagte ich. »Ja. Sie kennen sie also.«

»Nein«, widersprach Gröner. Auf seiner Stirn hatten sich tiefe Furchen gebildet.

»Das ist doch Karolina«, beharrte der Vater und sah kurz von dem Bild auf. »Weißt du nicht? Die …«

»Ich habe sie einmal kennengelernt«, fiel Gröner seinem Vater eilig ins Wort. »Auf einem Dorffest. Das ist aber schon eine Weile her. Kennen ist definitiv zu viel gesagt. Wir waren gemeinsam dort. Papa, möchtest du nicht hineingehen und uns Kaffee kochen?«

Der Alte dachte nicht daran, sah von seinem Sohn zu mir und wieder zurück.

»Es ist auch noch Pudding im Kühlschrank.«

Nun wankte er zwischen der Verlockung aus der Küche und seiner Neugierde. Ersteres siegte schließlich, und er schlurfte davon. »Das ist Karolina«, sagte er im Gehen. »Sie war immer sehr nett zu mir.«

Gröner atmete hörbar aus, als sich die Haustür hinter seinem Vater schloss.

»Nun?«, fragte Andreas nach. »Kennen Sie sie? Oder nicht?«

»Wie gesagt, ich habe sie auf einem Dorffest kennengelernt. Es kann sein, dass wir miteinander getanzt haben, so genau weiß ich das nicht mehr. Hatte ja auch ein bisschen was getrunken. Da erinnert man sich nicht an jede, die man im Arm gehalten hat.« Er lachte auf. Viel zu laut und gekünstelt.

Ich schüttelte mich. Bestimmt standen die Frauen nicht gerade Schlange, um mit ihm tanzen zu dürfen. Zumindest keine Frauen wie Karolina.

»Frau Golla wird vermisst«, sagte ich schließlich und beobachtete ihn.

Ein Flackern huschte über sein Gesicht. »Sie wollen jetzt aber nicht andeuten, dass ich …«

»Ich will gar nichts andeuten. Es ist nur so, dass ich den Hinweis bekommen habe, dass Karolina als Pflegekraft für Ihren Vater zu Ihnen auf den Hof gegangen ist. Nicht gemeldet.«

»Wer sagt denn so was?« Von dem Wüterich war nicht mehr die Spur zu sehen, die Stimme klang zittrig.

»Das tut überhaupt nichts zur Sache. Fakt ist, dass wir wissen, dass Karolina hier illegal gearbeitet hat. Damit haben Sie sich strafbar gemacht. Und nun ist das Mädchen verschwunden. Ihre Spur verliert sich genau hier«, sagte ich und machte eine ausladende Bewegung mit der Hand, die Hof und Stallungen mit einschloss. »Die Frage ist nun, wohin sie gegangen ist. Oder wohin sie verschwunden ist.«

Angestrengt starrte Gröner auf den Boden vor sich hin und schwieg.

»Nun?«, donnerte Andreas, und selbst ich erschrak bei seinem Tonfall.

Gröner zuckte zusammen und sah auf. »Ich habe keine Ahnung, ehrlich. Ich weiß nicht, wo sie ist. Es ist richtig, dass sie hier war. Sie sollte mir zur Hand gehen bei der Versorgung meines Vaters. Aber dann habe ich sie mit der Hand in meinem Geldbeutel erwischt. In flagranti. Da habe ich sie davongejagt.«

»Sie haben Sie rausgeworfen?«

»Kann ich doch nichts dafür. Sie hat mich beklaut, die kleine Polenschlampe.«

Ich schluckte an einer heftigen Erwiderung. »Sie wissen nicht, wo sie hingegangen ist?«, fragte ich stattdessen.

»Nein. Sie hat ihre Koffer gepackt und ist zu Fuß davon.«

Andreas und ich sahen uns an, ich nickte schließlich.

»Das reicht uns erst einmal.«

»Was heißt, *erst einmal*?«, fragte Gröner, und ich hörte Angst aus seiner Stimme heraus.

»Dass wir vorläufig nichts weiter wissen müssen. Allerdings behalten wir uns vor, noch einmal bei Ihnen vorbeizukommen. Auf Wiedersehen.«

Ich wandte mich ab und ging auf mein Auto zu.

»Werden Sie das melden?«, drang die nun recht kleinlaute Stimme von Gröner zu uns herüber.

»Das überlegen wir uns noch«, sagte Andreas, ehe ich etwas antworten konnte.

»Ich glaube, ich nehme dich öfter mit, wenn ich Zeugen befragen muss«, sagte ich, als wir wieder im Auto saßen.

Andreas sah mich schräg von der Seite an.

»Ich mag deine … Autorität.«

Kurz vor halb eins traf ich Alicja in der Bierwirtschaft »Zur Lochmühle«. Wir saßen draußen, obwohl es immer noch grau war und jeden Moment regnen konnte. Die aufgespannten Schirme schützten uns, und das Rauschen der nahen Blau verschaffte uns Ruhe.

Die Lochmühle ist eine der ältesten Mühlen Ulms, in der Altstadt mit ihren alten Fachwerkhäusern gelegen. Seit Langem war sie eine Bierwirtschaft, in deren Hof man idyllisch direkt an der Blau saß.

Da ich mit Alicja zur Mittagszeit verabredet war, bestellte ich mit Frischkäse gefüllte Kartoffeltaschen auf Salat.

Dabei fiel mir ein, dass ich Andreas zum Abendessen eingeladen hatte. Wie hatte ich nur so leichtsinnig sein können? Jetzt war es zu spät, und ich musste mir dringend etwas einfallen lassen.

Alicja räusperte sich und riss mich aus meinen Gedanken. Erwartungsvoll sah sie mich an, im Blick eine Mischung aus Angst und Erwartung. Sie hatte drei Löffel Zucker in ihren Cappuccino gegeben und rührte um, dass ich Angst um den Boden der Tasse bekam.

»Jetzt leg doch mal den Löffel zur Seite«, sagte ich mitleidig und wechselte unwillkürlich zum Du.

Mit zitternden Fingern legte sie den Löffel neben die Tasse. »Sie haben Karolina gefunden?«

Ich schüttelte den Kopf, weil ich nicht wusste, wie ich das Gespräch beginnen sollte. Ich hatte keine Schwester, aber wenn ich eine gehabt hätte, hätte ich nicht gewollt, dass sich ihre Spur so verlor. Da lag noch eine Menge Arbeit vor mir.

»Sag doch du zu mir«, bot ich ihr an, das Unvermeidliche länger hinauszögernd. Es half nichts. »Ich war bei der Familie, in der sie gewohnt hat. Familie Neuenfels in Setzingen.«

»Wo Karolina Au-pair.«

Ich schüttelte langsam den Kopf. »Wer hat dir das erzählt mit der Au-pair-Stelle?«

»Karolina.« Einen Moment sah sie mich bange an. »Das nicht stimmt?«

»Nein. Zumindest nicht ganz. Vielmehr war es so, dass Karolina dort als Altenpflegerin gearbeitet hat.«

Alicjas Augen wurden größer. »Sie keine Ausbildung.«

»Sie war auch nicht legal in Deutschland.«

Ich ließ Alicja die Information verdauen und schwieg. Wieder rührte sie in der Tasse und schüttelte den Kopf. »Ich das nicht verstehen.«

»Hat Karolina erzählt, dass sie weg möchte aus Polen?«

»Sie Träume. Wie alle Mädchen. Ich auch so. Aber geht weg. Sie nicht enden wollen wie Tante.«

»Was ist denn mit ihrer Tante?«

Alicja zuckte mit der Schulter. »Sie geheiratet, Mutter geworden und jetzt zu Hause. Aber ich nicht verstehen, dass Karolina abgehauen.«

»Bei Familie Neuenfels ging es ihr aber gut, hast du gesagt?«

»Ja, sie immer sagen, dass toll.«

»Ich hatte einen ähnlichen Eindruck. Von dort ist sie auf den Bauernhof von Hartmut Gröner gegangen, um den kranken Vater zu pflegen. Das ist in Bernstadt, ein paar Ortschaften weiter. Hat sie davon etwas erzählt?«

Alicja schüttelte den Kopf. »Nein, ich denken, sie bei andere Familie. Karolina dort?«

»Nein. Sie war wohl dort, ist aber nicht lange geblieben. Kaum zwei Wochen.« Den Grund behielt ich zunächst für mich. Wozu sie damit belasten? Es änderte nichts an der Tatsache und hätte nur neue Wunden aufgerissen. »Was ist denn mit der Agentur, die Karolina vermittelt hat?«

»Ich haben nur Namen und Telefonnummer. Dir gegeben.«

»Aber du hast doch schon dort angerufen?«

»Ja, aber nur eine Frau da, die sagen, sie auch nicht wissen, wo Karolina sein.«

Um die Agentur würde Andreas sich kümmern. Ich hatte ihn noch einmal darum gebeten, und er hatte seine Hilfe zugesagt.

»Das Handy, von dem aus Karolina angerufen hat, gehört einem gewissen Mike Richter«, fuhr ich fort und hoffte auf ein Erkennen in ihrem Gesicht.

Doch Alicja zuckte mit den Schultern. »Ich noch nie von ihm gehört. Ist er Freund von Karolina?«

Ich schwieg, dann schüttelte ich den Kopf. »Ich weiß es nicht.«

Meine Kartoffeltaschen kamen und dufteten verführerisch. Irgendwie hatte ich keinen Appetit mehr. Lustlos stocherte ich in dem Salat herum und knabberte ein paar Blätter, ehe ich tief Luft holte.

»Er ist Türsteher im ›Red Lounge‹.«

»Wie das heißen? ›Red Lounge‹? Habe ich nie gehört.«

»Das ist ein Nachtclub in Ulm.«

»Ein Nachtclub? Ich nicht verstehen.«

»Ein Bordell. Ein Puff«, präzisierte ich hilflos und sah zu Alicja hinüber, die sich die Hand vor den offenen Mund schlug.

»Nein«, sagte sie schließlich. Ruhig, aber mit einer Überzeugung in der Stimme, die keinen Widerspruch duldete. »Das nicht kann sein. So etwas Karolina nicht machen.«

»Das wollte ich damit auch gar nicht sagen«, beruhigte ich sie. »Vielleicht hat er das Handy verloren, vielleicht wurde es ihm gestohlen, aber vielleicht ist er auch nur ein Freund von Karolina. Ich weiß es im Moment noch nicht.«

Eine Weile schwiegen wir, während ich meinen Salat und die Kartoffeltaschen verzehrte. Immer wieder sah ich unter gesenkten Lidern zu Alicja hinüber. Hinter ihrer gerunzelten Stirn arbeitete es, sie blickte über meine Schulter hinweg auf die Blau.

»Das nicht sein kann«, wiederholte sie nach einer Weile. »Sie ist … wie sagt man? Geführt!«

»Entführt«, verbesserte ich automatisch und schob den Rest meines Salates von mir.

»Bitte, du weitersuchen nach Karolina.«

Ich versprach es und blieb noch ein wenig sitzen, als Alicja aufstand und mit hängenden Schultern das Lokal verließ. Manchmal war mein Job echter Mist!

Mehr als eine Stunde später schleppte ich gefüllte Einkaufstaschen die Treppe nach oben.

»Kommt Mark zu Besuch?«, wollte Leon wissen und sah mich neugierig an, wie ich mich mit den Tüten abmühte. Er war vor die Tür getreten, als hätte er nur darauf gelauert, meine Schritte im Treppenhaus zu hören.

»Nicht immer kommt Mark zum Essen, du kleiner Naseweis. Ich kenne auch noch andere Leute.«

»Kochst du mir auch mal was?«

Ich setzte meine Beute ab. »Was möchtest du denn?«

»Spätzle mit Soß«, verlangte er, und seine Augen begannen zu leuchten.

Unwillkürlich lächelte ich. Wenn es weiter nichts war. Das war das Nationalgericht aller schwäbischen Kinder. Selbst gemachte Spätzle mit Bratensoße. Das konnte immer und überall verzehrt werden, füllte Mägen, trocknete Tränen und hob Launen. Eine regelrechte Geheimwaffe.

»Was gibt es bei dir?«, fragte er und versuchte, einen Blick in meine Tasche zu werfen.

»Straußensteaks in Rotweinsoße, gebackene Kartoffeln und Salat.«

Angewidert sah er mich an. »Straußen- *was*? Das ist ja bäh! Die stehen doch im Zoo!«

Ich nahm mir vor, mit Leon bald eine Dokumentation über Afrika anzusehen.

»Kann man auch essen«, murmelte ich und nahm meine Taschen wieder auf.

»Ich nicht.«

»Brauchst du auch nicht. Ich koche dir deine Spätzle.«

»Wann?«

Ich rollte mit den Augen. »Wenn mein Fall abgeschlossen ist, okay?«

»Hilfst du Mark?«

Warum nur musste er immer auf Mark herumreiten?

»Ich darf nicht darüber reden«, sagte ich stattdessen geheimnisvoll und hoffte, ihm damit den Wind aus den Segeln zu nehmen.

Mit gerunzelter Stirn dachte er über meine Worte nach, und ehe er es sich anders überlegen konnte, floh ich nach oben. Seine hinterhergeschickte Frage, ob Sebastian mich besuchen würde, ignorierte ich. Seit ein paar Wochen adoptierte er, was zu mir in die Wohnung kam. Auch mit meinem Bruder hatte er sich angefreundet, seit es einen Vorfall an seiner Schule gegeben hatte, bei dem Sebastian ihm zur Seite gestanden hatte. Beide hatten Blessuren davon getragen.

Da das »Red Lounge« um diese Uhrzeit sicher noch nicht auf Hochbetrieb lief, verschob ich meinen Besuch auf später. Ich wollte Mike Richter ein wenig auf den Zahn fühlen und etwas über Karolina in Erfahrung bringen. Und Andreas sollte mich begleiten. Er war ohnehin schon in den Fall involviert.

Da mir im Moment auch in Sachen Strohm die Hände gebunden waren, solange Sebastian seinen Computer nicht geknackt hatte, würde ich mich um das Abendessen kümmern. Lange hatte ich überlegt, womit ich Andreas beeindrucken und mir selbst eine Freude machen konnte. Ich kochte für mein Leben gern. Meine Oma, bei der Sebastian und ich überwiegend aufgewachsen waren, hatte mir die Grundlagen beigebracht. Und im Lauf der Jahre hatte ich viel experimentiert und verfeinert, begonnen mit Gewürzen zu arbeiten und auch einmal scheinbar nicht zusammenpassende Zutaten zu einem Geschmackserlebnis verarbeitet.

Aber für wen sollte ich kochen? Früher war da noch mein Ex-Mann Dirk Heit gewesen. Ehe Nicole über ihn hergefallen war. Ich biss die Zähne zusammen.

Für mich allein fehlte mir mittlerweile die Lust zu kochen. Es war einfacher, an der Kebab-Bude einen Döner zu holen oder eine Tiefkühlpizza in den Ofen zu schieben, als ein köstliches Mahl zu bereiten und allein am Küchentisch zu verzehren. Umso mehr freute ich mich über solche seltenen Gelegenheiten wie heute Abend.

Mir war nach Steak gewesen, aber zu verspielt durfte es für Andreas nicht sein. Also hatte ich mich für Strauß entschieden und war in der einzigen Metzgerei im Umkreis gewesen, von der ich wusste, dass sie diese Spezialität führten. In verhältnismäßiger Nähe zu Ulm gab es sogar eine Straußenfarm, die man besichtigen konnte.

Dazu eine Rotweinsauce, im Ofen gebackene Kartoffeln und Sour Cream. Ein Blattsalat mit einer schönen Vinaigrette würde das Festmahl abrunden. Blieb zu hoffen, dass Andreas mit meiner Wahl ebenso einverstanden sein würde.

Zuletzt hatte ich für Mark gekocht, dachte ich, als ich die Kartoffeln schälte. Einem Impuls folgend griff ich zum Hörer und wählte die Nummer vom Revier, Mark war jedoch nicht da. Klar, er war mit seiner Leiche aus dem Thalfinger Wald beschäftigt. Der Beamte fragte, ob er etwas ausrichten könne, und ich hinterließ einen Gruß. Vielleicht meldete er sich.

Meine Gedanken kreisten unablässig um meine beiden Fälle. Den von Karolina ebenso wie den privaten.

Als ich die Schalotten für die Rotweinsoße schnibbelte, schnitt ich mir in den Finger und musste meine Arbeit unterbrechen, um ein Pflaster zu holen.

Mit zusammengebissenen Zähnen hackte ich Gemüse und Zwiebel und briet alles in einer Pfanne an. Ich löschte ab, gab Kräuter dazu und ließ einkochen.

Dann wandte ich mich den Kartoffeln und der Vinaigrette für den Salat zu.

Es blieb nicht bei dem einen Missgeschick, bis das Essen fertig war, und schließlich war ich froh, dass ich die Küche nicht abgefackelt hatte.

Obwohl erwartet, raubte mir Andreas' Anblick den Atem. Wie immer war er dunkel gekleidet. Schwarzes T-Shirt, schwarze Röhrenjeans, das Haar im Nacken zusammengebunden, in der Hand hielt er eine Flasche Rotwein.

»Prinzessin«, sagte er und tippte sich an die Stirn. »Darf ich reinkommen?«

»Klar.« Ich trat zur Seite und ging voran in die Küche.

Flocki schien Andreas nicht mitgebracht zu haben, und irgendwie war ich froh darüber. Nicht, dass ich Hunde nicht mochte. Aber Flocki war kürzlich schon einmal bei mir gewesen, und ich hatte keine Lust auf Hundesabber an meinen Schränken.

»Schön hast du es hier«, stellte er fest und sah sich um.

»Bisschen klein, aber mir reicht es«, murmelte ich.

Die Flasche Rotwein schob sich in mein Gesichtsfeld.

»Entspann dich, Prinzessin. Ich beiße nicht.«

Er hatte recht. Ich spürte, wie die Anspannung langsam nachließ, und brachte den Ansatz eines Lächelns zustande.

»Na siehst du, ist doch schon viel besser.«

Ich nickte und atmete auf. »Hast du Hunger?«

»Und wie. Ich bin gespannt, ob deine Kochkünste mit deinen Gesangskünsten mithalten können.«

Na, warte! Ich reichte ihm die Flasche Wein zurück und gab ihm einen Korkenzieher, ehe ich mich den Straußensteaks und dem Herd zuwandte.

»Was gibt es Neues?«, wollte Andreas hinter mir wissen, und ich erzählte ihm, wie mein Gespräch mit Alicja verlaufen war, während die Butter in der Pfanne schmolz und ich die Steaks hineinlegte.

»Ich habe da noch ein kleines Attentat auf dich vor«, sagte ich und wandte mich kurz zu ihm um. Der Wein lockte mittlerweile mit samtiger Röte im Glas.

»Noch eines?«

»Du wolltest mir helfen. Selbst schuld.« Ich grinste ihn an. »Ich wollte dem ›Red Lounge‹ einen kleinen Besuch abstatten.«

»Und da dachtest du dir, dass du männliche Begleitung brauchen könntest.«

»Wäre nicht die schlechteste Idee. Ich könnte dich als Gehilfen mitnehmen und anlernen.«

»Vorsicht, Prinzessin! Mal sehen, wer hier wem etwas beibringt.«

Wenig später servierte ich. Es war nichts mehr schief gegangen. Die Steaks waren außen kross angebraten, innen medium, ein wunderbar abgeschmeckter Soßenspiegel umgab sie, daneben lagen die Kartoffelscheiben aus dem Backofen. Außen knusprig, innen weich, genau, wie ich es mochte. Dazu der grüne Salat, die Blätter einzeln von der Vinaigrette umgeben, im Schälchen war kaum etwas zu sehen. Ich hasste es, wenn Salat im Dressing ertrank. Beinahe ebenso wie ich es verabscheute, wenn nicht genug auf dem Teller war und ich die letzten Blätter trocken verzehren musste.

Andreas hob anerkennend die Augenbrauen und stieß einen leisen Pfiff aus. »Wenn es mit der Karriere als Privatdetektiv nichts mehr wird, kannst du ein Restaurant aufmachen. Und dazu singen.«

Das Lob ging runter wie Öl.

»Worüber wollten wir eigentlich reden?«, fragte Andreas nach den ersten genießerischen Bissen. Es schmeckte ihm sichtlich, und das freute mich.

»Wir wollten unseren Tisch im ›Jazz-Keller‹ nicht für die Ermittlungen gegen Strohm verwenden«, erinnerte ich ihn.

»Und was gibt es im Moment?«

Verdutzt sah ich auf. »Das habe ich dir vorhin schon alles erzählt.«

»Schade, dann sind wir fertig.«

Ich sann einige Sekunden darüber nach. »Es gibt noch Nachtisch«, schlug ich vor.

»Dann bleibe ich. Für ein gutes Dessert lasse ich alles stehen und liegen.«

Andreas wirkte gelöst wie selten. Noch nie hatte ich ihn so oft lachen sehen wie heute Abend. Immer umgab ihn diese unsichtbare Mauer, die er errichtet hatte, und die unüberwindbar schien. Heute hatte ich das Gefühl, dass ich den Mensch hinter der Wand vor mir hatte. Die Fassade bröckelte, und für den Moment gab er mir Einblick in etwas, das keiner von unseren gemeinsamen Bekannten bisher zu Gesicht bekommen hatte. So seltsam sich das anhören mochte, aber plötzlich schien ich einen Menschen aus Fleisch und Blut vor mir zu haben. Einen Menschen, der lebte. Keinen harten Stein mit mystischer Aura.

Das Essen neigte sich dem Ende zu, und ich stellte zufrieden fest, dass es Andreas wirklich zu schmecken schien. Der Zeitpunkt erschien mir günstig. »Darf ich dich etwas fragen?«

Er sah auf. »Sicher.«

»Wer bist du?«

Er schwieg einen Moment. »Daher weht also der Wind«, sagte er schließlich.

»Deswegen habe ich dich nicht zum Essen eingeladen«, fügte ich schnell hinzu, bevor er einen falschen Eindruck von mir bekam. »Es interessiert mich einfach. Und jetzt, wo wir zusammenarbeiten, dachte ich ...«

Mit undurchdringlicher Miene maß er mich. »Okay. Vielleicht bin ich dir eine Erklärung schuldig.«

Wir waren beide fertig mit essen, und in den Gläsern waren nur noch Pfützen am Boden. Ich hätte ihm noch etwas anbieten müssen, hätte die leeren Teller abräumen sollen, das Dessert servieren. Ich ließ es bleiben. Aus Angst, er würde wieder verstummen wie ein Fisch.

»Ich war in der Vergangenheit viel unterwegs und habe einiges gesehen. Ich war in Kenia, im Irak und in Afghanistan.«

»Warst du als Söldner dort?«, platzte ich mit den Gerüchten heraus, die sich um ihn rankten.

»Du glaubst auch jeden Quatsch, den man dir erzählt, oder?«

»Was warst du dann?«

»Wenn ich dir das erzählen würde, müsste ich dich töten«, sagte er mit Grabesstimme. Dann zwinkerte er mir zu, wurde aber gleich wieder ernst. »Ich habe viel erlebt. Menschen kennengelernt, manche sind noch immer meine Freunde, ihnen würde ich mein Leben anvertrauen. Andere hoffe ich, nie wiederzusehen. Ich habe Dinge getan, die du dir nicht einmal vorstellen kannst, und auf die ich nicht stolz bin. Und ich habe Sachen gesehen, die sich für immer in mein Gedächtnis eingebrannt haben. Im positiven, aber auch im negativen Sinn.« Er lehnte sich zurück. »Das ist das ganze Geheimnis. Mehr gibt es nicht. Und es ist lange her.«

Das Erlebte musste ihn nachhaltig beeinflusst haben. Er redete offenbar nicht gern darüber.

»Noch Wein?«, fragte ich in die Stille hinein, weil ich spürte, dass ich an einem Thema gerührt hatte, das er besser für sich behalten wollte.

»Bitte, ja.«

Während Andreas nachschenkte, gab ich Zucker auf die Crème brûlée und schob sie in den Backofen. Ich war gerade fertig, als es an der Tür klingelte.

Da konnte wohl jemand seine Neugier nicht im Zaum halten.

»Leon.«

»Hallo Jule.« Frech grinste er mich von unten herauf an. Kein bisschen verlegen darüber, dass er meinen Besuch und mich störte. Er versuchte, einen Blick an mir vorbei zu erhaschen, aber ich blieb wie festzementiert stehen. Nicht gewillt, mich auch nur einen Zentimeter zu bewegen.

»Wer ist das?«, fragte er laut flüsternd, dass Andreas ihn drinnen sicher problemlos hörte. Ich konnte mir sein Grinsen lebhaft vorstellen.

»Das geht dich überhaupt nichts an«, zischte ich zurück und trat einen Schritt vor die Tür. »Leon, du bist mein Freund, aber das geht zu weit.«

Mit großen Augen sah er mich an.

»Jetzt guck nicht so«, sagte ich. »Ich habe Besuch und fertig. Wer das ist oder was er hier macht, geht dich nichts an. Geh zurück und spiel unten. Wir können morgen wieder miteinander spielen.«

»Ich wollte dir bloß was erzählen.« Trotzig sah er mich an.

»Dann muss das wohl bis morgen warten.« Ich hatte keine Lust auf eine längere Diskussion und trat zurück, um wieder in die Wohnung hineinzugehen.

»Marks Leiche ist eine Russin.«

In der Bewegung hielt ich inne. »Eine Russin?«

Froh darüber, dass er meine Aufmerksamkeit wieder genoss, sah er mich an. Er nickte eifrig.

»Hast du das im Polizeifunk aufgeschnappt?«

»Ja. Sie haben eine Aupo... Auto...«

»Autopsie meinst du wohl.«

»Ja, genau. So was haben sie gemacht. Jule, was ist das?«

»Äh, ich glaube, das erkläre ich dir ein andermal, okay?«

»Versprochen?«

»Hoch und heilig. Wirklich eine Russin?«, hakte ich noch einmal nach.

»Naja, so ähnlich.«

»Was ist ähnlich?«

»Na, sie kommt aus Russland, aber eben doch nicht.«

»Meinten sie Osteuropa?«, hakte ich nach und wollte die Antwort nicht hören.

Leons Miene hellte sich auf. »Genau das haben sie gesagt!«, bestätigte er meine schlimmsten Befürchtungen.

»Haben sie auch einen Namen gesagt?«

»Nein, sie wissen immer noch nicht, wer sie ist. Warum?«

»Nur so«, murmelte ich. Immer mehr fürchtete ich, dass die tote Frau Karolina Golla sein könnte. Ich musste ein Bild von ihr zu sehen bekommen.

»Leon, tust du mir bitte einen Gefallen?«

Eifrig blickte er zu mir auf, die Augen leuchteten. »Darf ich dann auch Detektiv sein?«

»Ja, von mir aus. Hilfsdetektiv, okay? Hörst du bitte weiter den Polizeifunk ab und sagst mir, wenn es etwas Neues in dem Fall gibt?«

»Aber du hast doch gesagt, dass das verboten ist.«

»Ich muss es aber wissen. Und da wollen wir es ausnahmsweise nicht ganz so genau nehmen. Detektive dürfen das.«

Leon überlegte einen Moment, dann nickte er.

»Ist noch etwas?«, fragte ich, weil er sich nicht vom Fleck bewegte.

»Ich mag ihn nicht. Mark mag ich lieber.«

Na, ein Glück, dass er das nicht zu entscheiden hatte, dachte ich grimmig und ging zurück in die Wohnung. Mit Nachdruck schloss ich die Tür.

»Probleme?«, fragte Andreas. Er schien wieder ganz der Alte, und irgendwie war ich froh darüber. Wenn ich auch bedauerte, dass er die unsichtbare Mauer um sich herum wieder aufgebaut zu haben schien.

Ich holte den Nachtisch aus dem Ofen, der mittlerweile die richtige Bräunung angenommen hatte, und servierte.

Eine Stunde später standen wir vor dem »Red Lounge«, und ich sah mich interessiert um. Das Publikum, das sich vor dem Laden tummelte, bot eine bunte Mischung, und ich war überrascht, wie viele Frauen dabei waren.

Eine Gruppe Männer feierte offenbar den Junggesellenabschied. Alle nicht mehr ganz nüchtern, der Bräutigam trug ein weißes Nachthemd mit rosa Herzchen darauf und eine Schlafmütze auf dem Kopf. Er versuchte, den wartenden Gästen aus einem Bauchladen Schnapsfläschchen und allerlei Krimskrams zu verkaufen, und kassierte dafür dumme Sprüche und mitleidige Blicke.

Eine andere Gruppe waren vermutlich Geschäftsleute aus dem Ausland. Stoffhosen, Hemd und gelockerte Krawatten. Sie grinsten vor sich hin und sprachen eine südländische Sprache. Zumindest hörte es sich für mich so an.

Und dann gab es junge Männer und Frauen, die vor der Tür eine Zigarette rauchten und sich unterhielten. Ich fragte mich, was die Mädchen hierher gebracht hatte, und schüttelte den Kopf.

Obwohl ich mich zu Hause zurechtgemacht hatte, kam ich mir fehl am Platz vor. Dabei passten die Lederhose und die tailliert geschnittene weiße Bluse gut hierher. Weder fiel ich auf, weil ich zu viel aufgetragen hatte, noch wirkte ich schlampig. Ein wenig Make-up rundete das Bild ab.

Andreas hatte meine Bemühungen, mich aufzubrezeln, amüsiert beobachtet und das Ergebnis mit einem anerkennenden Pfiff gewürdigt, der mich ein paar Zentimeter hatte wachsen lassen. Da waren die Hochhackigen kaum noch nötig.

»Ich kenne dich nur in Jeans und T-Shirt«, hatte er gesagt und mich von oben bis unten gemustert. »Und in flachen Schuhen. Wie man damit laufen kann, ist mir ein Rätsel.«

»Gelernt ist gelernt.« Seine Blicke waren mir keineswegs unangenehm, und ich hatte kokett gelächelt.

»Könntest du öfter tragen, das steht dir.«

Nun bugsierte er mich am Ellbogen durch die kleinen Grüppchen, die rauchend zusammenstanden oder auf Einlass warteten, und schob mich Richtung Eingang. Er besaß eine angeborene Autorität. Der Türsteher, unter dessen T-Shirt sich eine Tätowierung den Arm hinauf schlängelte, winkte uns durch, ohne ein Wort zu verlieren.

Es war nicht das erste Mal, dass ich einen Tabledance-Schuppen betrat, wohl fühlte ich mich deswegen nicht. Die Musik war laut, auf der Bühne rekelte sich eine dunkelhäutige Schönheit oben ohne und nur mit String und Highheels bekleidet an einer Stange. Das Publikum kreischte bei jeder ihrer Verrenkungen und versuchte, noch etwas mehr nackte Haut zu Gesicht zu bekommen. Eine weitere Gruppe junger Männer, von denen einer eine rosa Lockenperücke, eine Krone und einen funkelnden Plastikzauberstab trug, stand direkt vor der Bühne und versuchte, dem Mädchen Geldscheine unter den knappen Slip zu stopfen. Sie fielen immer wieder heraus, was die junge Frau nicht weiter störte. Sie klaubte das Papier mit den Zähnen auf und verfrachtete es selbst ins Höschen.

»Mund zu, Prinzessin«, hörte ich Andreas' Stimme neben mir. »Sonst glauben die, du bist zum ersten Mal hier.«

Verärgert über mich selbst, biss ich die Zähne zusammen. Das war unprofessionell, aber ich konnte mich der Mischung aus Faszination und Ekel kaum entziehen. Wie ein Autounfall, schoss es mir durch den Kopf. Man möchte nicht hinsehen, aber da war dieser innere Zwang, es doch zu tun.

»Lass uns was trinken«, verlangte ich betont locker und marschierte in Richtung Bar. Dabei erhaschte ich einen Blick auf eine Frau in knappem Rock und enger Bluse, die Gläser auf einem Tablett durch die Menge balancierte. Etwas, wie sie den Kopf hielt, kam mir bekannt vor. Das raspelkurze schwarze Haar passte nicht ins Bild. Ich begann zu grübeln, wer sie sein mochte. Ich kannte die Frau, die jetzt mit einem anzüglichen Lächeln einem Mann sein Bier reichte und dafür ebenfalls großzügig Geldscheine entgegennahm, die sie langsam in ihrer Bluse verschwinden ließ. Der Ausschnitt war tief, der Ansatz ihrer Brüste deutlich erkennbar.

Ihre Stimme konnte ich nicht hören. Neuerdings reagierte ich ja darauf. Vielleicht hätte ich sie daran erkannt, aber sie war zu weit weg.

Ich verdrängte den Gedanken und ging hinter Andreas her in Richtung Bar. Er orderte bei der Bedienung ein Bier, ich bestellte ein Mineralwasser. Was mir zwei erstaunte Blicke eintrug. Den von Andreas, der mich selten Wasser trinken sah, und den der Bedienung, die wohl nicht damit gerechnet hatte, dass ich eine solche Spaßbremse war. Sie trug den gleichen Rock und die gleiche Bluse wie die Frau, die die Gäste an den Tischen bediente, und ich sah noch mehr davon. Schien eine Art Uniform für die Angestellten zu sein.

Ich zückte mein Foto von Karolina und hielt es ihr unter die Nase, als sie die Getränke vor uns abstellte.

»Schon mal gesehen?«, fragte ich sie und sah ihr in die Augen. Ihrem Gesicht war keine Regung zu entnehmen. Einen kurzen Moment verschwendete sie auf das Foto, der kaum ausreichte, Details zu studieren. Dann schüttelte sie desinteressiert den Kopf und sah weg, um weitere Gläser zu füllen.

»Wie sieht es mit Mike Richter aus?«, gab ich nicht auf und steckte das Bild zurück in meine Tasche.

Sie sah mich mit einer Mischung aus Angst und Sensationsgier an. Ob sie dachte, dass wir von der Polizei waren?

»Steht da hinten«, sagte sie und deutete mit dem Kinn in Richtung Bühne.

Neben dem hohen Podest hing ein Samtvorhang, davor eine Kopie des Mannes, der uns hereingelassen hatte. Im Moment zog er den schweren Stoff zur Seite, um einen Gast durchzulassen. Ich erhaschte einen Blick in einen dämmrigen rot ausgeleuchteten Flur, von dem links und rechts Türen abgingen. Zwei Frauen in Unterwäsche und Strapsen unterhielten sich.

Der Vorhang fiel zu, und der Türsteher baute sich wieder davor auf. Sein Anzug saß schlecht und vermochte die Muskelberge darunter kaum zu verbergen. Er hatte ein kantiges Gesicht und trug einen Bürstenhaarschnitt. Mike Richter, unverkennbar. Nach den Fotos aus dem Internet war eine Verwechslung nicht möglich. Er hatte die Arme vor der Brust verschränkt, und seine Körperhaltung verriet, dass man zuerst an ihm vorbei musste, ehe jemand den Vorhang passieren durfte.

Auch die nächste Bedienung, ebenfalls im gleichen Outfit, schüttelte den Kopf, als ich ihr Karolinas Foto zeigte. Sie schien genauso wenig Interesse zu haben wie die Frau hinter dem Tresen. Ich steckte das Bild weg.

»Dann wollen wir mal«, sagte Andreas und stand auf.

Vielleicht bekamen wir aus Mike Richter mehr heraus. Wir schlängelten uns durch die Menge, und wieder erhaschte ich einen Blick auf die Kellnerin mit dem kurzen schwarzen Haar. Ich kannte sie, da war ich mir inzwischen ganz sicher. Aber die Frisur und auch das Outfit passten in meiner Erinnerung nicht zu ihr. Warum dachte ich in dem Zusammenhang an teure Kleidung und langes Haar? Mir wollte beim besten Willen nicht einfallen, wer sie war. Und ich hatte auch keine Gelegenheit, weiter darüber nachzugrübeln.

Wir waren bei Richter angelangt, und ich stellte überrascht fest, dass er größer war, als ich zunächst gedacht hatte. Von oben sah er auf uns herab.

»Was gibt das?«, fragte er an mich gewandt. »Willst du zuschauen? Wir sind kein Swingerclub. Wenn es dein Alter machen will, dann musst du draußen warten.«

Einen Moment hielt ich verdutzt inne. Die Vorstellung belustigte mich. »Ich habe ein paar Fragen«, sagte ich, als ich die Sprache wiedergefunden hatte. »Nach Ihrem Handy.«

Mit unbewegtem Gesicht starrte er uns an, die Hände noch immer vor der Körpermitte verschränkt.

Ich betete die Nummer herunter. »Das ist doch Ihre Handynummer, oder?«

Noch immer verzog er keine Miene. Ich wartete einen Moment, ohne eine Antwort zu bekommen, und zückte dann Karolinas Foto. »Schon mal hier gesehen?«, wollte ich wissen.

Er sah sich das Foto nicht einmal an, taxierte mich dafür, dass ich Gänsehaut bekam.

»Vielleicht ist es besser, wenn wir nach draußen gehen«, murmelte er zwischen zusammengebissenen Zähnen und ließ mich keine Sekunde aus den Augen. Auch nicht, als er einen Kollegen heranwinkte und ihm mit Gesten bedeutete, seinen Platz einzunehmen.

Dann scheuchte er uns vor sich her durch den Club nach draußen, und ehe wir uns versahen, standen wir auf der Straße. Inmitten der Menschen, die rauchten oder auf Einlass warteten. Kichernde Mädchen und der Junggesellenabschied mit Nachthemd zogen an mir vorbei. Richter deutete nach links, dort standen wir etwas abseits, sodass wir ungestört waren. Seine Hand landete wie ein abgelegter Vorschlaghammer auf meiner Schulter. Verärgert schüttelte ich ihn ab. Was glaubte der Typ?

Endlich blieb er stehen, und ich drehte mich zu ihm um. Er hätte mich mit seinem stechenden Blick festgenagelt, wenn er gekonnt hätte. Einen Moment fragte ich mich, ob die Muskeln echt waren oder ob er nachhalf. Ich hätte wetten können, dass er den Muskelaufbau mit Chemie unterstützte. Nun, das war nicht mein Problem.

»Was wird das?«, fragte Richter leise und ließ keine Zweifel, wie wenig ihm unser Auftauchen passte. »Wer seid ihr zwei Figuren überhaupt?«

Ich schnaubte, Andreas neben mir verzog nicht einmal das Gesicht, und insgeheim bewunderte ich ihn für seine gelassene Art. Ich schüttelte den Kopf und wandte mich gedanklich wieder Richter zu, zückte eine Visitenkarte und reichte sie ihm.

Er hielt sie ein wenig vom Gesicht weg und kniff die Augen zusammen. Dann begann er zu lachen.

»Privatdetektivin? Du?« Offenbar erheiterte ihn die Vorstellung derart, dass er einen regelrechten Lachanfall bekam und erst einmal nicht mehr aufhören konnte.

Ich wartete, zunehmend genervt, bis er sich erholt hatte.

»Und wer ist dann die Flachpfeife?«, fragte er japsend und deutete auf Andreas, der noch immer unbeweglich neben mir stand. Nur das Glitzern in seinen Augen verriet seine Gefühlsregung.

»Sind Sie jetzt fertig?«, fragte ich nach geraumer Zeit.

Richter wischte sich über die Augenwinkel. Dann wurde er ernst.

»Privatdetektivin. Was willst du hier?«

»Das Handy«, erinnerte ich ihn. »Ist das Ihr Handy?«

»Wer will das wissen?«

»Jetzt raten Sie mal.«

Einen Moment überlegte er, dann holte er Luft. »Also, Fräulein. Es geht dich zwar nichts an, und ich weiß nicht, warum ich dir das überhaupt erzähle. Aber vielleicht gibst du dann Ruhe. Das Handy gehörte mir, ja. Aber es wurde mir vor einiger Zeit gestohlen. Ich habe sogar Anzeige erstattet. In solch einem Laden treiben sich nicht nur nette Gäste herum. Die eine oder andere zwielichtige Gestalt ist immer darunter. Und eine hat mir mein Handy geklaut. Unfassbar, vor all den Leuten. Und ich habe es nicht einmal bemerkt. Werden auch immer dreister, die Diebe.« Er sah in die Nacht und schüttelte den Kopf. »Ts, da macht man nur seinen Job, und dann klauen sie dir dein Handy. Mein Geldbeutel ist auch verschwunden. War eine ganz schöne Rennerei mit all den Ausweisen drin.« Er wandte sich mir wieder zu. »Reicht das?«

»Sie haben also Anzeige erstattet?«

»Das habe ich bereits gesagt. Ist alles aktenkundig.« Ein triumphierender Blick traf mich.

Das würde ich überprüfen. Wieder holte ich Karolinas Foto aus der Tasche und zeigte es ihm ein weiteres Mal. Er sah es nicht an, aber seine Stirn legte sich in tiefe

Falten, und sein Hals schien noch dicker zu werden. Ich konnte deutlich den Puls pochen sehen.

»Haben Sie die Frau auf dem Foto schon einmal gesehen?«, fragte ich unbeeindruckt.

Er holte tief Luft, beugte sich wieder zu mir herunter und maß mich mit stechendem Blick.

»Zum Mitschreiben: Ich habe die Schlampe nie gesehen.«

Ich schluckte. »Die Frau ist verschwunden, wir sind auf der Suche nach ihr.« Unwillkürlich bezog ich Andreas mit ein.

»Ach, und dann soll sie hier sein oder was?«

Ich zuckte mit der Schulter.

»Das lasse ich mir nicht bieten. Was willst du damit sagen?« Jetzt wurde er lauter. »Dass ich etwas mit ihrem Verschwinden zu tun habe? Haltlose Unterstellung!«

Was dann geschah, passierte zu schnell, als dass ich es richtig mitbekam. Später erinnerte ich mich nur, dass er die Hand hob. Eine Pranke, die auf mich zukam, und ich duckte mich instinktiv seitlich weg, brachte in Erwartung eines Schlages meinen Kopf in Sicherheit. Stattdessen lag er stöhnend am Boden. Er japste nach Luft und schien unfähig, sich zu bewegen. Ich sah fassungslos zu ihm hinunter, ehe ich mich Andreas zuwandte.

Der wartete einige Augenblicke, dann streckte er Richter die Hand hin, der sie ächzend ergriff. »Du wolltest doch nicht etwa eine Frau schlagen?«, fragte Andreas. »Oder habe ich das nur falsch gesehen?«

Richter stand wieder. Noch immer stöhnend und nach vorn gebeugt, die Hände auf den Knien abgestützt, als habe er einen Marathonlauf hinter sich. Langsam hob er den Kopf, schüttelte ihn vorsichtig und sah uns von unten herauf an. In seinen Augen blitzte der blanke Hass.

»So etwas macht ein Gentleman nicht«, belehrte Andreas ihn weiter. »Merk dir das.«

Er wandte sich mir zu und fasste mich am Ellbogen. »Wir gehen«, sagte er, und ich kam keinen Moment auf den Gedanken, ihm zu widersprechen.

Eine Weile gingen wir schweigend nebeneinander her, und ich versuchte, zu verarbeiten, was ich eben gesehen hatte.

»Hat er etwas mit Karolinas Verschwinden zu tun?«, fragte ich.

»Schwer zu sagen. Was meinst du?«

Ich zuckte mit der Schulter. »Auf jeden Fall ist er nicht ganz koscher. Die Sache mit dem gestohlenen Handy kommt mir komisch vor. Ich werde meine Kontakte bei der Polizei spielen lassen und überprüfen, ob er tatsächlich Anzeige erstattet hat.«

»Ich wette, dass er das hat.«

»Vermute ich auch, aber ich will nichts unversucht lassen.«

Wir schwiegen wieder und gingen gemeinsam weiter.

»Was war das eben?«, fragte ich schließlich, sah ihn aber nicht an.

»Asiatische Kampftechnik.«

»Wo hast du das gelernt? In einem Kloster in Tibet?« Gewundert hätte es mich nicht.

»Nein. Im Karatestudio in Ulm.«

Wenig später lieferte Andreas mich zu Hause ab. Einen Moment standen wir verlegen wie zwei Teenager vor der Eingangstür und wussten beide nicht, was wir sagen sollten.

»Danke für das wunderbare Essen.«

»Gern geschehen«, antwortete ich und meinte es ehrlich. Ich überlegte, ob ich ihn hereinbitten sollte. Auf ein weiteres Glas Wein vielleicht. Wohl wissend, dass ich damit eine unsichtbare Grenze überschreiten würde. Wollte ich das? Erwartete er es?

»Gute Nacht«, nahm Andreas mir die Entscheidung ab und drehte sich um.

»Gute Nacht«, antwortete ich und fühlte Erleichterung und Enttäuschung gleichermaßen in mir aufsteigen. Das entwickelte sich nicht gut. Gar nicht gut.

Langsam tappte ich durch das dunkle Treppenhaus nach oben und erwartete fast, Mark auf dem oberen Absatz sitzen zu sehen. Doch es empfing mich nichts als dunkle Leere. Mein Leben war im Moment wirklich kompliziert.

Beim Zähneputzen dann, als ich schon längst nicht mehr darüber nachgrübelte, fiel mir ein, wer die Bedienung im »Red Lounge« gewesen war. Ungläubig schüttelte ich den Kopf. Sie musste es sein, auch wenn ihr Haar nicht mehr lockig lang war und längst nicht mehr in dunklem Rotbraun leuchtete. War das wirklich Nina Frey gewesen? Meine ehemalige Klassenkameradin? Töchterchen aus reichem Hause, immer ein bisschen von oben herab und etwas Besseres?

Nein, das konnte nicht sein. Nina war immer das Vorzeigepüppchen der Klasse gewesen. Stets zu Höherem berufen. Ihr Vater besaß einen Obst- und Gemüsegroßhandel, und Nina sollte in den Betrieb einsteigen. Zusammen mit ihrem älteren Bruder. Vermutlich war ihr vorherbestimmt, einen Rechtsanwalt zu heiraten, der sich um die Geschicke der Firma kümmerte, während sie sich zurückzog und die Kinder bei Laune hielt. Die genauso verzogen werden würden wie die Mutter.

Das Letzte, was ich von Nina gehört hatte, war, dass sie irgendwo in Frankreich Betriebswirtschaft studiert hatte.

Nein, das konnte unmöglich sein. Nina Frey war keine Bedienung in einem Bordell.

Ich zuckte mit der Schulter, stellte das Wasser ab und trocknete mir das Gesicht. Dann löschte ich das Licht im Bad und kroch ins Bett. Viel war geschehen heute, und ich fragte mich mit einer Mischung aus Argwohn und Neugier, was der nächste Tag für mich bereithielt.

DONNERSTAG

Ich war schon aus der Dusche heraus und hatte mich angezogen, da klingelte es an der Tür. Oben. Leon war am naheliegendsten. Mark vielleicht? Oder Andreas?

Egal wer, mir gefiel um die Uhrzeit ohne Kaffee keine der Möglichkeiten. Im besten Fall war es Sebastian, der mir erzählte, dass er Strohms PC gehackt hatte. Auch das war unwahrscheinlich, denn mein Bruder gehörte nicht zur Kategorie der Frühaufsteher, und ich hatte gerade erst die Achtuhrnachrichten im Bad gehört.

Ich biss mir auf die Unterlippe und warf einen sehnsüchtigen Blick auf die Kaffeekanne, die mir mit freudigem Glucksen einen Guten Morgen wünschte. Ein Blick durch das Guckloch ließ mich die Augen schließen. Die rote Löwenmähne meiner Mutter leuchtete wie ein Feuermelder und ließ in mir sämtliche Alarmglocken schrillen.

Sie klopfte an die Tür. »Mach auf. Ich weiß, dass du da bist.«

Auch meine Mutter war keine Frühaufsteherin, und ich fragte mich, was sie aus dem Bett getrieben hatte. Es musste wichtig sein. Fragte sich nur, ob ich es wissen wollte.

»Mutter.« Meine Stimme hörte sich kraftlos an in meinen Ohren.

Sie rauschte mit wehendem Kaftan an mir vorbei. Meine Mutter trug nur noch Kaftane. In allen Farben und Farbschattierungen, die man sich vorstellen konnte. Sie stand auf weiche, fließende Stoffe, und jeder, der Jeans und T-Shirt trug, war in ihren Augen nicht anständig gekleidet. Ich sah an mir herunter auf das schwarze T-Shirt mit ACDC-Aufdruck, das ich vor mehr als zehn Jahren auf einem Konzert erstanden hatte, und das mittlerweile mehr breit als lang war. Das und meine ausgefransten Jeans, die ich nach einem kleinen Unfall zum Recyceln kurzerhand abgeschnitten hatte, trafen ihre Vorstellung vermutlich nicht.

Ihr Kaftan diesmal war rot und mit indianischen Mustern bestickt. Mit einem Anflug von Panik fragte ich mich, ob sie ihren Pseudoesoteriktrip mit Elementen ihrer schamanischen Ausbildung zu kreuzen versuchte. Ich schüttelte mich.

Sie saß bereits am Küchentisch, und der Duft nach Kaffee stimmte mich versöhnlich. Ich brauchte dringend eine Tasse, ehe ich mich ihr stellen konnte. Als ich den Becher in der Hand hielt und einen Schluck genommen hatte, fühlte ich mich besser.

»Aber Kind, du weißt doch, dass Kaffee nicht gesund ist.«

Mein Blick wanderte von ihrer faltigen Stirn bis hinunter zu einem runzligen sonnengebräunten Hals, den knittrigen Ausschnitt vom Kaftan umgeben, und ich dachte mir meinen Teil.

»Hättest du eine Tasse Tee für mich?«

Hatte ich. Allerdings keinen anderen als beim letzten Mal. Ein Beutel Kamille musste genügen.

»Hast du noch immer keinen grünen Tee?«, fragte meine Mutter, und ein anklagender Blick traf mich. »Der ist viel gesünder.«

Ich spürte, wie sich mir die Nackenhaare aufstellten, und trank schnell einen Schluck Kaffee.

»Entweder du trinkst den oder du lässt es bleiben.«

Sie schwieg eingeschnappt, und ich fragte mich, wie lange der Zustand anhalten mochte, während ich Wasser kochte.

»Also, was kann ich für dich tun?«, fragte ich und stellte ihr den Henkelbecher mit dem Teebeutel darin vor die Nase.

»Braunen Kandis habe ich auch immer noch nicht«, kam ich ihrer unausgesprochenen Frage zuvor, und sie verzog das Gesicht.

Ich blieb an die Arbeitsplatte gelehnt stehen. Hatte das Bedürfnis, ihr nicht direkt gegenüberzusitzen. Das war mehr, als ich am frühen Morgen verkraften konnte.

Suchend sah sie sich in der Küche um. »Gibt es bei dir kein Frühstück?«

Ich war doch kein Hotel!

»Ich frühstücke selten und wenn, nur Cornflakes. Die hätte ich dir gern angeboten, aber im Moment ist keine Milch da. Du könntest natürlich schnell zum Bäcker laufen und Brezeln holen«, fügte ich hinzu und lächelte sie milde an. Wohl wissend, dass sie kein Laugengebäck aß.

»Aber Kind, du weißt doch …«

Ich nickte und winkte ab.

»Vielleicht hast du ein paar Dinkel-Hafer-Kekse?«

»Mutter, ich bin kein Vogel.«

Resigniert schwieg sie. Ich genoss die Ruhe.

»Jule, ich habe zwei schreckliche Tage hinter mir.«

Und schon war sie vorbei.

»Und die ganze letzte Nacht kaum geschlafen. Die Schwingungen zwischen uns waren so negativ, da komme ich völlig aus dem Gleichgewicht.«

»Und was soll ich da jetzt machen?«

»Ich verstehe nicht, warum du so angespannt bist. Du warst so unfreundlich zu mir.«

Nun muss man zum besseren Verständnis unseres Verhältnisses wissen, dass wir uns nicht sehr ähnlich sind. Als Kind hatte ich mich regelmäßig gefragt, ob ich im Krankenhaus vertauscht worden war und in Wirklichkeit zu einer ganz anderen Familie gehörte. Zu einer normalen.

Meine Mutter und mein Vater haben sich früh kennengelernt, und irgendetwas musste sie miteinander verbunden haben. Nicht in beider Lebensplanung passte jedoch, dass sich ein Kind einschlich. Während mein Vater wenigstens versuchte, sich dem zu stellen, betrachtete meine Mutter mich immer als Stolperstein in ihrem Leben.

Ich bin ein relativ normaler Mensch, der mit beiden Beinen im Leben steht. Ich hatte meine Macken, zugegeben, aber die hatte jeder auf die eine oder andere Weise. Meine Mutter allerdings beschäftigte sich mit Dingen, die mir suspekt blieben. So hatte sie kürzlich steif und fest behauptet, mit einer Toten aus meinem Vermisstenfall Kontakt gehabt zu haben. Auch mit viel gutem Willen tat ich mich mit dieser Vorstellung schwer.

Doch etwas hatte sich in letzter Zeit verändert. Plötzlich wollte sie wissen, mit wem ich mich traf, warum ich sang, all solche Dinge, die ich während meiner Kindheit und Jugend vermisst hatte. Mittlerweile fehlten sie mir nicht mehr. Im Gegenteil, ich wusste zu schätzen, dass das auch seine angenehmen Seiten hatte. Und die wurden gerade eingeschränkt.

»Warum möchtest du nicht auf meiner Vernissage singen?«, fragte sie rundheraus, und für einen Moment wusste ich nicht, was ich ihr antworten sollte.

»Nun, es ist so …«, begann ich und suchte nach den richtigen Worten. Ich konnte ihr schlecht ins Gesicht sagen, dass ich ihre Bilder scheußlich fand.

Ihre Miene zeigte eine Mischung aus Traurigkeit und Vorwurf, fast tat sie mir leid. Aber eben nur fast. »Sieh mal, Mutter, wir sind zwei unterschiedliche Menschen.« Ich trank einen Schluck Kaffee und überlegte fieberhaft, wie ich weitermachen sollte. »Wir haben verschiedene Interessensgebiete. Du malst, und ich singe.«

»Aber das ist doch wunderbar! Mit beidem kann man auf unterschiedliche Weise das Gleiche ausdrücken.«

Wie konnte ich ihr nur begreiflich machen, dass meine Musik und ihre Bilder nicht kompatibel waren? Mit dem Holzhammer.

»Wir trennen das. Basta.«

Eingeschnappt sah sie in ihren Becher, und ich ließ sie ein bisschen schmollen.

»Außerdem habe ich gar keine Zeit«, fügte ich versöhnlich hinzu. »Darf ich dich noch etwas über Martin Strohm fragen?«

Erstaunt sah sie hoch. »Was ist mit ihm? Wie kommst du überhaupt plötzlich auf ihn?«

»Ach, bin ich in den Unterlagen drüber gestolpert.« Ich hatte noch immer nicht vor, ihr zu erzählen, wie es dazu gekommen war. Sie würde mich für übergeschnappt halten. Oder mich mit ihrem Pseudoesoterikquatsch überschütten und mir am Ende zu helfen versuchen. Ich wusste nicht, was schlimmer war. Ihre Hilfe hatte mich schon einmal an den Rand des Wahnsinns gebracht, als sie mit meiner Leiche kommuniziert haben wollte.

»Du hast doch neulich gesagt, er habe krumme Dinger gedreht. Weißt du, was genau?«

»Jule, ich habe keine Ahnung, ehrlich.«

»War es etwas mit Drogen?«, beharrte ich.

»Nein, ich meine, ich weiß es nicht. Das ist so lange her.«

»Kannst du mir über Papas Tod irgendwas erzählen?«

Sie schwieg, nippte immer wieder an ihrem Becher und starrte vor sich auf die Tischplatte.

»Mutter?«, fragte ich schließlich vorsichtig, weil sie nicht mehr aufsah.

»Ich kann dir darüber nicht mehr erzählen, als du ohnehin weißt.« Ihre Stimme war leise, und mit einem Anflug von schlechtem Gewissen fragte ich mich, ob ich sie verletzt hatte.

»Wir haben noch nie darüber gesprochen«, tastete ich mich vor.

»Nein, haben wir nicht. Du warst ein kleines Kind damals. Traumatisiert.«

Sie konnte nicht wissen, wie traumatisiert.

»Es war alles ohnehin schwer genug«, fuhr sie fort und sah mich an. »Warum sollte ich dann noch mit dir darüber reden? Ich wollte dich schützen, verstehst du? Unsere Ehe war am Ende, ja. Aber das bedeutet nicht, dass ich deinen Vater nicht einmal geliebt habe. Und einen Menschen in seiner Umgebung zu verlieren, dem man einmal nahestand, und das auf eine solche Weise, ist für niemanden einfach.«

Ich hatte sie offenbar wirklich verletzt mit meiner Frage. Das hatte ich nicht gewollt. So hatte ich die Situation nie gesehen. Für mich war die Ehe meiner Eltern immer nur eine Katastrophe gewesen. Dass sie sich einmal wirklich geliebt hatten, war für mich unvorstellbar. Und dass meine Mutter mich hatte schützen wollen, war so untypisch für sie, dass es mir zunächst schwerfiel, das zu verstehen.

»Die Ehe war von Anfang an ein Fehler«, sprach sie weiter, und meine Augen wurden so groß wie Untertassen bei dieser Beichte. Noch nie hatte sie so offen über ihre Gefühle gesprochen wie gerade, und ich begann mich zu fragen, ob meine Mutter vielleicht doch ein Herz hatte. »Aber darüber nachzudenken, ist müßig.« Sie lehnte sich zurück.

»Weißt du, ob Strohm in Drogengeschäfte verstrickt war?«

»Was willst du damit sagen?«, fuhr sie auf. »Etwa, dass Strohm etwas mit seinem Tod zu tun hat? Jule, in was bist du jetzt wieder hineingestolpert?«

»In gar nichts«, sagte ich schnell. »Es ist nur so, dass ich, wie gesagt …«

»Die Unterlagen, ich weiß.« Sie runzelte die Stirn. »Nein, davon weiß ich nichts. Aber ich habe mich auch nie dafür interessiert. Dass diese Sache mit den gefundenen Drogen Quatsch ist, ist dir hoffentlich klar. Dein Vater mochte seine Fehler gehabt haben, aber mit Drogen hatte er nie etwas zu tun. Ich habe das damals nicht geglaubt, und ich glaube es heute nicht.«

Wenigstens waren wir uns darüber einig.

Kurze Zeit später verabschiedeten wir uns. Meine Mutter umarmte mich sogar, und ich fragte mich verwundert, warum ich diese Seite an ihr nicht früher kennengelernt hatte. Bisher hatte ich sie für oberflächlich und weltfremd gehalten. Und nach etwas mehr als 28 Jahren durfte ich feststellen, dass ich mich vielleicht doch geirrt hatte.

Ich rief bei Jochen an und ließ mir bestätigen, dass Mike Richter sein Handy als gestohlen gemeldet hatte. Und zwar genau in der Nacht, als Karolina bei Alicja von eben jenem Handy angerufen hatte. Ob sie das Handy geklaut hatte? Dann musste es ihr danach jemand abgenommen haben. Wer? Und was hatte es mit dem Schrei auf sich, den Alicja gehört haben wollte?

»Habt ihr die Leiche im Thalfinger Wald identifiziert?«

»Nein. Warum? Weißt du etwas darüber?«, fragte Jochen und klang alarmiert.

Ich wusste, dass ich mich auf dünnem Eis bewegte. Er gab mir weit mehr Informationen, als er durfte.

»Nein«, sagte ich und schwieg einen Moment. »Kann ich vielleicht ein Foto von der Toten sehen?«

»Jetzt ist genug, Jule«, sagte er in einem Tonfall, der keinen Widerspruch duldete. »Wir haben eine Pressemitteilung vorbereitet. In Kürze wird ein Foto von ihr in der Zeitung veröffentlicht. So lange wirst du dich gedulden müssen. Im Moment dürfen wir nicht mehr darüber sagen. Das weißt du.«

Ich wusste es. Aber einen Versuch war es trotzdem wert gewesen.

»Wenn ich dir ein Foto von jemandem schicke, kannst du es dann für mich vergleichen?«

Jochen schwieg lange Zeit.

»Komm schon. Da ist doch nichts dabei. Du guckst dir nur das Foto an und sagst »Ja« oder »Nein«. Vielleicht kann ich euch bei der Identifizierung helfen.«

Wollten wir es nicht hoffen!

»Ich komme nach Dienstschluss bei dir vorbei.«

Das war mehr, als ich zu hoffen gewagt hatte.

Sebastian trudelte wenig später ein. In der Hand eine Brötchentüte, die er fröhlich schwenkte.

»Ich nehme mal an, du hast noch nicht gefrühstückt. Ich habe Brezeln mitgebracht.«

Ich hatte mich vom Schock über die neue Seite meiner Mutter bisher nicht erholt und darüber glatt das Frühstück vergessen. Beim Geruch der noch warmen Brezeln begann mein Magen zu knurren. Ich riss Sebastian die Tüte aus der Hand, um sie in die Küche zu bringen. Wenn ich mich beeilte, schmolz sogar die Butter noch.

Sebastian folgte mir mit einem breiten Grinsen. Er wusste, dass ich für geschmolzene Butter auf warmer Brezel töten könnte.

»Bekomme ich einen Kaffee dazu?«, fragte er und ließ sich auf den Stuhl fallen. »Ich habe die ganze Nacht gearbeitet.«

Mir fiel beinahe die Butter aus der Hand. Gearbeitet? Die ganze Nacht? Etwa meinetwegen?

Die Kaffeekanne war leer, das musste warten. Zuerst schnitt ich die Brezel auf und bestrich sie sorgfältig mit Butter. Ich konnte zusehen, wie sie am Rand zu glänzen begann, der Glanz sich ausbreitete und die Seitenränder flüssig wurden.

»Herrlich!«, befand ich und stand auf, um Salz zu holen. Vorsichtig streute ich etwas auf die zerlaufene Butter und begutachtete mein Werk, ehe ich aufstand und frischen Kaffee aufsetzte. »Hast du dir etwa meinetwegen die Nacht um die Ohren geschlagen?«

Sebastian nickte. Bescheiden, wie es schien, und lehnte sich zurück.

Der Geschmack der weichen Butter auf dem warmen Laugengebäck war eine Offenbarung. Erst jetzt merkte ich, wie groß mein Hunger war. Draußen drängten sich erste Sonnenstrahlen durch die dicke Wolkendecke, die das Innere meiner Wohnung tapfer zu erobern versuchten.

»Erzähl, hast du den Computer gehackt?«, wollte ich wissen und biss erneut ab.

»Das war nicht besonders schwer.«

Ich stand auf, holte eine weitere Tasse aus dem Schrank und füllte sie mit frischem Kaffee. Sebastian war zum Glück nicht so wählerisch wie meine Mutter.

»Wie hast du das gemacht?«, fragte ich, nicht ohne Bewunderung. Und bereute meine Frage gleich darauf.

»Ich habe einen einfachen Portscanner benutzt«, dozierte er und nippte an seinem Kaffee. »Das war nicht so schwierig, eine Hochsicherheitszone ist die Spedition Strohm nicht gerade.« Er schüttelte den Kopf. »Ich verstehe das nicht. Dass die alle immer so nachlässig mit ihren Firmennetzwerken umgehen. Zumindest eine Zwei-Server-Architektur mit einem Proxy und einem Masquerading-Server ist doch nicht zu viel verlangt. Das wäre nicht einmal besonders teuer. Aber nein, die sind offen wie ein Scheunentor. Nach dem Motto ›keiner weiß, dass wir ein Netz haben, warum also teuer Geld investieren? Zu holen gibt es ja nichts‹.« Er tippte sich mit der flachen Hand auf die Stirn, ein trauriger Zug lag um seinen Mund. »Das war noch nicht einmal eine große Herausforderung.«

Ich vergaß über seinen Ausführungen das Essen. War das mein Bruder? Der all dieses Vokabular von Servern und sonstwas benutzte? Mein Bruder, der im normalen Leben kaum in der Lage war, eine Dose Ravioli ohne größere Verletzungen zu öffnen? Und der sich ständig in irgendeinen Mist hineinmanövrierte? Er war ein Nerd. Eindeutig.

»Ich habe mir die offenen und unbenutzten Ports mittels eines Portscanners anzeigen lassen und bin auf eine ganze Wagenladung davon gestoßen. Ich verstehe nicht, warum die Leute ihre Rechner nicht besser sichern. Und wie dumm man sein kann, mit seinen Daten so verantwortungslos umzugehen.«

Ich hing gebannt an seinen Lippen. Verstand nur Bahnhof. Aber langsam bekam ich eine Ahnung davon, dass mein Bruder sein zweifelhaftes Handwerk beherrschte. Ich wollte lieber nicht genau wissen, was er und seine Nerd-Kollegen im Hacker-Klub trieben. Hoffentlich ging der Schuss nicht irgendwann nach hinten los.

»Wie auch immer. Ich habe mir mittels eines Keyloggers Passwörter besorgt und eine fertig programmierte Malware eingeschleust. Heute Morgen habe ich darüber ein Programm gestartet und die Daten auf einen Cloudspeicher gezogen. Et voilà.« Er strahlte mich an, als verkünde er die Offenbarung.

Ich nickte lahm. »Und was heißt das jetzt auf Deutsch?«

Sebastian rollte mit den Augen. »Du hast nichts verstanden, oder?« Wieder schüttelte er den Kopf. »Aber dann regt sich alle Welt über Viren und Trojaner auf, und keiner ist in der Lage, seinen Rechner ausreichend zu schützen. Braucht ihr euch nicht zu wundern.«

»Entschuldige mal, aber das ist nun wirklich nicht mein täglich Brot. Für mich ist ein Computer wie ein Auto. Wenn ich den Schlüssel ins Zündschloss stecke und drehe, muss der Motor anspringen. Wenn er das nicht tut, ist das Auto kaputt, und ich bringe es in die Werkstatt. Fertig. Ich kann mich doch nicht mit allem technischen Gerät auskennen. Ich habe ja auch keine Ahnung, wie das Innenleben meines Toasters aussieht und wie er funktioniert.«

»Dem Toaster vertraust du auch keine Geheimnisse an«, konterte er trocken.

Ich gab auf, schüttelte den Kopf. »Also, für die Dummen. Was heißt das jetzt genau?«

»Dass wir auf deinem Rechner ein Programm installieren, mit dem du Zugriff auf einen Cloudspeicher hast. Und auf diesem Cloudspeicher ist die Kopie von Strohms Netzwerk. Ganz einfach.«

Ganz einfach, soso. Wenn ich das richtig verstanden hatte, konnte ich damit in Strohms PC wühlen, das genügte mir als Aussage.

Ich tat still Abbitte, weil ich nicht gewusst hatte, zu was mein Bruder in der Lage war. Insgeheim nahm ich mir vor, die Daten auf meinem Rechner zu kontrollieren und zu prüfen, was davon nicht für die Öffentlichkeit bestimmt war. Und dann wollte ich Sebastian meinen Computer geben, um ihn in Ruhe besser zu sichern.

Während Sebastian sich an meinem PC zu schaffen machte, um das Programm zu installieren, versuchte ich, ein bisschen aufzuräumen und die Spuren des gestrigen Abends zu beseitigen. Als es klingelte, legte ich mir das Geschirrtuch nur zu gern über die Schulter und ging zur Tür. Hier ging es zu wie am Bahnhof, dabei hatte der Morgen gerade erst begonnen.

»Morgen, Jule«, posaunte Leon und fegte an mir vorbei in die Küche.

Wurde Zeit, dass die Sommerferien zu Ende gingen. Ich ging hinterher und vermutete ihn auf der Suche nach Schokoküssen, die ich noch immer nicht gekauft hatte.

Doch Leon sah sich suchend um und ging weiter ins Wohnzimmer.

»Ha!«, sagte er triumphierend, als er Sebastian erblickte. »Dachte ich es mir doch, dass du hier bist.«

Die beiden klatschten sich ab.

»Was machst du da?«, fragte Leon und sah ihm interessiert über die Schulter.

»Ich habe einen PC gehackt«, erklärte Sebastian, als sei es das Selbstverständlichste der Welt.

»Sebastian!«, tadelte ich.

Er sah hoch. »Was? Is doch so, oder? Kinder soll man nicht anlügen.«

»Ich weiß doch längst, was hacken ist«, mischte sich Leon mit einem Glitzern in den Augen ein. »Aber das ist cool! Und ich habe noch nie zugesehen. Mich interessiert das.«

»Möchtest du nicht in die Küche kommen und noch ein bisschen was frühstücken?«, schlug ich vor und schwenkte lahm eine halbe Brezel, die übrig geblieben war.

Leon kam auf mich zu, schnappte sich das Laugenteil und ging zurück zu Sebastian.

»Nimm wenigstens einen Teller«, rief ich hinter ihm her. »Hör mal, Leon, das ist Arbeit. Meine Arbeit. Du darfst niemandem etwas davon erzählen.« Schon gar nicht deiner Mutter. Oder sonst wem.

Er sah mich ernst an, presste die Lippen aufeinander und zog einen imaginären Reißverschluss zu. Dann kicherte er albern. »Keine Sorge, ich erzähle nichts. Aber vielleicht werde ich ja auch mal Hacker. Da kann es nicht schaden, wenn ich mir das mal in Ruhe ansehe.«

Auch mal Hacker. Barbara würde mich irgendwann

anzeigen, wenn sie wüsste, auf welch dumme Gedanken ihr Sohn bei mir kam.

Ich überließ den beiden das Wohnzimmer und meinen Rechner. Nicht allerdings, ohne Sebastian einen mahnenden Blick zuzuwerfen. Dann widmete ich mich wieder der Küche.

Ob Karolina Mike Richters Handy gestohlen hatte? Wie Andreas ihn gestern aufs Kreuz gelegt hatte, war beeindruckend gewesen. So schnell hatte ich gar nicht Luft holen können, da lag er schon auf dem Boden.

War die Bedienung wirklich Nina Frey gewesen?, überlegte ich weiter. Es würde mich stark wundern, weil es so gar nichts ins Bild der hübschen Unternehmertochter von damals passte. Aber das Leben ging manchmal seltsame Wege, und vielleicht hatte die auch Nina erwischt. Mit einer gewissen Schadenfreude fragte ich mich, ob sie das gewollt hatte. Sicher nicht, wenn ich mich an damals zurückerinnerte.

Ich hatte unter Nina nicht unbedingt zu leiden gehabt. Aber sie hatte ihre Umwelt deutlich spüren lassen, woher sie kam und was sie von Menschen hielt, die nicht aus der gleichen Schicht kamen. Die einen gesellschaftlichen Makel aufwiesen. Keinen Vater, zum Beispiel. Nein, beste Freundinnen waren wir nicht gewesen.

Freundinnen. Ich legte das Spültuch zur Seite und holte mein Notizbuch hervor. Ich musste nicht lange blättern, bis ich die Telefonnummer der Familie Neuenfels fand. Schon nach dem dritten Klingeln meldete sich Frau Neuenfels.

»Hier ist Jule Flemming, ich habe da noch eine Frage.«

»Haben Sie Karolina gefunden?«, fragte sie und hörte sich ehrlich besorgt an. Geschrei war im Hintergrund zu hören. »Samuel, jetzt hört endlich auf zu streiten! Entschuldigung.«

»Nein, ich habe sie nicht gefunden. Bei Gröner ist sie nicht lang gewesen. Angeblich hat sie gestohlen, und er hat sie vom Hof gejagt.«

»Karolina? Gestohlen? Das kann ich mir nicht vorstellen.«

Ich war mir da nicht so sicher. Immerhin hatte Alicja mir erzählt, dass sie in Polen Ärger mit der Polizei wegen eines geklauten Lippenstifts gehabt hatte.

»Auf jeden Fall ist sie nicht mehr bei ihm.«

»Wenn ich das gewusst hätte, hätte ich den Kontakt nie hergestellt. Ihr wird doch nichts passiert sein! Oh Gott, da ist doch die tote Frau gefunden worden. Oh mein Gott, das ist hoffentlich nicht Karolina!«

Ich ging nicht darauf ein, weil mir bei dem Gedanken selbst unwohl war. »Frau Neuenfels, hatte Karolina Bekannte im Ort? Hat sie sich mit irgendjemandem angefreundet? Auf dem Dorffest zum Beispiel?«

Frau Neuenfels schwieg einen Moment. »Ja, klar, Sabine! Sabine Krüger. Sie ist in Karolinas Alter und war öfter bei uns.«

»Könnten Sie mir bitte Adresse und Telefonnummer der Frau geben?«

»Ja, sicher, einen Moment.«

Ich hörte, wie Frau Neuenfels im Hintergrund zu kramen begann. Das Kindergeschrei war zwischenzeitlich verstummt.

»Haben Sie etwas zum Schreiben?«

Sie diktierte mir die Daten, und ich bedankte mich. Vielleicht hatte Karolina Sabine Dinge anvertraut, die man nur der besten Freundin erzählt. Kurzentschlossen wählte ich ihre Nummer und hinterließ eine Nachricht auf der Mailbox, dass sie mich zurückrufen möge.

Im Wohnzimmer war es verdächtig ruhig. Vielleicht brauchten die beiden etwas zu trinken? Unter dem Türrahmen blieb ich stehen. Sebastian und Leon saßen einträchtig nebeneinander auf dem Sofa, die Köpfe über dem Rechner zusammengesteckt.

»Du, Sebastian?«

Offenbar hatten sie mein Kommen nicht bemerkt. Ich schmunzelte vor mich hin und betrachtete die mir zugewandten Rücken. Ein Bild des Friedens.

»Hm?«

»Was du da machst, kannst du das auch mit anderen Computern?«

»Hm.«

»Auch mit ganz bestimmten PCs?«

»Hm. Welche denn zum Beispiel?«

Aha, Gespräch unter Männern.

Leon schwieg einen Moment. »Schwierige. Gut gesicherte.«

Sebastian wandte sich ihm zu. »Der Rechner, den ich nicht knacken kann, muss erst noch erfunden werden.« Er genoss Leons Aufmerksamkeit sichtlich. »Weißt du, ich habe ja auch noch Kumpels, die mir helfen könnten. Aber das Meiste schaffe ich schon allein.«

»Auch den von der Polizei?«

Ich schluckte und holte Luft, um etwas zu sagen.

»Den von der Polizei? Du weißt aber schon, dass das strafbar ist?«

Ich klappte den Mund wieder zu. Vielleicht war doch noch nicht alles verloren.

»Na, das hier doch auch, oder?«

Sebastian wandte sich wieder meinem Rechner zu und sagte erst einmal nichts.

»Und?«, fragte Leon nach einer Weile.

»Was und?«

»Würdest du das schaffen?«

»Auf der linken Arschbacke.«

»Sebastian!«, rief ich empört, und zwei Köpfe zuckten zu mir herum. »Hört mal, ihr beiden, jetzt ist Schluss!« Den Polizeifunk abhören war eine Sache, deren System zu hacken eine ganz andere. »Leon, du gehst nach Hause und spielst mit deinen Legos. Sebastian, du bleibst hier!«

Beide sahen mich so treudoof an, dass ich nicht wusste, ob ich lachen oder heulen sollte.

»Äh, ich bin sowieso gleich fertig«, sagte mein Bruder und wandte sich wieder dem Rechner zu. Leon dachte nicht einmal daran, aufzustehen.

Eine halbe Stunde später war ich allein. Neugierig, was ich finden würde, setzte ich mich vor den PC und startete das Programm, wie Sebastian es mir gezeigt hatte. Es war faszinierend, und ich hatte keine Ahnung, wie mein Bruder das geschafft hatte. Aber auf meinem Bildschirm erschien das Firmenlogo der Spedition Strohm.

Vorsichtig tastete ich mich vor. Schaute ein bisschen hier, rief dort eine Datei auf. Folgte keinem schlüssigen System.

Es war eine mühsame Tätigkeit, und nach kurzer Zeit begann ich, mich zu langweilen. Da gab es Frachtpapiere, Lieferlisten und Fahrtrouten, ich verstand nur Bahnhof.

Doch es dauerte nicht lang, dann hatte ich ein Muster gefunden und sah mir einzelne Dateien eine nach der anderen an.

Auf der Suche nach was? Ich wusste es nicht. Einen Hinweis auf meinen Vater würde ich wohl nicht finden, so dumm konnte Strohm nicht sein.

Was dann? Wenn ich etwas Belastendes finden sollte, erkannte ich es überhaupt?

Ich ignorierte das Telefon, das zu läuten begann, und grub weiter. Den gespeicherten Papieren nach zu urteilen, hatte die Spedition Strohm Verbindungen in aller Herren Länder. Eine Häufung vermeinte ich, in der Türkei zu erkennen. Aber ich konnte mich täuschen. Viele osteuropäische Länder tauchten auf, darunter auch Polen. Das Bild von Karolina Golla drängte sich vor mein inneres Auge, und ein Anflug von schlechtem Gewissen beschlich mich, weil ich in Strohms Netzwerk wühlte, statt mich mit der Suche nach ihr zu beschäftigen. Ich schob den Gedanken beiseite. Alles zu seiner Zeit. Und jetzt war Zeit für Strohms Computer.

Allerdings musste ich mir eingestehen, dass das nichts brachte. Ich wusste nicht, wonach ich suchen sollte, und in der Masse der Daten hatte ich auch keine Ahnung, wo es zu finden war. Wenn es überhaupt etwas gab.

Also schloss ich die Datei und wandte mich dem Outlook zu. Vielleicht fand ich im E-Mail-Verkehr Dinge, die für mich von Interesse waren.

Hier zumindest gab es ein geordnetes System. Posteingang, gesendete Mail, verschiedene Unterordner. Ich klickte mich eine Weile durch, öffnete einige Mails, verstand aber wieder nichts vom Inhalt. Ich begann schon, schläfrig zu werden, da setzte ich mich kerzengerade auf.

»Sieh an, was haben wir denn da?« Ich hatte eine Mail eines mir bekannten Absenders gefunden. Der Inhalt war für mich zwar nicht von Interesse, der Tonfall schon.

Ich überlegte nicht lang, schaltete den PC aus, fuhr mir mit der Bürste noch einmal durch das Haar und schnappte meinen Lederbeutel und den Helm. Die Sonne hatte sich durchgesetzt, und es versprach, ein herrlicher Tag zu werden.

Mein Motorrad war in kürzester Zeit startklar, und das Geräusch des Motors hatte etwas Vertrautes.

Wenig später kurvte ich in Richtung Blaustein und dann auf die Schwäbische Alb hinauf. Der Fahrtwind pustete mir ins Gesicht und hätte mir Tränen in die Augen getrieben, hätte ich nicht das Visier nach unten geklappt. Die frische Luft tat gut.

Mein Ziel war die Spedition Weiner. Mir seit meinem letzten Fall gleichermaßen vertraut wie mit einem unangenehmen Gefühl behaftet. Ich hatte gegen die Spedition in einer Drogensache ermittelt. Der Hauptverdächtige, Frank Kempf, war noch immer nicht ansprechbar. Ich hatte ihn mit einem VW-Bus an die Wand gedrückt, und es war lange Zeit fraglich, ob er durchkommen würde. Auch Fabian Weiner, den Sohn des Spediteurs, hatte es erwischt. Wie es ihm ging, wusste ich nicht. Zuletzt hatte ich im Krankenhaus einen Blick auf seinen zerschundenen Körper werfen dürfen. Er war nicht bei sich gewesen, und was an Haut unter Mull zu sehen war, hatte in allen Farben geschimmert.

Weiner und Strohm kannten sich. Und der Inhalt der Mail hatte darauf hingedeutet, dass sie ein Problem miteinander hatten. Zumindest klang ein freundlicher Austausch anders.

Wenig später parkte ich meine Bandit auf dem Hof der Spedition und stieg ab. Fast erwartete ich, dass Frank Kempf auftauchte und mit spöttischem Grinsen fragte, was ich hier wollte. Doch Kempf lag im Krankenhaus.

Mit der gebotenen Höflichkeit eines Besuchers klopfte ich an die Tür des Containers, von dem ich wusste, dass dort die Verwaltungsbüros lagen. Ich wartete nicht lang, dann erschien der Chef persönlich. Auf dem Gesicht ein strahlendes Lächeln, als er mich erkannte. Wieder staunte ich über die Ähnlichkeit mit seinem Sohn.

»Frau Flemming, was für eine Überraschung! Schön, Sie hier zu sehen.«

Er streckte mir die Hand entgegen, und ich ergriff sie. Er hatte einen warmen, festen Händedruck, so voller Elan, dass ich wusste, dass es Fabian besser ging.

Ich lächelte zurück. »Wie geht es Ihrem Sohn?«, fragte ich trotzdem.

»Auf dem Weg der Besserung, danke. Zwar sieht er immer noch schlimm aus, aber die Stichwunde verheilt gut, und es werden keine Schäden zurückbleiben. Zumindest keine körperlichen.«

Er schwieg einen Moment und sah in die Ferne. Ich wusste nur zu gut, was er damit meinte. Dann riss er sich zusammen.

»Gibt es etwas Neues von Kempf?«

Beklommen schüttelte ich den Kopf.

»Sind Sie den ganzen Weg hierher gefahren, um zu fragen, wie es Fabian geht? Das ist aber nett.«

In Weiners Büro entledigte ich mich meiner Lederjacke und ließ mich in den Stuhl vor seinem Schreibtisch fallen. Wenig später stand eine Tasse Kaffee vor mir auf dem Tisch. Die Crema wunderbar schaumig, der aromatische Duft verlockend. Ein Teller mit Gebäck gesellte sich dazu, und ich nahm mir einen Schokoladenkeks mit Kokosstreusel.

»Kennen Sie Martin Strohm?«, fragte ich unvermittelt.

Weiner schnaubte und lehnte sich zurück, die Brauen zusammengezogen. »Lassen Sie mich bloß mit dem in Ruhe!«

Ich sah überrascht auf. Da hatte ich in ein Wespennest gestochen. »Was ist denn mit ihm?«

»Ein unmöglicher Mensch! Bringt die ganze Branche in Verruf.«

»Bisher habe ich nur Positives über ihn gehört«, wandte ich ein. »Er soll für caritative Einrichtungen tätig sein und großzügig spenden. Und ein angesehener Unternehmer ist er wohl auch.«

»Das ist ja lächerlich! Alles nur Fassade, die er sich da aufgebaut hat. Und hinter den Kulissen spielt sich die größte Sauerei ab, die man sich vorstellen kann.«

»Wie darf ich das verstehen?«

»Ein Ausbeuter, ein Sklaventreiber ist er. Nicht mehr und nicht weniger. Illegale Beschäftigung kommt dazu, Sozialversicherungsbetrug, Steuerhinterziehung. Die Liste lässt sich beliebig fortsetzen.« Weiner hatte sich so in Rage geredet, dass sein Gesicht eine ungesund rote Färbung angenommen hatte.

»Das sind schwerwiegende Vorwürfe, die Sie da erheben. Gibt es dafür Beweise?«

»Pah, die liegen auf der Hand. Der Mistkerl kauft im Ausland kleine Speditionen auf und lässt sie für seine Zwecke weiterlaufen. Die Angestellten fahren zwar für ihn, sind aber nicht bei ihm angestellt. Somit ist er nicht an die deutschen Gesetze gebunden und beutet die Fahrer aus. Lenk- und Ruhezeiten kennt er nicht, die Mitarbeiter fahren teilweise bis zum Umfallen, nicht selten um die 12 bis 16 Stunden am Stück. Sie bekommen ihre Ziele und Zeiten, zu denen sie dort sein müssen. Wie sie das schaffen, ist Strohm egal. Und wenn sie nicht pünktlich sind, wirft er sie raus und ersetzt sie durch andere. Unverantwortlich ist das. Eine Gefährdung für den gesamten europäischen Straßenverkehr.«

Das passte eher in das Bild, das ich von Strohm hatte. Er war nicht der Saubermann, als der er sich verkaufte. Oder wollte ich mir das einreden?

»Warum wird dagegen nichts unternommen? Wenn es Beweise gibt, kann man ihm das Handwerk legen. Eine Anzeige würde genügen. Anonym, wenn es sein muss.«

Weiner hieb mit der Faust auf den Tisch, dass ich zusammenzuckte. »Ist doch immer das Gleiche«, wütete er weiter. »Er ist im Speditionsverband tätig und kennt die richtigen Leute. Ein einziger Klüngel ist das. Und bisher hat man ihm nichts nachweisen können, weil die Fahrer ja bei den ausländischen Firmen angestellt sind. Und dabei nutzt er jede sich bietende Gelegenheit, um noch weiter zu wachsen, und kauft munter Firmen dazu.«

»Aber Sozialversicherungsbetrug ist ein Straftatbestand«, wandte ich ein. »Ich bin mir sicher, dass sich die Steuerbehörden dafür interessieren. Ebenso Verstöße gegen Lenk- und Ruhezeiten. Bei wiederholten Verfehlungen bekommt er richtig Ärger. Wäre er nicht der Erste.«

Weiner zuckte mit der Schulter. »Es wurde schon gegen ihn ermittelt. Aber irgendwie ist er mit einem blauen Auge davon gekommen. Ist doch immer das Gleiche.«

»Was transportiert er denn überwiegend?«, fragte ich weiter und hoffte, noch mehr herauszubekommen.

»Es gibt kaum etwas, das er nicht fährt. Hauptsächlich hat er sich auf Waren aus Osteuropa spezialisiert. Das ist der Markt, der im Moment am besten geht. Sehen Sie ja bei mir.« Er forschte in meinem Gesicht. »Warum wollen Sie das alles wissen?«

»Hatte er Kontakt zu Kempf?«

»Davon weiß ich nichts«, antwortete Weiner steif.

Ich konnte verstehen, dass er nicht mehr mit seinem ehemaligen Mitarbeiter in Verbindung gebracht werden wollte.

»Was sollen diese Fragen eigentlich? Hat er was ausgefressen? Haben Sie ihn am Wickel? Wird Zeit, dass ihm endlich jemand das Handwerk legt!«

»Nichts im Moment. Zumindest nichts Konkretes. Aber es wäre doch möglich, dass auch seine Spedition in Drogengeschäfte verwickelt ist, oder nicht?«

»Zuzutrauen wäre es ihm auf jeden Fall«, brummte Weiner. »Er würde selbst seine Großmutter für einen Appel und ein Ei verkaufen.«

Vermutlich lauerten seine Konkurrenten nur darauf, Strohm aus dem Weg zu räumen, so unbeliebt, wie er war.

Wenig später verabschiedete ich mich von Weiner. Nicht allerdings, ohne Grüße an Fabian auszurichten. Wenn ich es zeitlich unterbrachte, würde ich ihn bald besuchen.

In Laichingen hielt ich an und trank in einem Café einen Latte macchiato. Die Sonne schien mittlerweile strahlend vom Himmel, während ich zu sortieren versuchte, was ich eben über Strohm erfahren hatte. Andreas würde Augen machen! Auf jeden Fall musste ich seinen Computer noch ein bisschen gründlicher unter die Lupe nehmen. Vielleicht fand ich etwas, mit dem ich ihm das Handwerk legen konnte, wenn er wirklich solch ein Sklaventreiber war.

Doch bei aller Euphorie hatte ich noch einen anderen Fall, um den ich mich kümmern musste. Ich zog mein

Smartphone aus der Tasche, um im Internet nach der Adresse von Nina Frey zu suchen.

Ich hatte Glück, offenbar hatte sie nicht geheiratet oder hatte ihren Namen behalten. Oder war geschieden. Wenn es meine Nina war, wohnte sie in der Ulmer Weststadt. Ich musste nur einen kleinen Schlenker fahren, dann konnte ich den Besuch bei ihr fast als »auf dem Weg« bezeichnen.

Die Wagnerstraße war kein schöner Ort zum Wohnen. Zwar hatte die Stadt in den letzten Jahren viel getan, den Verkehr zu ordnen und die Wohnhäuser vom Grau der Jahre zu befreien, aber noch immer quälten sich die Straßenbahn und Massen von Autos tagtäglich durch die Straße. Ich wohnte selbst nicht unbedingt ruhig, aber wenigstens sollte die Karlstraße in eine verkehrsberuhigte Zone ausgebaut werden. Schon jetzt durfte man dort nachts nur noch 30 Stundenkilometer fahren.

Nina Frey wohnte am Theodor-Heuss-Platz, der mir immer noch als Westplatz geläufiger war.

Wie man hier einen Parkplatz fand, war mir ein Rätsel, die ausgewiesenen Buchten am Straßenrand konnten unmöglich für alle Bewohner eines Hauses ausreichen. Mit dem Motorrad hatte ich weniger Probleme. Ich stellte es an die Wand gerückt auf dem Gehsteig ab und hoffte, dass keine übereifrige Politesse unterwegs war.

Auch wenn einige der Häuser in den letzten Jahren modernisiert worden waren, blätterte an manchen Stellen in den Innenhöfen der Putz. Altmodische Teppichstangen und wenig Grün beherrschten das Bild. Heruntergekommene Briefkästen und Klingelschilder rundeten es ab.

Ich suchte nach dem Namen Frey und läutete. Es dauerte nicht lang, ehe es in der Sprechanlage knackte.

»Wer ist da?«

Keine Frage, es war wirklich »meine« Nina. Die Stimme unverwechselbar, der Klang melodisch.

Ich nannte meinen Namen und lauschte dem folgenden Schweigen, das aus dem Lautsprecher drang. Dann ertönte der Summer. Ich drückte die Tür auf und betrat das Treppenhaus. Auf dem Boden altmodische Fliesen, die Stufen mit Linoleum belegt, das an vielen Stellen rissig war. Das Geländer aus Holz machte einen wackeligen Eindruck, der Lauf war speckig.

Und ich hatte immer gedacht, dass ich am unteren Ende der Skala wohnte. Es ging tiefer. Umso mehr wunderte mich, dass ausgerechnet Nina Frey hier gelandet war.

Langsam ging ich die Treppe hinauf. Ich musste nicht lange suchen. Schon im ersten Stock war eine Wohnungstür einen Spalt geöffnet, durch den neugierig zwei große braune Kinderaugen lugten, die schnell verschwanden, als sie mich sahen. Unschlüssig blieb ich vor der angelehnten Tür stehen und gab ihr einen Schubs. Sie schwang nach hinten und gab den Blick frei auf einen dunklen Flur. Alles schien wohlgeordnet, an der Garderobe hingen wenige Kleidungsstücke, im Regal darunter standen Schuhe in Reih und Glied. Ein Spiegel hing daneben. Links und rechts gingen Türen ab.

Gerade, als ich mich fragte, ob ich die Wohnung einfach betreten oder doch lieber »Hallo« rufen sollte, trat Nina aus einer der Türen in den Flur und maß mich mit schiefgelegtem Kopf.

Ich ließ die Musterung schweigend über mich ergehen. Früher wäre sie mir unangenehm gewesen, weil ich auf der Hut vor der nächsten verletzenden Spitze gewesen wäre. Jetzt war ich neugierig. Lag es daran, dass ich erwachsen war und mir die Gemeinheiten weniger ausmachten? Oder vielmehr daran, dass sie nun auf einer Stufe mit mir zu stehen schien? In einem alten Mietshaus, das noch heruntergekommener wirkte als das, in dem ich wohnte?

»Hatte ich mir schon fast gedacht, dass du hier auftauchen würdest.« Resignation schwang in ihrer Stimme.

»Hallo.«

Sie drehte sich um und ging in einen der Räume auf der linken Seite.

Ich betrat die Wohnung und schloss die Tür hinter mir, folgte Nina durch den Flur. Unter dem Türrahmen zur Küche blieb ich stehen, sie hantierte an einer Kaffeemaschine herum und sah auf.

»Auch einen?«

Ich nickte. »Gern, wenn es keine Umstände macht.« Verglichen mit damals war die Situation grotesk.

»Wer bist du denn?«

Ich drehte mich um. Die großen braunen Augen, die mich vorhin an der Tür gemustert hatten, maßen mich erneut. Mit dem gleichen Blick wie vorhin die Mutter.

»Hallo«, sagte ich. »Ich bin Jule. Und wer bist du?«

»Sie ist eine alte Bekannte von mir.« Nina ging auf das Kind zu, und für einen Moment glaubte ich, die kleine Nina vor mir zu haben. Die mit der überheblichen Miene, die auf ihr Umfeld herabsah.

Kopfschüttelnd betrachtete ich die beiden. Nina hatte eine Tochter! Wie konnte das sein? Sie hatte studiert, die Welt hatte ihr zu Füßen gelegen. Und ein Kind hatte sicher nicht hineingepasst.

Die Kleine sah verlegen zu Boden und schwieg.

Nina strich ihr die Haare aus dem Gesicht. »Marlene hast du deine Hausaufgaben gemacht?«

Das Mädchen verzog die Lippen zu einem Schmollmund und schüttelte unwillig den Kopf.

»Na komm, dann mach. Du weißt doch, wie wichtig das ist. Anschließend kannst du zu Anna zum Spielen gehen, wenn du möchtest.«

Ihre Augen wanderten zwischen mir und der Mutter hin und her. Dann wandte sie sich ab und schlich davon.

»Ich habe Hausaufgaben auch immer gehasst«, murmelte ich.

Nina trat zurück in die Küche und kümmerte sich wieder um die Kaffeemaschine. Wenig später ging sie mit zwei gefüllten Tassen an mir vorbei über den Flur in den Wohnraum. Ich folgte ihr und sah mich unauffällig um.

Das Wohnzimmer war nichts Besonderes. Parkettboden, immerhin. Aber alt und ausgetreten. Günstige Möbel, die ihre beste Zeit längst hinter sich hatten, ein kleiner Röhrenfernseher, eine Sitzgruppe mit dünner werdendem Stoff davor.

Nina stellte die beiden Tassen auf einem zerschrammten Esstisch ab und setzte sich. Ich mich ihr gegenüber.

»Du arbeitest also im ›Red Lounge‹«, brach ich schließlich das Schweigen. Es war eine Feststellung, keine Frage.

Nina nickte.

Ich konnte es nicht glauben. »Wie ist das passiert?«

Nina maß mich mit dem überheblichen Blick von damals. Hochmütig wie eh. Den Kopf leicht schief gelegt, unter langen Wimpern hervor. Es war dieser Blick, nur dieser Blick, der einen so klein machte, dass man sich wünschte, in einem Erdloch verschwinden zu können. Heute hielt ich ihm stand.

»Du musst mich für eine ganz schön eingebildete Zicke gehalten haben.«

Ach, jetzt, wo du es ansprichst … Ich zuckte mit der Schulter, trank einen Schluck Kaffee.

»Brauchst nicht so zu tun. Ich glaube, ich war unausstehlich damals.«

Keine weiteren Fragen.

»Alle müsst ihr geglaubt haben, dass ich eine verwöhnte reiche Ziege war, die einen vorgezeichneten Weg gehen würde. Studium, Firma, etc.«

»Bis zum Studium kann ich dir folgen, dann habe ich dich aus den Augen verloren. Du warst auch nie bei den Klassentreffen.«

»Darauf hatte ich keine Lust. Da hätte ich eingestehen müssen, dass ich versagt habe.« Sie sah mich wieder an und reckte das Kinn. »Ich habe in Frankreich studiert. In den Semesterferien bin ich mit ein paar Freundinnen nach Mallorca zum Ausspannen. Dort habe ich einen Animateur kennengelernt. Einheimischer. Es war zuerst nichts Ernstes, aber ein paar Wochen später bin ich wieder hin. Mein Vater hatte es mir verboten, meinte, ich solle mich auf das Studium konzentrieren. Aber, verdammt, ich habe immer gemacht, was er wollte. Dieses eine Mal eben nicht. Ein Anflug spätpubertärer Rebellion.« Sie lächelte bei den Worten.

Ich ahnte, worauf das hinauslief, und schüttelte innerlich fassungslos den Kopf.

»Ich fand es eine tolle Idee, einfach alles hinzuschmeißen. Vermutlich habe ich damit gerechnet, dass Papa mir das finanzieren würde. Ich wollte aussteigen. Aber da hatte ich die Rechnung ohne den alten Herrn gemacht. Er fand die Idee mit dem T-Shirt-Laden, den wir zusammen eröffnen wollten, nicht so prickelnd. Hat mich vor die Wahl gestellt: entweder Studium, und das Leben geht weiter wie bisher, oder Paolo, und er dreht den Geldhahn zu. Ich fand das so gemein, dass ich ihm damals gesagt habe, ich scheiße auf sein blödes Geld. Obendrein habe ich ihm eröffnet, dass ich schwanger bin. Das war es dann. Seither habe ich ihn nicht mehr gesehen.«

War es zu fassen! Das konnte einfach nicht wahr sein! Nina Frey, die Zicke von einst, schwanger mit 20 von einem mallorquinischen Animateur mit einem T-Shirt-Laden. Und alles ohne Papas Geld.

»Es kam, wie es kommen musste, ich bekam das Baby, die Idee mit dem Laden ging in die Hose. Wir hatten einen Haufen Schulden, ein schreiendes Kind und keine Arbeit. Paolo ist zurück ins Hotel und hat weiter reiche Touristinnen bezirzt, während ich zu Hause saß und Löcher in die Luft gestarrt habe. Es hat nicht lang gedauert, da saß ich allein da und konnte die Miete nicht mehr bezahlen. Schließlich habe ich doch meinen Vater angerufen. Frag nicht, wie viel Überwindung mich das gekostet hat. Aber er ist hart geblieben.« Mit einem Anflug von Verbitterung starrte sie auf den Tisch, dann mir in die Augen. »Und jetzt sieh dich um. Ich lebe in einer kleinen Mietwohnung, bin alleinerziehende Mutter und jobbe als Kellnerin in einem Tabledance-Schuppen. Wer hätte das damals gedacht?«

Ich sicher nicht. »Das Leben läuft nicht immer geradeaus«, antwortete ich. »Meine Wohnung ist nicht viel größer und auch nicht so toll. Gut, ein Kind habe ich nicht. Dafür bin ich geschieden.«

»Vermutlich denkst du, dass es mir recht geschieht.«

»Naja …«

»Hast ja recht.«

Ich dachte zurück und konnte nicht verhindern, dass sich ein befriedigendes Gefühl einschlich. Das war keine Gehässigkeit, vielmehr die Gewissheit, dass es am Ende doch so etwas wie ausgleichende Gerechtigkeit gab.

»Wie kriegst du das alles hin mit Kind?«

»Ach, Marlene ist ein Sonnenschein, das geht schon. Papas Firma ist übrigens pleite.« Sie verzog das Gesicht zu einem breiten Grinsen und hatte dabei wohl ähnliche Gedanken wie ich zuvor.

»Hast du fertig studiert?«

»Wozu? Das BWL-Studium habe ich nicht mehr gebraucht, nachdem mein Vater mich vor die Tür gesetzt hat.« Nina stand auf und schwenkte ihre Kaffeetasse. »Auch noch einen?«

Ich nickte und reichte ihr meinen Becher. Nach so langer Zeit saßen wir an einem Tisch und unterhielten uns. Hatten dabei mehr gesprochen als jemals zuvor. Und irgendwie schien sie normal zu sein.

»Und, was führt dich jetzt hierher? Außer der Neugier, meine ich?« Sie zwinkerte mir zu und stellte den Kaffeebecher vor mir ab. »Ich habe gehört, du bist Privatdetektivin.«

Ich nippte an meinem Kaffee.

»War auch keine einfache Zeit für dich.«

Forschend sah ich sie an, lauerte darauf, in ihren Augen wieder jenen Ausdruck zu erkennen. Doch zu meiner Überraschung war da nichts in ihrem Blick. Dennoch zögerte ich, weiterzusprechen.

»Nein, war nicht einfach. Ich bin nach der Mittleren Reife zur Polizei und habe eine Ausbildung gemacht. Dann das Übliche. Hochzeit, Scheidung, Berufswechsel.« Ich grinste sie an, als mir bewusst wurde, wie das rüberkommen musste.

Aber Nina lachte nur. »Das Übliche. Kommt mir irgendwie bekannt vor.«

»Und jetzt bin ich auf der Suche nach einer jungen Frau«, schlug ich den Bogen und zog das Foto aus der Tasche. Ich schob es über den Tisch, und Nina nahm es in die Hand, um es in Ruhe anzusehen.

»Schon mal gesehen?«, fragte ich und wartete gespannt auf eine Reaktion.

Nina studierte das Foto lange, hielt es mal näher ans Gesicht, mal weiter weg. Dann gab sie es mir zurück und nickte. »Ja, die kenne ich. Habe ich schon mal gesehen.«

Endlich! Ich spürte Erleichterung in mir aufsteigen.

»Arbeitet die bei euch? Im Hinterzimmer, meine ich?«

Nina schüttelte den Kopf.

»Nein, im ›Red Lounge‹ nicht. Da habe ich sie nur einmal gesehen. Das ist aber schon ein paar Wochen her. Konnte nicht so gut Deutsch, das arme Mädchen, und war völlig verängstigt.«

Was sollte das nun heißen?

»Mike hat sie wieder weggebracht. Zusammen mit zwei anderen Mädchen. Ich glaube, es war nicht geplant, dass wir sie zu Gesicht bekommen. Auf jeden Fall sind sie schnell verschwunden. Ich weiß nicht, wohin. Scheurer hat mehrere Clubs.«

»Der Chef?«

»Patrick Scheurer, ja. Ihm gehört das ›Red Lounge‹. Zumindest auf dem Papier. Es gibt Gerüchte, dass er nicht der Eigentümer ist, sondern nur ein Strohmann. Aber du weißt ja, wie das ist. Einer setzt was in die Welt, und die anderen greifen es auf und verbreiten es weiter. Ich weiß nicht, was dran ist. Und solange ich mein Gehalt bekomme, werde ich einen Teufel tun und nachfragen. Ist ohnehin nicht gut, wenn man zu viele Fragen stellt.«

»Die anderen Clubs, wo sind die?«

Nina zuckte mit der Schulter. »Ich weiß es nicht. Ist wohl auch nicht alles ganz legal. Einer ist hier in der Weststadt. Ein astreiner Puff, das ›Flammende Herz‹. Da gehst du nur für das Eine hin. Von den anderen habe ich keine Ahnung, die sind über ganz Süddeutschland verteilt.«

In meinem Kopf begann es zu rattern. »Zwangsprostitution?«, fragte ich aufs Geratewohl.

»Ich weiß es nicht«, sagte sie schließlich. »Will es aber auch nicht ausschließen.«

In meinem Kopf fügten sich Puzzleteile zu einem Bild zusammen, das mir nicht gefiel. Karolina Golla lag erstochen im Thalfinger Wald, und Mark und der Staatsanwalt beugten sich über ihren zerschundenen Körper.

Ich schüttelte mich und konnte nur hoffen, dass Jochen meine Bedenken zerstreuen würde.

Wenig später verabschiedete ich mich von Nina. Ich hatte mich nett mit ihr unterhalten. Zum ersten Mal, seit ich sie kannte. Trotzdem bot sie mir nicht an, einmal wieder auf einen Kaffee vorbeizukommen. Ich ebenso wenig. Dafür lag zu viel zwischen uns, und jede wusste sehr genau, wo sie herkam. Wir würden uns grüßen, wenn wir uns auf der Straße begegneten, ein paar Worte miteinander wechseln. Das war mehr, als man zu unserer Schulzeit hatte erwarten können.

Den Rest des Nachmittags brachte ich damit zu, in Strohms Computer herumzuwühlen. Wie ein Terrier, der sich in einem Hosenbein festgebissen hatte, klickte ich mich durch Ordner und Dateien. Immer im Hinterkopf, was Weiner mir über ihn erzählt hatte.

Mittlerweile war ich mir sicher, dass er meinen Vater auf dem Gewissen hatte. Und ich wollte ihn zur Strecke bringen. Ich würde ihn erledigen, und wenn ich bis an mein Lebensende dazu brauchen würde!

Diesmal ging ich mit System vor. Was nichts anderes hieß, als dass ich nicht mehr wahllos auf Dateien klickte, die mir dem Namen nach interessant erschienen. Diesmal öffnete ich den Arbeitsplatz und sah mir eine nach der anderen genau an. So ging ich Ordner für Ordner durch und hoffte, dass ich Brauchbares erkennen würde.

Vermutlich würde ich die nächsten Tage und Wochen damit zubringen müssen, es war mir egal. Irgendwann schob ich eine Pizza in den Ofen, weil ich Hunger bekam. Während sie buk, drehte ich eine Runde um den Block, um frische Luft zu schnappen.

Gestärkt von der Pizza und mit einer frischen Kanne Kaffee setzte ich mich an den Rechner und nahm die Arbeit wieder auf, wo ich sie vorher unterbrochen hatte. Bald schmerzte mein Kopf, und die Augen brannten von der ungewohnten Tätigkeit am Computer.

Als ich fast nicht mehr daran glaubte, etwas Belastendes zu entdecken, wurde ich fündig. In einem Unterordner, der scheinbar nichts mit dem Hauptordner zu tun hatte, fand ich Dateien, die aussahen wie Videos. Genau kannte ich mich damit nicht aus, und eigentlich erwartete ich nicht, ausgerechnet dort etwas zu finden. Was sollte er schon für Videos gespeichert haben?

Doch als ich drauf klickte, ging ein Fenster auf, das mich nach einem Passwort fragte. Wie elektrisiert setzte ich mich auf. Passwortgeschützte Dateien! Da musste etwas Heikles dabei sein! Man schützte doch nicht umsonst Videodateien mit Passwörtern. Dahinter musste sich etwas verbergen.

Doch welches Passwort sollte ich eingeben? Aus Angst, etwas falsch zu machen, rief ich Sebastian an.

»Ich brauche ein Passwort, schnell!«, verlangte ich.

»Was denn für ein Passwort? Möchtest du deinen PC schützen? Dann schlag die Zeitung auf, such dir ein unsinniges Wort, füge eine Zahlenkombi dran, die nicht logisch ist, und setze Sonderzeichen dazwischen.«

»Nicht für mich, für den Rechner.«

»Für welchen …? Ach, für *den* Rechner! Du hast was gefunden, oder?«

»Ja«, antwortete ich und konnte das Zittern in meiner Stimme nicht unterdrücken.

»Was ist es für eine Datei?«, wollte mein Bruder wissen.

Hm, was war es?

»Sieht aus wie eine Videodatei oder so was.«

»Hm, okay.«

»Und jetzt?« Ich konnte vor Aufregung nicht mehr still sitzen und verschüttete den Rest des Kaffees auf dem Tisch. Leise fluchte ich vor mich hin und klemmte mir den Hörer zwischen Schulter und Ohr, um einen Lappen zu holen.

»Keine Panik«, riet mir mein Bruder, doch das war einfacher gesagt, als getan.

»Was soll ich eingeben? Wie viele Versuche habe ich?« Ich wischte das Verschüttete auf und warf den Lappen zurück ins Spülbecken.

»Unendlich viele. Dass man nur drei Versuche hat, gilt eigentlich nur für die Zugangsdaten von Banken und Onlineshops und so weiter. Nicht aber für solche Dateien. Versuch etwas Einfaches.«

Etwas Einfaches. Was war etwas Einfaches?

»Hat er eine Frau? Kinder? Deren Namen oder Geburtsdaten.«

Ich verneinte und merkte, wie sich Hoffnungslosigkeit ausbreitete.

»Sein Geburtsdatum.«

Gehorsam zog ich mir die Unterlagen, die ich über Strohm gesammelt hatte, und tippte die Zahlen ein. Passwort falsch.

»Nichts.«

»1234567.«

»Wie bitte? Wie bescheuert ist das denn?«

»Du hast keine Ahnung, wie dumm manche Menschen sind. Und dann wundern sie sich, dass Onlinekonten und Zugriffsdaten gehackt werden.«

»Aber ausgerechnet die Zahlen?«, fragte ich ungläubig, während ich aber gehorsam tippte.

»Ist das häufigste Passwort.«

Ich schüttelte nur den Kopf. So dämlich war nicht einmal Strohm. Natürlich ohne Erfolg.

»Und das ist wirklich das am häufigsten verwendete Passwort?«, fragte ich noch einmal nach.

»Probier die Zahlenkombinationen davor und danach auch aus.«

Ich gab die Zahlen ein. Ohne Erfolg.

»Passwort«, sagte Sebastian.

»Ja, sag ich doch schon die ganze Zeit! Das suchen wir!« Langsam wurde ich ungeduldig.

»Gib Passwort ein!«

»Was soll ich??«

»Als Passwort ›Passwort‹ eingeben. Ist doch nicht so schwer, oder?«

Ah, okay. Noch so sein dämlicher Vorschlag.

Ich schrieb und drückte »Enter«. Und das Dokument ging auf! »Krass«, entfuhr es mir. Es war eine Liste, die ich zu sehen bekam. Eine Word-Datei. Wer tarnte so etwas als Videodatei?

»Na bitte. Ich sagte doch, die Leute sichern ihre Rechner nicht richtig.« Sebastian klang zufrieden, während ich schon wie wild im Dokument herumscrollte. »Etwas dabei, das du brauchen kannst?«

»Keine Ahnung«, murmelte ich und las weiter quer. Eine Liste mit Speditionen und Ansprechpartnern. Was war daran geheim? Und warum hatte er es als Videodatei getarnt?

»Ich sehe schon, mit dir ist jetzt nicht mehr zu reden. Freut mich, dass ich dir helfen konnte.«

Ich verabschiedete mich mit knappen Worten und legte auf. Die Gedanken in meinem Gehirn schlugen Purzelbäume, während ich mich weiter durch das Dokument wühlte. Es waren Speditionen in ganz Deutschland darauf. Hauptsächlich jedoch im Süden. Dass es so viele Speditionen gab, war mir nicht bewusst gewesen. Andererseits, bei dem Verkehr auf den Straßen auch nicht verwunderlich.

Zu jeder Spedition waren ein oder zwei Ansprechpartner namentlich und mit Handynummer hinterlegt.

Gezielt begann ich, den Namen der Spedition Weiner zu suchen. Und schon nach kurzer Zeit wurde ich fündig. Als ich die dahinter vermerkten Namen sah, krallte ich meine Hand um die Lehne des Stuhls. Murat Öclan und Frank Kempf. Während Kempf nach der Konfrontation mit mir im Krankenhaus lag, war Öclan verhaftet worden und saß in Untersuchungshaft. Derzeit wartete er auf seinen Prozess.

Beide hatten im großen Stil Drogen aus der Türkei nach Deutschland geschmuggelt. Kempf war für die Einteilung der Fahrer zuständig gewesen und wusste, wer geschmiert werden musste, während Öclan die Ware nach Deutschland brachte. Weiners Sohn Fabian hatte beiden in die Suppe gespuckt und damit einen Stein ins Rollen gebracht, der kaum noch aufzuhalten gewesen war.

Und Strohm kannte beide. Was hatte das zu bedeuten? War er etwa an den Schmuggelgeschäften beteiligt? Ich spürte, wie sich mein Magen verkrampfte. Sollte ich mit meiner Vermutung bei Weiner vorhin recht gehabt haben?

Dann suchte ich nach weiteren bekannten Namen. Fehlanzeige. Zwar sagte mir die eine oder andere Spedition dem Namen nach etwas, aber auch nur, weil ich mich auf der Autobahn schon über die Brummifahrer geärgert hatte, die für mehrere Kilometer die linke Spur blockierten und Elefantenrennen veranstalteten.

Wenig später trudelte Jochen ein. Er warf seine Dienstmütze auf den Küchentisch und setzte sich. Er wirkte müde und tat mir leid. Der Schichtdienst war anstrengend, erinnerte ich mich, und musterte ihn verstohlen. Ein bisschen angesetzt hatte er, aber sein Lachen war noch immer so freundlich wie damals. Er war einer der wenigen gewesen, die mich nie gefragt hatten, warum ich den Dienst quittiert hatte.

»Dann erzähl mal. Kennst du die Tote?«

»Wie kann ich das wissen, wenn ich nicht weiß, wie sie aussieht?«, fragte ich keck zurück und setzte mich zu ihm an den Tisch. Ich erzählte ihm, dass ich auf der Suche nach einer Frau war. Nannte dabei aber weder einen Namen noch das Herkunftsland.

»Und wie kommst du darauf, dass die Tote und deine Vermisste ein und dieselbe Person sind?«

»Ich weiß es nicht, aber es würde mir eine Menge Arbeit und Zeit sparen, wenn wir das kurz überprüfen könnten. Dann weiß ich zumindest, ob ich weitersuchen muss. Oder eben nicht.«

»Hast du ein Foto von deiner Vermissten?«

Ich reichte ihm das Bild von Karolina, und er betrachtete es lange.

»Hübsches Mädchen«, sagte er schließlich. »Aber nicht die Tote.«

Ich fühlte, wie mich Erleichterung durchströmte, und atmete erst einmal durch.

»Möchtest du mir mehr darüber erzählen?«

Ich schüttelte den Kopf. »Nein. Ich hoffe, ich finde sie bald. Kann aber sein, dass anschließend Arbeit auf euch zukommt.« Ich dachte an die Agentur, die illegal Pflegekräfte nach Deutschland schleuste. Und hoffte, dass Andreas etwas zusammentragen konnte, um ihr das Handwerk zu legen.

»Daran sind wir gewöhnt, wenn du damit zu tun hast«, erwiderte er trocken und grinste.

Ich setzte gerade zu einer Erwiderung an, da klingelte mein Handy. An der Nummer erkannte ich, dass es Sabine Krüger war, die Freundin von Karolina.

»Kleinen Moment«, murmelte ich und verschwand im Schlafzimmer, um das Gespräch entgegenzunehmen.

Sabine Krüger war zurückhaltend und taute erst auf, als ich ihr erzählte, dass ich nach Karolina suchte.

»Können wir uns treffen?«

Sie zögerte einen Moment.

»Bitte, es ist wirklich wichtig.«

»Okay, von mir aus. Aber lang Zeit habe ich nicht. Kennen Sie das ›Café Liquid‹ am Münster? Das liegt für mich auf dem Nachhauseweg.«

Klar kannte ich das Café! Ich warf einen Blick auf die Uhr. »In einer halben Stunde?«

»In Ordnung.«

»Wie erkenne ich Sie?«

»Ich habe einen Motorradhelm bei mir.«

Die Frau war mir sympathisch.

Ich ging zurück in die Küche. »Jochen, ich muss dich leider hinauswerfen. Ich habe noch ein Date.«

Er stand auf. »Deine Vermisste?«

»Es gibt hoffentlich eine neue Spur.«

»Na, dann viel Glück.«

Ich war eher da und suchte mir einen Platz draußen am Fuße des Ulmer Münsters. Wann immer ich hier saß, fühlte ich mich erhaben im Schatten dieses historischen Bauwerks und gleichzeitig doch so klein.

Ich genoss die Atmosphäre und bestellte bei der Kellnerin einen Latte macchiato. Sabine Krüger erkannte ich sofort, als sie auftauchte. Sie war klein und schlank und hatte langes braunes Haar. Sie trug eine Lederkombi und unter dem Arm den Motorradhelm. Ich stand auf und winkte sie heran.

»Du bist Sabine, richtig? Ich bin Jule Flemming. Wir haben telefoniert.« Ich streckte ihr die Hand entgegen, die sie zögernd ergriff. »Setzen wir uns. Möchtest du auch etwas trinken?«

Sie nahm mir gegenüber Platz und sah sich um. »Eine Apfelschorle vielleicht.«

»Kein Problem.« Ich winkte die Kellnerin heran und gab die Bestellung auf. »Ich habe dir ja schon am Telefon gesagt, dass ich nach Karolina Golla suche.«

Sie nickte und musterte mich mit wachen Augen.

»Sie scheint verschwunden zu sein, und ich wurde beauftragt, nach ihr zu suchen.«

»Sind Sie wirklich Privatdetektivin?«

»Sag bitte du zu mir, sonst komme ich mir vor wie eine alte Schachtel. Ja, ich bin wirklich Privatdetektivin.«

»Kannst du dich irgendwie ausweisen? Ich meine, das kann ja jeder behaupten.«

Überrascht sah ich zu ihr hinüber. Ich hatte gemerkt, dass sie misstrauisch war. Vermutlich auch der Grund, warum sie sich ausgerechnet an diesem belebten Ort mit mir hatte treffen wollen. Ich nahm es ihr nicht übel, im Gegenteil. Ich reichte ihr eine Visitenkarte und zückte meinen Personalausweis.

Sie studierte beides, dann steckte sie die Karte ein und reichte mir meinen Ausweis zurück.

»Zufrieden?«

»Ich weiß auch nicht, wo Karo ist.«

Mist, das war nicht der Plan gewesen. »Der Reihe nach. Wie habt ihr euch kennengelernt?«

»Wir sind, kurz nachdem sie nach Deutschland gekommen ist, zusammen mit dem Bus gefahren. Es war Zufall. Wir hatten beide den gleichen Weg. Und ich habe die Gelegenheit genutzt, mich ein wenig mit ihr zu unterhalten. Ich meine, jeder im Dorf wusste ja, warum sie hier war.«

Dafür, dass sie vorhin so zugeknöpft gewesen war, taute sie erstaunlich auf.

Ich überging ihren Kommentar. Konnte mir lebhaft vorstellen, wie es in einem kleinen Dorf zuging, und dass Neuigkeiten jeder Art für Gesprächsstoff sorgten.

»Um Frau Neuenfels senior zu versorgen.«

Die Kellnerin brachte die Apfelsaftschorle, und Sabine nahm einen großen Schluck.

»Ja. Ich meine, klar, dass sie mehr gemacht hat. Sie hat im Haushalt geholfen, mit den Kindern gespielt und so. Aber sie hat es gern gemacht. Und bei der Familie ging es ihr gut.«

»Seid ihr besser befreundet?«

Sie zuckte mit der Schulter. »Ich würde schon sagen. Sie hatte ja niemanden hier. Und irgendwie mochte ich sie. Wir waren uns einfach sympathisch. Ich habe ihr ein bisschen was gezeigt, und ein paar Mal sind wir auch zusammen weggegangen.«

»Und dann? Was ist dann passiert?«

»Frau Neuenfels ist gestorben. Die alte, meine ich. Und dann haben sie Karo nicht mehr gebraucht.«

»Also haben sie einen Kontakt zu Hartmut Gröner aus Bernstadt hergestellt.«

Sabines Gesicht verfinsterte sich. »Dieser schmierige alte Lappen. Ich habe ihr gleich gesagt, dass das nicht gut geht mit dem. Der Typ war einfach nur widerlich!«

Übertrieb sie da nicht ein bisschen? Den ersten Platz auf meiner Beliebtheitsskala nahm er nicht ein, aber so schlimm hatte ich ihn nicht empfunden.

»Was ist passiert?«

»Am Anfang ging es ja halbwegs. Sie hat den Alten versorgt, und der war auch echt nett. Nicht mehr ganz richtig in der Birne, aber nett. Aber der Sohn … geht gar nicht!«

»Warum denn?«

»Zuerst hat er Karo rumgescheucht. Richtige Sklavenarbeit. Kochen, putzen, sogar im Stall musste sie helfen. Und dann hat er Karo angefasst.« Sie sah mich an, wartete offenbar darauf, wie ich reagierte.

Ich sagte nichts.

»Ich meine, er ist zudringlich geworden.« Und als ich noch immer nichts sagte: »Himmel, der wollte ihr an die Wäsche! Hat ihr auf den Po gelangt und unters T-Shirt gefasst. Er wollte mit ihr ins Bett. Und als er gemerkt hat, dass Karo da nicht mitmacht, ist er ausgeflippt und hat irgend so einen Schwachsinn erfunden, dass sie ihm Geld geklaut hat. Und dann hat er sie rausgeschmissen. Von heute auf morgen. Vor die Tür gesetzt. Einfach so.«

»Was hat sie gemacht?«

»Sie hat mich natürlich angerufen und ist sofort zu mir. Da hat sie auch ein paar Tage gewohnt. Aber meinen Eltern war das nicht recht. Ich meine, sie war ja … also …«

»Sie hat keine Aufenthaltserlaubnis.«

Sabine nickte und sah auf den Tisch.

»Was ist dann geschehen?«

»Karo hat gemerkt, dass das nicht gutgeht, und wollte keinen Stress machen. Zurück nach Polen wollte sie aber auch nicht. Sie hatte sich an ihr Leben hier gewöhnt. Also ist sie nach Ulm, um dort einen Job zu suchen. Sie meinte, das wäre einfacher als auf dem Land.«

»Aber als Illegale hat sie natürlich nichts bekommen.«

»Nein. Sie hat ein bisschen geputzt, das war aber auch alles. Gewohnt hat sie bei einer alten Frau, die ein Zimmer vermietet hat. Es war nichts Besonderes. Ich war nur einmal dort, und Karo hat mir leidgetan.«

»Kannst du mir bitte den Namen und die Adresse von der Frau geben?«

Argwöhnisch zog sie die Brauen nach oben. »Wenn sie Ärger kriegt, sage ich dir die Adresse nicht.«

»Sie wird keinen Ärger bekommen«, beruhigte ich Sabine und zückte den Stift. »Ich möchte Karolina nur finden. Mir ist egal, wer ihr Unterschlupf gewährt hat. Dann würdest du ja auch Ärger bekommen.«

Sie dachte nach und nickte schließlich. Anna Decker hieß die Dame, sie wohnte in der Ochsengasse in Söflingen.

»Wann hast du zum letzten Mal mit Karo gesprochen?

»Vor ein paar Wochen. Drei oder vier vielleicht. Wir haben telefoniert, und sie hat mir erzählt, dass sie einen neuen Job hätte. Sie müsste nicht mehr zum Putzen gehen und würde wesentlich mehr Geld bekommen.«

»Hat sie gesagt, was es für ein Job ist?«

»Sie hat ein Geheimnis draus gemacht. Hat gesagt, dass sie mir das lieber zeigen würde. Und dann habe ich nichts mehr von ihr gehört. Ich habe immer wieder versucht, bei ihr auf dem Handy anzurufen, aber das Telefon war ausgeschaltet. Und bei der alten Frau hat sie auch nicht mehr gewohnt, dort bin ich noch einmal gewesen. Weißt du was?«

Ich schüttelte den Kopf, wollte ihr nicht von dem Anruf erzählen, den Alicja bekommen hatte.

»Ich konnte ja nicht zur Polizei gehen, das hätte Ärger gegeben. Aber ein Foto von ihr habe ich bei Facebook gepostet. Hilfreiche Kommentare sind aber keine dabei rumgekommen. Immer wieder meinte jemand, er habe sie gesehen, aber das hat sich alles in Luft aufgelöst. Ich habe keine Ahnung und irgendwie mache ich mir richtig Sorgen um sie.«

Sie hatte auch allen Grund dazu, wie ich fand. Es war eine Sache, bei Gröner einfach zu verschwinden. Aber eine andere, der besten Freundin nicht zu sagen, was man für einen neuen Job hatte und wo man wohnte.

Sabine zögerte, ehe sie fortfuhr, ihre Stimme kaum mehr als ein Flüstern. »Die Tote im Wald. Ich habe Angst, dass das Karo sein könnte.«

»Ist sie nicht«, beruhigte ich sie und legte ihr eine Hand auf den Arm. »Das habe ich überprüft, Irrtum ausgeschlossen.«

Sie atmete auf, aber mich beruhigte das nicht.

Noch war es ruhig im »Jazz-Keller«. Das rötliche Licht hieß mich warm willkommen, als ich den Gastraum betrat, und Lou eilte freudestrahlend auf mich zu und riss mich in seine Arme.

»Jule, wie schön, dass du hier bist!«

Ein Küsschen links, ein Küsschen rechts auf die Wange begleiteten seine Worte, dann schob er mich auf Armeslänge von sich.

»Du siehst schon viel besser aus!«, lobte er überschwänglich und drohte mir scherzhaft mit dem Zeigefinger. »Ob da wohl der Kommissar dran schuld ist?«

Ich zuckte zusammen.

Lou las in meinem Gesicht wie in einem offenen Buch. »Themawechsel?«, fragte er zerknirscht.

Ich nickte nur.

»Na komm«, sagte er und legte den Arm um mich. »Du musst unbedingt etwas ausprobieren! Fanny hat sich von

Andreas eine neue Cocktailkreation zeigen lassen. Die haut dich um!«

Er schob mich in Richtung Bar vor sich her und gab sich mit seinem Geplapper alle Mühe, aus dem Fettnapf wieder herauszuklettern, in den er mit Anlauf gesprungen war.

Andreas saß auf einem Barhocker vor dem Tresen und beobachtete mit schräg gelegtem Kopf, was Fanny dahinter tat.

»Et voilà«, sagte sie und strahlte in die Runde, als sie … einen Totenkopf auf den Tisch stellte.

Andreas sah zufrieden aus, Lou hatte ein Grinsen im Gesicht, das nur von seinen Ohren gehalten wurde. Ich musste wohl ziemlich dämlich dreinschauen, denn bei meinem Anblick fingen alle drei gleichzeitig an zu lachen.

»Was ist *das*?«, wollte ich wissen und zeigte mit dem Finger auf den Totenkopf. Bei näherem Hinsehen entpuppte er sich als Gefäß. Genauer als gläserner Behälter, in dem ein weiteres Glas stand. Darin zwei Strohhalme.

»Das ist ein ›Kettensägenmassaker‹«, erklärte Fanny mit roten Wangen. »Mein erstes.« Sie strahlte das Gefäß an wie eine frischgebackene Mutter ihr Neugeborenes.

»Und was soll das sein?«, fragte ich noch wenig überzeugt. Von so viel Euphorie ließ ich mich nicht anstecken. Da brauchte es schon etwas mehr.

»Mein Geheimrezept für einen Cocktail«, drang Andreas Stimme an mein Ohr. »Möchtest du probieren?«

Noch immer zweifelte ich. Aber er würde mich schon nicht umbringen wollen. Ich nahm einen winzigen Schluck und begann zu husten. Zunächst schmeckte ich nur Rum, aber dann kam eine säuerlich fruchtige Note dazu. Ananas vielleicht, überlegte ich und nahm noch einen Schluck.

»Gar nicht so übel, oder?«

»Schmeckt's dir?«, wollte Fanny wissen.

Ich hustete noch einmal. »Einen davon, und du bist hinüber. Zwei, und du bist tot.«

»Ich glaube, den nehme ich auf die Karte«, sagte Lou und nippte ebenfalls. Er bekam große Augen und zog gleich noch einmal daran. »Aber ich glaube, wir schreiben drauf, dass wir nur einen pro Person ausschenken.«

»Eine sehr vernünftige Idee«, stimmte ich zu.

»Was macht ihr denn hier in trauter Runde?« Cosima hatte sich an uns herangeschlichen. Bereits im Bühnenoutfit mit schwarzen Leggins und einem Oberteil, dessen Dekolleté keine Fragen offen ließ. Gewagt. Vor allem die grüne Farbe. Highheels, die unmöglich zum Stehen, geschweige denn zum Laufen waren, rundeten das Bild ab.

Selbst Lou fielen bei ihrem Anblick beinahe die Augen aus dem Kopf. Er stotterte vor sich hin, dass wir neue Cocktails testeten. Vermutlich überlegte er gerade, ob er Cosima als »gefährlich« neben den Cocktail auf die Karte setzen sollte.

Fanny sah nur missbilligend zu mir herüber, und ich wusste genau, was sie dachte. Ich grinste. Selbst Andreas blieb nicht unbeeindruckt. Zwar hielt er den Mund geschlossen, aber es kostete ihn sichtlich Anstrengung.

Cosima hingegen genoss ihren Auftritt. Sie hatte das Kinn gereckt und sah mit kokettem Augenaufschlag in die Runde. Mich und Fanny ließ sie dabei aus.

In gewisser Weise zollte ich ihr Bewunderung. Sie wusste, wie man sich in Szene setzte, das musste ich neidlos anerkennen.

»Möchtest du auch?« Ich hatte die Sprache als Erste

wieder gefunden und schob den Totenkopf zu ihr hinüber. »Damit singt es sich ganz von allein.«

Sie sah mich an, als wolle ich sie vergiften. »Vor Auftritten trinke ich nicht. Man hat schon zu oft gesehen, wo das hinführt.«

Sie tat gerade, als spiele sie Konzerte vor Zehntausenden von Zuschauern.

»Jule, magst du nicht was singen?«, bettelte Lou mich an.

Cosima schnaubte laut und versuchte, mich mit ihrem Blick zu erdolchen.

»Jetzt nicht«, wehrte ich ab. »Ich muss mit Andreas etwas besprechen.«

Andreas schnappte sich den Totenkopf, murmelte etwas von »geschäftlich« und floh von der Bar in Richtung Gastraum, um sich zu setzen.

Ich grinste und ging hinterher.

»Später vielleicht?«, rief Lou mir hinterher, doch ich gab keine Antwort.

Andreas nahm einen tiefen Schluck aus dem Glas und reichte es mir. Warum nicht?

»Warum streitet ihr eigentlich ständig?«

Ich sah ihn überrascht an. »Cosima und ich? Keine Ahnung. Ich schätze, das ist so ein Frauendings. Feindschaft fürs Leben. Wir mögen uns eben nicht.«

»Darauf wäre ich im Leben nicht gekommen«, murmelte er. »Ihr könntet doch beide euer Ding machen, ohne euch in die Quere zu kommen.«

»Das verstehst du nicht. Sie hat die älteren Rechte, ich bin irgendwann einfach aufgetaucht. Und statt brav die Füße stillzuhalten, funke ich ihr dazwischen. Dabei ist das unnötig. Sie muss sich keine Sorgen machen, ich will ihren Platz nicht. Und so schlecht ist sie nicht.« Der Alkohol machte sich in meiner Blutbahn bereits bemerkbar. Ich durfte kein ganzes »Kettensägenmassaker« trinken, so viel stand fest. »Außerdem ist es lustig«, fügte ich mit todernster Miene hinzu.

»Ich werde euch Frauen nie verstehen.«

»Sie hat ein Auge auf dich geworfen.«

»*Was?*«

»Sie steht auf dich.«

»Das glaubst du selbst nicht.« Sein Blick war eine Mischung aus Ungläubigkeit und Entsetzen.

»Ist so, vertrau mir. Sie ist eifersüchtig, weil sie denkt, dass ich dich angrabe.«

Andreas schüttelte energisch den Kopf. »Erzähl mir lieber, was es Neues gibt? Hast du etwas herausgefunden?«

Ich erzählte Andreas von meinem Besuch bei Weiner und seinen Anschuldigungen. Von der Liste, die ich auf Strohms Rechner gefunden hatte, und von Öclan und Kempf. Ich berichtete von meinem letzten Fall, und dass Kempf nun im Krankenhaus lag. Zwar hatte er davon gehört, in allen Einzelheiten aber war ihm die Sachlage nicht bekannt.

»Was hältst du davon?«

Im Hintergrund fing Cosima an, sich einzusingen. Ich konnte mir nicht helfen, aber heute hätte ich mir am liebsten Watte in die Ohren gestopft. Auch Andreas sah unwillig auf. Vielleicht sollten wir doch lieber gehen.

»Auf jeden Fall gibt es eine Verbindung zur Spedition Weiner, auch wenn Weiner davon nichts zu wissen scheint. Vermutlich würde er sich grün und blau ärgern, wenn er das wüsste. Also ist auch nicht ausgeschlossen, dass Strohm in puncto Drogen Dreck am Stecken hat.«

»So knacken wir ihn!«

»Vorsicht, Jule. Ich verstehe, dass du ihn ganz hoch aufhängen willst. Aber wenn du dich von Gefühlen leiten lässt, passieren Fehler.«

Er hatte recht. Gedankenverloren nahm ich einen weiteren Schluck vom Cocktail und dachte darüber nach.

»Was ist da eigentlich drin?«, fragte ich und deutete auf das Getränk.

Andreas beugte sich vor und senkte die Stimme. Ich konnte ihn kaum verstehen, neigte meinen Kopf also auch nach vorn. Ein Hauch seines Aftershaves wehte zu mir herüber.

»Das ist ein großes Geheimnis. Wenn ich es verrate, bin ich tot.«

Von der Bühne fing ich Cosimas Blick auf, und ich lächelte sie entwaffnend an, ehe ich Andreas gegen die Schulter boxte und mich zurücklehnte.

»Weiner weiß nichts. Also müssen wir uns an Kempf halten. Ist er wieder ansprechbar?«

»Ich habe keine Ahnung. Ich hoffe es.«

»Oder dieser Öclan?«

»Der weiß nichts, er war nur Kempfs Handlanger und hatte wohl keine Ahnung, wer hinter der ganzen Sache steckte.«

»Was ist mit dem Kommissar? Heilig?«

Ich schwieg.

»Krieg im Paradies?«

»Du mich auch.«

»Okay, also keine Infos von der Seite.« Andreas nickte. »Halten wir mal fest: Es gibt eine Verbindung zwischen Strohm und der Spedition Weiner. Genauer gesagt, zwischen ihm und Angestellten der Spedition. Angestellten, die Dreck am Stecken haben. Es gibt Kontakte zu weiteren Speditionen in ganz Deutschland, und das scheint immerhin so geheimnisvoll zu sein, dass Strohm die Liste mit einem Passwort sichert. Wenn auch mit einem dämlichen.«

»Wir müssen mit Kempf reden«, entschied ich. »Wir besuchen ihn morgen früh im Krankenhaus. Hoffen wir, dass er mittlerweile ansprechbar ist.«

Lou kam an den Tisch gelaufen. Seine Augen sprühten. »Jule, mein Schatz, wie wäre es mit einem kleinen Liedchen? Für mich. Bitte.«

Wie konnte ich Lous Hundeaugen das abschlagen? Ein weiterer Blick auf Cosima zeigte mir, was sie von der Idee hielt. Und das machte die ganze Sache noch verlockender.

»Ich hätte eine Idee …«, sagte Andreas. »Keine Sorge, das ist genau das Richtige für dich.«

Bei Andreas' gesanglichen Ideen war ich mir nicht immer ganz sicher. Die hatten mich schon mehr als einmal an den Rand der Verzweiflung getrieben.

»Vertrau mir.«

Würde ich ja gern. Aber …

»Hopp auf die Bühne«, gluckste Lou und drückte mir das Mikro in die Hand.

Während ich an Cosima vorbei auf die Bühne ging, wandte sich Andreas zur Bar und flüsterte Fanny etwas zu. Ich konnte sehen, wie sich ihre Miene erhellte. Sie drehte sich um und nestelte an der Anlage herum.

Dann war ich allein auf der Bühne, das Licht ging aus. Wenige Sekunden später flammte ein einzelner Spot auf und tauchte mich in Helligkeit, während der Rest im Dunkeln blieb.

Dann hörte ich die E-Gitarre und hob überrascht den Kopf, merkte, wie sich ein Lächeln über mein Gesicht ausbreitete.

Als das Schlagzeug einsetzte, wippte ich bereits mit. Es war wie eine Befreiung, als ich zu singen begann. »One way« von Blondie war sicher keine musikalische Herausforderung für mich. Aber es drückte alles aus, was ich fühlte, und ich merkte, wie die Anspannung der letzten Tage von mir abfiel.

Und wie ich ihn kriegen würde! Strohm konnte sich auf etwas gefasst machen! Zum Teufel mit Mark und all den anderen, ich würde ihn drankriegen!

Im Publikum sah ich Lou und Andreas begeistert mitwippen, Fanny hüpfte hinter dem Tresen, und auch die Gäste, die nun im Gastraum saßen, sahen zu mir auf und freuten sich augenscheinlich über die Darbietung.

Als ich geendet hatte, fühlte ich mich wie berauscht. Und bereit, den Kampf mit Strohm aufzunehmen.

Mit glühenden Wangen schritt ich von der Bühne, strich mir eine Locke aus der verschwitzten Stirn und strahlte über das ganze Gesicht. Trotz der Umstände fühlte ich mich verdammt gut im Moment.

Lou klopfte mir auf die Schulter. »Hast du prima gemacht«, rief er vergnügt. »Noch eine kleine Zugabe? Bitte.«

Ich winkte ab und grinste. »Dann bringt Cosima mich um. Außerdem reicht es wirklich.« Und das war nicht gelogen. Ich war so vom Adrenalin berauscht, dass ich kaum wusste, wohin mit mir.

Andreas beugte sich zu mir herüber und legte mir eine Hand auf den Rücken. »Ich wusste gar nicht, dass du so viel Dreck in der Stimme hast«, raunte er mir ins Ohr.

Bewunderung klang heraus. Aber auch etwas anderes. Etwas, das mir ein Kribbeln über den Rücken jagte. Es fühlte sich gut an.

Atemlos ließ ich mich in den Sessel fallen und nahm aus Verlegenheit, und weil ich nicht wusste, was ich sagen sollte, einen weiteren Schluck vom Cocktail. Zu meiner Überraschung stellte ich fest, dass nur noch der Boden bedeckt war. Hatten wir tatsächlich den ganzen Totenkopf geleert? Kein Wunder, dass ich mich irgendwie … berauscht fühlte.

»Was?«, fragte ich schließlich, weil ich nicht mehr wusste, was ich tun oder wohin ich sehen sollte.

Andreas sagte nichts. Holte dann Luft, schüttelte aber den Kopf und griff nach dem Totenkopf. Wortlos wandte er sich ab und ging zur Theke.

»Bringst du noch Nüsse mit, bitte?«, rief ich hinterher. Bei so viel Alkohol kam es auf die paar Kalorien auch nicht mehr an. Ich brauchte etwas, das das Getränk neutralisierte.

Zum Glück half mir Andreas beim Leeren des zweiten Glases. Ich erzählte ihm von meinem Besuch bei Nina Frey und dem Treffen mit Sabine Krüger. Der alten Dame, Anna Decker, würden wir einen Besuch abstatten müssen.

Wir unterhielten uns angeregt, lachten und hörten der Musik zu. Kurz, wir verbrachten einen vergnügten Abend wie zwei gute Freunde. Dann war das Glas leer und wir beschwipst. Wir beschlossen, uns ein Taxi zu teilen. Fanny rief den Wagen, während wir schon auf die Straße traten, um frische Luft zu schnappen.

Der Sauerstoff tat meinem benebelten Hirn gut. Allerdings schädigte er mein Sprachzentrum. Auch Andreas schien nicht mehr zu wissen, was er sagen sollte.

Wir starrten auf die Straße, dann räusperte sich Andreas. »Dann hole ich dich morgen ab.«

Ich kickte einen Stein davon. »Warum?«

»Wir wollten zu Kempf ins Krankenhaus. Und die alte Frau besuchen.«

Ah, da war etwas. Strohm. Er drängte sich zurück in meinen Kopf, wischte die vergangenen unbeschwerten Stunden weg.

Andreas legte mir den Arm um die Schulter, und ich wandte den Kopf, um zu ihm hinaufzusehen.

»Es war so schön heute Abend. Kann es nicht so bleiben?«

Dann spürte ich Lippen auf meinen, und ein Stoß durchzuckte meinen Körper und hinterließ eine elektrisierende Spur von den Lippen bis zum kleinen Zeh.

Ich merkte, wie sich mein Körper an seinen drängte. Alles in mir schrie danach, in den Arm genommen, gehalten zu werden. Gleichzeitig brannte ein Feuer in mir, loderte hell auf und setzte mich in Flammen. Willig öffnete ich meine Lippen, wollte ihn spüren, ihn berühren. Hoffte, dass dieser Kuss niemals enden würde.

Da hüllte uns plötzlich Licht ein, und wir fuhren auseinander wie ertappte Teenager.

Das Taxi kam vor uns zum Stehen. Noch immer starrten wir uns an, im Abstand von wenigen Zentimetern. Dann öffnete mir Andreas die Tür, um mich einsteigen zu lassen, ehe er um das Auto herumging und ebenfalls einstieg.

Er nannte dem Fahrer meine Adresse, und ich bewunderte ihn dafür, ich brachte keinen Ton hervor. Wortlos griff er nach meiner Hand und verschlang seine Finger mit meinen.

Vor meiner Wohnung nahm er mir den Schlüssel ab und öffnete. Wir waren kaum eingetreten und die Tür hinter uns ins Schloss gefallen, da spürte ich seine Lippen erneut auf meinen, und seine Hände schienen plötzlich überall zu sein. Ich ließ es geschehen, dass er mir das T-Shirt vom Leib zerrte, und ließ meine Hände unter seinem Shirt über seinen Bauch hinauf zur Brust wandern.

Wir keuchten beide, nestelten gegenseitig an unseren Jeans und streiften sie von den Hüften. Wieder spürte ich seine Lippen. An meinem Ohr, meinem Hals, auf dem Ausschnitt. Sie hinterließen eine brennende Spur auf meinem Körper, wo sie mich berührten, und jagten mir köstliche Schauer über den Rücken.

Rückwärts drängte er mich ins Schlafzimmer und öffnete meinen BH. Er fiel auf den Boden, und ich rückwärts auf mein Bett.

Nur Bruchteile von Sekunden später spürte ich ihn über mir. Ich hielt die Luft an, als er meine Brust umfasste, und genoss das prickelnde Gefühl, das seine Finger hervorriefen.

Seine Lippen wanderten über meinen Hals hinunter, und ich stöhnte laut auf, als sie meine Brustwarze umschlossen, seine Zunge damit zu spielen begann. Da hob er den Kopf und sah mich einen Moment an.

Hör nicht auf, bitte, dachte ich mit einem Anflug von Verzweiflung, und meine Finger krallten sich in seine Oberarme. Er lächelte wissend, dann senkte sich sein Kopf auf meinen Bauch, und ich bäumte mich auf, als er mir das Höschen von den Hüften streifte. Als seine

Lippen mich berührten, brach in meinem Inneren ein Feuer aus.

Seine Hände strichen über meine Hüften und die Innenseite meiner Schenkel. Hinterließen eine heiße Spur auf jeder Faser meines Körpers. Wieder küsste er mich, während seine Finger ihr Ziel fanden und mir ein lustvolles Stöhnen entlockten.

Ich gab mich ihm hin, wollte nichts mehr, als ihn spüren. Schließlich setzte ich mich auf. Schwer ging auch sein Atem, als ich ihm die Shorts von den Hüften zerrte. Ich lehnte mich wieder zurück. Einen Moment noch sah er mich an, dann spürte ich ihn in mir.

Nichts um mich herum nahm ich mehr wahr. Ich war weit weg, es gab nur noch Andreas und mich und unsere Lust. Das Gefühl riss mich mit, spülte mich fort an einen anderen Ort. Einen Ort, an dem es keine Angst und kein Denken mehr gab.

Die Welle brach fast gleichzeitig über uns zusammen, und ich klammerte mich an ihn, wollte, dass er mich ewig festhielt.

FREITAG

Ich sah auf, kämpfte mich mühsam aus dem Schlaf. Die Sonne blinzelte zum Fenster herein, und ich wandte den Kopf. Neben mir lag Andreas. Nackt unter der Bettdecke. Für einen Moment schloss ich die Augen, doch als ich sie wieder öffnete, lag er immer noch neben mir. Sein nackter Brustkorb hob und senkte sich gleichmäßig, und ich betrachtete ihn eine Weile.

Seine Gesichtszüge wirkten weicher im Schlaf, das schwarze Haar fiel ihm bis auf die Schultern. Die Decke war ein Stück zur Seite gerutscht, und ich betrachtete die Tätowierung über dem Herzen, von der ich mich schon gestern gefragt hatte, was sie bedeutete. Ein G und ein A, seltsam ineinander verschlungen. Stand das A für Andreas? Für wen dann das G?

Einen Moment noch sah ich ihn an, dann glitt ich vorsichtig aus dem Bett und verließ das Zimmer. Im Flur stolperte ich über unsere verstreute Kleidung und sammelte Stück für Stück auf. Dabei rutschte Andreas Geldbeutel aus der Hose. Ohne lang nachzudenken, griff ich danach und klappte ihn auseinander. Sein Ausweis steckte direkt in einem Sichtfenster in der Innenseite. Neugierig las ich, was da stand. Andreas Vahrenkamp, 38 Jahre alt. Ich hätte ihn älter geschätzt.

Er hieß also tatsächlich Andreas. Vahrenkamp, Vahrenkamp … Etwas klingelte in mir, der Name kam mir bekannt vor. Aber ich konnte ihn nicht einordnen, es musste lange her sein.

Im Schlafzimmer hörte ich, wie er sich bewegte. Wie ertappt klappte ich das Portemonnaie zu und steckte es zurück in die Hose. Den Kleiderberg deponierte ich auf einem Stuhl in der Küche. Ein schlechtes Gewissen hatte ich nicht. Immerhin hatte ich die Nacht mit ihm verbracht, da hatte ich ein Recht zu wissen, wer er war.

Als ich an letzte Nacht dachte, bekam ich Gänsehaut. Seine Hände, die mich berührt hatten, und seine Lippen, die über meinen Körper gestreift waren …

Hatten wir das wirklich getan?

Ich setzte Kaffee auf und stellte mich unter die heiße Dusche. Als ich zurück in die Küche kam, saß Andreas bereits am Tisch. Angezogen. Er hatte sich Kaffee eingeschenkt und reichte mir die zweite Tasse.

»Guten Morgen, Prinzessin.«

»Morgen«, antwortete ich und sah ihn nur kurz an. Ich hasste den Morgen danach. Ein unbefangener Umgang miteinander schien kaum möglich.

»Gut geschlafen?«

»Ich hoffe, du auch.«

Er nickte. »Was steht heute an?«, wollte er wissen.

Ich war froh um den lockeren Ton, den er anschlug. »Wir wollten zu Kempf ins Krankenhaus. Und anschließend zu Frau Decker«, erinnerte ich ihn.

»Zu viel Kettensägenmassaker.« Er zwinkerte mir zu. »Okay, dann mal los.«

»Wo ist eigentlich Flocki?« Er konnte sie doch nicht einfach die ganze Zeit allein lassen.

»Meine Nachbarin kümmert sich um sie. Sie hat einen Schlüssel, und ich habe sie vorhin angerufen.«

Ich schüttelte den Kopf und sagte nichts.

Es war ein seltsames Gefühl, als er wenig später hinter mir auf dem Motorrad saß. Ich hatte ihm den zweiten Helm gegeben, der in der Garage hing. Er passte nicht unbedingt wie angegossen, aber für die kurze Fahrt ins Krankenhaus reichte er allemal.

Andreas' Hände lagen locker auf meinen Hüften, und ich genoss das Gefühl, ihn hinter mir zu spüren, obwohl ich es nicht gewöhnt war, dass jemand mitfuhr. Sein Bauch an meinem Rücken und seine Schenkel an meine gepresst.

Wenig später erreichten wir das Krankenhaus, und ich parkte die Maschine am Rand des Parkplatzes. Andreas stieg hinter mir ab, als ich den Motor abstellte.

»Ich lerne doch immer noch neue Seiten an dir kennen. Wusste gar nicht, dass du Motorrad fährst«, sagte er. Ich zuckte mit der Schulter und klemmte mir den Helm unter den Arm. Zielsicher ging ich auf den Eingang des Krankenhauses zu.

Die Dame hinter dem Empfangstresen sah mich misstrauisch an, als ich mein Anliegen vorbrachte, zu Kempf zu wollen. Die zweifelhafte Prominenz des Gastes schien sich längst herumgesprochen zu haben. Kein Wunder, vermutlich gingen die Beamten ein und aus. Wenn er transportfähig wäre, würde er ins Gefängniskrankenhaus verlegt werden. Sie fragte nach meinem Namen und telefonierte, ehe sie mir Stockwerk und Zimmernummer nannte.

Ich bedankte mich und wandte mich um. Mein Blick fiel auf den Kiosk gegenüber, den Drehständer mit den Zeitungen. Heute musste das Bild der toten Frau aus dem Thalfinger Wald in der Zeitung sein. Ich ging hinüber, wollte mich selbst von dem überzeugen, was Jochen mir gesagt hatte, und holte eine Südwest Presse aus dem Ständer. Ich blätterte bis zum Regionalteil. Das Bild der Toten nahm ein gutes Drittel der Seite ein. Darüber prangte in großen, dicken Lettern die Frage »Wer kennt diese Frau?«

Sie sah unnatürlich aus. Die Augen geschlossen, das Gesicht trotz der Zeitungsschwärze aschfahl, Verletzungen waren sichtbar. Offenbar hatte man sich alle Mühe gegeben, sie herzurichten. Das konnte über den Zustand der Leiche jedoch nicht hinwegtäuschen. Ich konnte sie nicht länger ansehen, wollte das Grauen, das man ihr angetan hatte, nicht an mich heranlassen.

Es war natürlich nicht Karolina.

Ich spürte Andreas' Hand auf der Schulter. »Wir finden sie.«

Ich schüttelte den Kopf und faltete die Zeitung wieder zusammen. Schließlich stopfte ich sie in den Ständer zurück und drehte mich um.

»Hey, Sie!«, rief die Verkäuferin im Kiosk, eine schmale ältere Frau, deren Augenbrauen wie ein dicker Balken in dem teigigen Gesicht wirkten. »So geht das aber nicht! Erst die Zeitung lesen und sie dann zerfleddert zurücklegen. Wer soll die noch kaufen?«

Ich sah sie einen Moment an, dann kramte ich meinen Geldbeutel hervor und legte wortlos zwei Euro auf den Tisch.

Sie murmelte etwas von »Unverschämtheit, was die Leute immer glauben«, und gab mir mein Wechselgeld zurück, das ich in mein Portemonnaie fallen ließ und dann verstaute.

Im Hinausgehen nahm ich die Zeitung wieder aus dem Ständer und schlug den Artikel erneut auf, als wir darauf warteten, dass der Aufzug nach unten kam. Im

Bericht stand noch einmal zusammengefasst, wann die Tote wo gefunden worden war, und in welchem Zustand der Leichnam gewesen war. Mir wurde kalt beim Gedanken daran. Offenbar handelte es sich um eine Frau osteuropäischer Abstammung. Wer sie aber war, konnte niemand sagen. Ein bundesweiter Abgleich mit Vermisstenfällen hatte keine Lösung gebracht.

Die Aufzugtüren glitten geräuschlos zur Seite, und wir betraten den Aufzug. Ich drückte den Knopf für das 6. Stockwerk und wartete, bis die Türen sich schlossen. Andreas räusperte sich, und ich sah zu ihm hinüber. Unverwandt starrte er mich an. »Wegen gestern Abend …«, begann er.

Ich zuckte zusammen. Was erwartete er?

In dem Moment blieb der Aufzug mit einem Ruck stehen. Die Tür öffnete sich, und zwei Schwestern und ein junger Arzt traten ein. Sie schäkerten miteinander und tauschten Tratsch.

Beim erneuten Öffnen der Tür trat ich nach draußen, erleichtert, der beklemmenden Enge entfliehen zu können. Nur um gleich wieder zusammenzuzucken. Am Ende des Flurs stand Mark.

Einem lächerlichen Impuls folgend trat ich einen Schritt zurück, wollte wieder in den Aufzug, nur weg von hier. Und stieß mit Andreas zusammen, der hinter mir stand.

»Entschuldigung«, murmelte ich, spürte seine Hände auf meinen Hüften liegen. Er hielt mich fest, damit ich nicht stürzte, und ich spürte seinen Atem an meinem Ohr. Als habe ich mich verbrannt, schnellte ich wieder nach vorn und erkannte gleichzeitig, dass es keinen Ausweg gab.

In dem Moment drehte Mark sich um. Sein Gesicht war ein Kaleidoskop der Gefühle. Zunächst war da Überraschung, dann etwas wie verhaltene Freude, und schließlich schlich sich Missbilligung ein, die sich in Verärgerung wandelte.

Er unterbrach das Gespräch mit der weiß gekleideten Gestalt, wandte sich von ihm ab und kam auf uns zu.

Ich hatte Mark vor mir und Andreas im Rücken. Konnte es schlimmer gehen? Ich straffte mich, ich hatte keine Wahl

»Was machst du hier?«, fragte Mark, als er zu uns herangetreten war. Nur die Wangenknochen verrieten seine Anspannung. Sie stachen deutlich hervor, die Stirn gerunzelt. Kein Wort der Begrüßung, kein Lächeln, nichts.

Sein Ton ließ keinen Zweifel daran, was er von meinem Auftauchen hielt. Und der Blick, mit dem er Andreas bedachte, war nicht freundlicher. Dabei hatte er nun wirklich kein Recht, eifersüchtig zu sein!

»Ich gehe dann mal einen Kaffee trinken«, murmelte Andreas, und ich war erleichtert. Die Spannung war unerträglich.

»Ich wollte mal sehen, wie es Kempf geht«, sagte ich, als Andreas sich entfernt hatte. Mark hatte kein Wort über ihn verloren.

»Das ist nicht dein Ernst«, sagte er und sah mich scharf an.

Obwohl es mir schwerfiel, zwang ich mich, seinem Blick standzuhalten. Ich zuckte mit den Schultern und legte den Kopf schief. Auf den Lippen ein entwaffnendes Lächeln, wie ich hoffte. »Ehrlich, ich wollte nur hören, wie es ihm geht.«

»Dazu hättest du anrufen können.«

»Falls du dich erinnerst, habe ich das in den letzten

Tagen mehrfach versucht«, konnte ich mir nicht verkneifen.

Das nahm ihm vorübergehend den Wind aus den Segeln. Doch nur für einen kurzen Augenblick.

»Das tust du doch nicht aus reiner Nächstenliebe«, warf er mir vor.

»Glaub es oder lass es bleiben. Dann frage ich eben den Arzt.« Ich wandte mich ab und ging ein paar Schritte in Richtung des Schwesternzimmers.

»Warte!«

Ich blieb stehen, drehte mich aber nicht um. So leicht würde ich es ihm nicht machen.

»Er ist nach wie vor nicht ansprechbar. Allerdings bessert sich sein Zustand langsam, sodass wir zumindest davon ausgehen, dass er durchkommen wird.«

Langsam atmete ich aus.

»Du hast dir wirklich Sorgen gemacht«, stellte Mark fest.

»Was hättest du denn getan?«, fragte ich und drehte mich um. »Immerhin habe ich dafür gesorgt, dass er hier liegt.«

»Dich trifft keine Schuld.«

»Wann kann er vernommen werden?«

Meine Frage brachte sofort wieder Misstrauen auf sein Gesicht hervor. »Was willst du von ihm wissen?«

»Es interessiert mich eben. Aber vermutlich ist es besser, wenn ich jetzt gehe. Auch wenn du es glauben möchtest, ich bin nicht dein Feind.«

»Ich habe das neulich ernst gemeint, ob du nicht in den Polizeidienst zurückkommen möchtest.«

»Bitte, fang nicht schon wieder damit an. Du weißt, dass das nicht gutgehen würde.«

»Warum nicht? Wir müssten uns nur beide ein bisschen zusammenreißen.«

Ich lachte leise. »Das ist unmöglich, und das weißt du.«

Ich wartete einen Moment, ob er etwas sagen würde. Aber er presste die Lippen aufeinander, dass seine Kiefermuskeln hervortraten. Außerdem war da immer noch Nicole.

Ich drehte mich um und ging davon. Den Kopf erhoben, mit geraden Schultern und festen Schritten. Niemand kam mir entgegen, der mir die Anstrengung ansah, die mich das kostete. Erst als ich im Aufzug stand und nach unten fuhr, sackte ich zusammen.

Ich wollte Andreas nicht gegenübertreten. Nicht jetzt. Dafür hatte ich keine Nerven mehr. Einem Impuls folgend drückte ich auf den Knopf zum ersten Stock, und der Aufzug hielt an. Ich stieg aus, orientierte mich kurz an der Tafel, die zwischen den Aufzugtüren an der Wand angebracht war. Dann hatte ich die richtige Station gefunden und beschloss, die Treppe zu nehmen, statt auf den Aufzug zu warten.

Fabian Weiner lag nicht mehr auf der Intensivstation. Auch trug er wieder ein T-Shirt. Als ich ihn das letzte Mal gesehen hatte, war sein Oberkörper über und über mit Verbandsmull bedeckt gewesen, und Schläuche und Kabel hatten zu seltsamen Apparaturen neben dem Bett geführt. Seine Augen waren fest geschlossen gewesen, während sein Brustkorb sich wie mechanisch hob und senkte.

Nun saß er im Bett, blass zwar und mit weißem Turban auf dem Kopf, aber die Augen geöffnet und mit wachem Ausdruck.

»Hallo«, sagte ich und blieb in der Tür stehen.

Überrascht sah er auf. Ein Lächeln huschte über sein Gesicht, als er mich erkannte.

»Darf ich reinkommen?«

»Klar.« Er nickte eifrig und winkte mich heran.

»Mein Vater hat mir schon erzählt, dass Sie kommen wollen. Nehmen Sie einen Stuhl, setzen Sie sich. Ich bin leider noch nicht ganz so mobil.« Er hielt sich entschuldigend die Seite. Dort hatte ihn Öclans Messer erwischt.

Der Stuhl verursachte ein schabendes Geräusch, als ich ihn über den Boden zog.

»Ich heiße Jule, lassen wir das dämliche ›Sie‹ einfach weg.« Ich setzte mich. »Wie geht es dir?«

»Langsam wieder besser. Ein ganz schöner Mist ist das alles gewesen. Ich schätze, ich habe ziemlich Glück gehabt.« Er starrte vor sich hin auf die Bettdecke und zupfte an der Ecke des Lakens. »Wenn dein Bruder nicht rechtzeitig gekommen wäre …«

»Ist er aber.« Ich nickte ihm aufmunternd zu. »Sag mal, wie hast du eigentlich davon erfahren, was Kempf und Öclan da treiben?«

Er zuckte mit der Schulter. »Das war reiner Zufall. Ich habe das Versteck mit dem Ecstasy im Lkw entdeckt, als Murat gerade nicht dort war. Kempf hatte ihn wegen irgendwas zu sich gerufen. Ich wusste natürlich, was das dort am Boden des Lkws war. Naja, zumindest habe ich es geahnt.«

»Und Kempf?«

»Dass er mit drinsteckt, habe ich erst später erfahren. Da hatte ich mich schon zum ersten Mal bedient. Ich habe mich nur gewundert, warum die beiden so viel getuschelt haben und immer die Köpfe zusammensteckten.

Und dann habe ich sie irgendwann erwischt. Da war mir natürlich klar, was da lief und in welchem Stil. Kempf hat die Routen zusammengestellt und die Fahrer eingeteilt. Für ihn muss es ein Leichtes gewesen sein, das Zeug ins Land zu schmuggeln.«

Ich runzelte die Stirn. »Und wer sind die Hintermänner?«, fragte ich aufs Geratewohl.

Fabian sah mich verständnislos an. »Hintermänner? Was für Hintermänner?«

»Hätte ja sein können, dass da welche sind«, sagte ich, ahnte aber schon, dass ich nicht weiterkommen würde. Vermutlich wusste Fabian nicht, welche Dimensionen die Geschichte haben könnte. Ich hatte ja selbst keine Ahnung. Und dass Strohm mit drinsteckte, war nicht bewiesen. Auf eine vage Liste hin, die auf seinem Rechner gespeichert war, wollte ich nicht viel geben.

»Davon habe ich nie was gehört. Glaubst du, es gab welche?«

Ich antwortete nicht.

Da klopfte es an der Tür, und ein Strahlen erschien auf Fabians Gesicht. Ich drehte mich um und sah in das jugendliche Gesicht von Laura Becker, seiner Freundin. Sie hatte die ganze Geschichte erst ins Rollen gebracht. Mit einer kleinen dummen Lüge, die sie in die Welt gesetzt hatte, um sich selbst zu schützen.

Ich stand auf, schüttelte ihr die Hand. »Na, ist der Kopf noch drauf?«, neckte ich sie.

Sie hatte ihrem Vater die Lüge beichten müssen, und ich hätte gern Mäuschen gespielt.

Sie wurde rot, nickte dann aber. »Vielleicht lernt er ja auch was draus.«

Sieh an, vielleicht hatte sie recht.

Ich verabschiedete mich von den beiden und ging nach unten in die Cafeteria, wo Andreas Cappuccino schlürfte und Zeitung las. Entspannt saß er auf dem Bistrostuhl an dem Tischchen und sah zu mir auf.

»Lass uns zu Frau Decker fahren«, sagte ich, weil ich keine Lust hatte, über die Szene vor Kempfs Tür zu reden. »Aus Kempf kriegen wir vorläufig nichts heraus.«

Wenig später parkte ich die Maschine in der Ochsengasse. Die Straßen hier waren verwinkelt, die Häuser schief. Wir befanden uns im Herzen Söflingens. Auch das Haus, in dem Frau Decker wohnte, hatte krumme Außenwände, obwohl es renoviert war.

Ich klingelte, und es dauerte lange, ehe uns geöffnet wurde. Hätten wir nicht von drinnen Geräusche gehört, wären wir gegangen.

Die Tür ging einen Spaltbreit auf, wurde aber von einer dicken Kette gehalten, die innen vorgelegt war.

»Wer sind Sie?«, krächzte eine Stimme von drinnen.

»Jule Flemming, ich bin Privatdetektivin. Und das ist Andreas, mein Gehilfe.« Vahrenkamp, fügte ich in Gedanken hinzu, wusste mit dem Namen aber noch immer nichts anzufangen.

Für meine Unverschämtheit fing ich mir einen scherzhaft drohenden Blick ein. Ich schob meine Karte durch den Spalt und wartete.

»Eine Privatdetektivin. Cool.« Die Tür knallte ins Schloss, gleich darauf wurde an der Kette genestelt, dann ging sie wieder auf und gab den Blick frei auf eine dürre alte Frau, die ihr weißes Haar zu einem altmodischen Knoten aufgesteckt hatte. Um ihren mageren Körper schlotterte ein grünes T-Shirt, auf dem mit goldener

Schrift »Schätzchen« prangte, und ihre mageren Beine steckten in Stretchjeans. An den Füßen spitz zulaufende Hochhackige.

Mir verschlug es bei ihrem Anblick den Atem, und Andreas schien es ebenso zu gehen. Er starrte mit offenem Mund auf die kleine Frau hinunter. Andreas sprachlos – das hatte Seltenheitswert.

»Sind Sie wirklich Privatdetektivin?«

»Das bin ich.«

»Man hört ja immer wieder, dass man niemanden hereinlassen soll«, sagte sie und musterte uns. »Schon gar nicht in meinem Alter. Mein Sohn würde mir jetzt wieder gehörig die Leviten lesen. Aber ich habe einen Selbstverteidigungskurs für Senioren gemacht. Ich leg Sie aufs Kreuz, wenn Sie mir dumm kommen!« Sie fuchtelte vor meinem Gesicht mit dem Zeigefinger herum. Vor Andreas hielt sie inne. »Obwohl, Sie würden mir schon gefallen. Noch mal einen Mann wie Sie, dann kann man beruhigt abtreten.«

Ich sah Andreas entsetzt den Kopf schütteln und wünschte mir, die Vorstellung würde aus meinem Kopf wieder verschwinden.

»Frau Decker, wir suchen eine junge Frau«, begann ich, um das Gespräch in weniger gefährliche Bahnen zu lenken. Ich reichte ihr das Foto von Karolina.

Sie drehte sich um und ging aus dem dunklen Flur voran ins Wohnzimmer. »Bitte, kommen Sie doch. Da ist mehr Licht, dann kann ich besser sehen. Möchten Sie eine Tasse Kaffee? Ein Stück Kuchen?«

Ich sah zu Andreas hinüber.

»Denk nicht mal dran«, zischte er zwischen zusammengebissenen Zähnen.

»Danke, nein, wir müssen gleich weiter«, sagte ich, und wir folgten ihr in ein kleines Wohnzimmer, das mit so viel Krimskrams vollgestopft war, dass die modisch weißen Möbel nicht mehr zur Geltung kamen.

Frau Decker ließ sich auf einen Ledersessel fallen und nötigte uns, ihr gegenüber auf dem Sofa Platz zu nehmen.

»Nun machen Sie sich doch ein bisschen locker«, verlangte sie, an Andreas gewandt, der in der Tat dasaß, als habe er einen Stock verschluckt. »Das war doch nur ein Scherz, dass ich Sie gern aufs Kreuz legen würde. Obwohl, wenn Sie mal Lust auf ein Tässchen Kaffee haben … Nicht das Gebräu, das die Jugend heutzutage trinkt. Nein, noch richtigen, mit der Hand aufgebrühten Kaffee.« Sie zwinkerte ihm zu.

»Das Foto«, erinnerte ich Frau Decker schnell, ehe Andreas davonrannte.

»Ach ja.« Sie hielt es vors Gesicht und betrachtete es ausgiebig. »Das ist Karolina.«

»Das ist die Frau, die wir suchen. Sie hat vorübergehend hier gewohnt, haben wir erfahren.«

»Ich vermiete ein Zimmer unter dem Dach. Wissen Sie, ich bin nicht mehr so mobil, und da hoch ist mir zu anstrengend. Da ist es für mich einfacher, das Zimmer zu vermieten. Die Miete ist günstig, dafür muss der Mieter oben putzen.« Sie sah wieder auf das Foto hinunter. »Karolina war nicht lange da. Zwei Monate ungefähr. Schade eigentlich, sie war ein nettes Mädchen.«

»Wo ist sie denn hin?«

Frau Decker zuckte mit der Schulter und reichte mir das Foto zurück. »Sie hat gesagt, sie habe einen neuen Job. Den alten hat sie gekündigt, weil ihr jemand an die Wäsche wollte. Unverschämtheit ist das. Was denken die Männer eigentlich? Dass wir Frauen Freiwild sind? Ich hoffe, Sie sind nicht so einer«, fügte sie an Andreas gewandt empört hinzu.

»Nein, nein, bin ich nicht«, murmelte der.

»Und wovon hat sie die Miete bezahlt?«

»Ach die. Wissen Sie, ich bin da nicht so. Das Zimmer ist billig, und Karolina hat sich mit Putzen ein bisschen was verdient. Nicht viel, aber zum Leben hat es gereicht. Und ich war ja froh, dass so ein nettes Mädchen da war. Sie war abends oft hier unten, dann haben wir zusammen ferngesehen oder uns unterhalten.«

»Und dann?«, hakte ich nach.

»Dann hat sie eines Tages gesagt, dass sie einen neuen Job hätte. Irgendwas mit Kleidern oder so. Ein Modell vielleicht.« Sie sprach es aus, als würde sie von einer Eisenbahn erzählen.

»Ein Model? Das Kleider vorführt? Auf dem Laufsteg?«

»Jaja.« Frau Decker nickte eifrig. »Das war es. Karolina ist aber auch ein hübsches Mädchen. Nur der Typ, der ihre Sachen abgeholt hat, der war mir nicht ganz geheuer. Den hätte ich lieber nicht hereingelassen.«

»Wer war das? Wie sah er denn aus?«

»Na, irgendwie unangenehm. Er war nicht groß, aber breit und hatte ganz viele Muskeln. Schön war das aber nicht, das kann ich Ihnen sagen. Da finde ich so einen wie Sie attraktiver«, sagte sie und strahlte Andreas an. »Und er hatte ein ganz fieses Gesicht.«

»Wie er hieß hat er nicht gesagt? Oder wo sie hinwollten?«

Frau Decker schüttelte den Kopf.

»Wann war das?«

»Vor fünf oder sechs Wochen. Ich sagte ja, sie war nicht lang hier.«

»Hat Karolina Ihnen eine neue Adresse gegeben? Für die Post oder so?«

»Nein, sie hat ja nie etwas bekommen. Aber sie hat versprochen, dass sie mich besucht. Leider hat sie das bisher nicht getan. Seltsam, das passt eigentlich gar nicht zu ihr.«

Ich stand auf. Was ich erfahren hatte, gefiel mir nicht. Angeblich hatte sie einen Job als Model bekommen, zuletzt war sie aber von Nina im »Red Lounge« gesehen worden.

»Frau Decker, vielen Dank, dass Sie sich Zeit für uns genommen haben. Und falls Ihnen noch etwas einfällt, Sie haben ja meine Karte. Da können Sie mich jederzeit anrufen.«

Mühsam stand sie auf und kam hinter uns her. »Ich hoffe, Sie finden sie. Sie war wirklich nett. Und falls das mit dem Modellstehen nichts wird, kann sie jederzeit wieder bei mir einziehen. Ich habe das Zimmer noch nicht vermietet. Und wenn Sie Lust auf eine Tasse Kaffee und ein Stückchen Kuchen haben, dann kommen Sie einfach vorbei«, sagte sie an Andreas gewandt. »Sie können ja vorher anrufen. In meinem Alter dauert es ein bisschen länger, bis man sich zurechtgemacht hat.« Sie zwinkerte ihm zu.

Andreas hatte längst den Helm auf und wartete neben der Maschine, bis ich auf die Straße trat.

»Motorrad …«, sagte Frau Decker und seufzte sehnsüchtig. »Vielleicht nehmen Sie mich ja mal mit?«

»Das ist meine Maschine«, stellte ich richtig.

»Oh. Ihre? Man hört ja immer wieder, dass auch

Frauen Motorrad fahren. Vielleicht mache ich auch noch den Führerschein. Ja, das könnte ich eigentlich tun.«

Ich schwang mich auf meinen Bock und ließ die Maschine an. Andreas klammerte sich augenblicklich an mir fest, und ich grinste in mich hinein. Ihn sprachlos zu sehen, war eine neue Erfahrung. Aber lustig.

Ich setzte ihn vor dem »Jazz-Keller« ab.

»Ist dein Job immer so … anstrengend?«, wollte er wissen, als er mir den Helm zurückgab.

»Normaler Wahnsinn, würde ich sagen.« Ich grinste. »Warum? Weil Frau Decker dich gern aufs Kreuz gelegt hätte? Ganz ehrlich, ich kann das verstehen.«

Ich warf ihm eine Kusshand zu und brauste davon.

Zu Hause machte ich mir ein Butterbrot und setzte mich mit meinem Computer an den Küchentisch. Zunächst überprüfte ich Strohms Mails, aber es war nichts von Interesse hinzugekommen. Dann öffnete ich das Internet. Einen Moment schwebten meine Finger über den Tasten, dann gab ich die Adresse von Google ein und wartete, dass die Seite sich aufbaute. Schließlich tippte ich den Namen Andreas Vahrenkamp in die Suchliste ein und sah mit größer werdendem Erstaunen, wie viele Treffer ich erzielte. Zunächst waren da ein Haufen Bilder von einem jungen Mann, Mitte, Ende 20 zu sehen. Gut gebaut mit kurzen schwarzen Haaren und einem schelmischen Lächeln im Gesicht. Der Schwarm aller jungen Mädchen. Zumindest damals. Auch meiner. Der Sänger Andreas Vahrenkamp.

Balladen hatte er gesungen. Mit zweideutigen Texten manchmal, aber mit so viel Gefühl. Die Stimme erinnerte ein bisschen an die von Ed Sheeran heute. Er hatte gerade angefangen, sich einen Namen zu machen, dann war er plötzlich von der Bildfläche verschwunden.

Das sollte mein Andreas sein? Heimlich geträumt hatte ich damals von dem Sänger mit der dunklen Stimme. Und jetzt hatte ich mit ihm geschlafen, ohne zu wissen, wer er war?

Der Andreas heute war viel schlanker als Andreas Vahrenkamp. Und die Stimme. Hatte sie sich weiterentwickelt? Ich versuchte, mir unser Duett in Erinnerung zu rufen. Tiefer war sie heute. Oder damals noch nicht voll entwickelt?

Was war geschehen? Ich konnte mich nicht daran erinnern, warum er von der Bildfläche verschwunden war. War dafür überhaupt je ein Grund bekannt geworden? Sicher hatte er noch nicht den Bekanntheitsgrad erreicht gehabt, dass die Teenies um ihn geweint hätten. Aber er war auf einem guten Weg gewesen.

Die Schnelllebigkeit der Branche hatte dafür gesorgt, dass bald schon niemand mehr von ihm gesprochen hatte. Und heute erinnerten sich nicht mehr viele.

Zögernd scrollte ich weiter. Fand alte Einträge von Konzerten, weitere Bilder von Andreas auf der Bühne. Ein Youtube-Video, das ich mir ansah. Noch immer bekam ich Gänsehaut, als ich ihn singen hörte.

Dann stolperte ich über einen Zeitungsartikel. »Auto von Sänger in schweren Unfall verwickelt« prangte da in großen Lettern. Darunter der Artikel. Andreas war zusammen mit seiner Frau Amanda und der Tochter Gina auf dem Rückweg von einem Ausflug gewesen, als ein großer Stein, heruntergeworfen von einer Autobahnbrücke, ihr Auto getroffen hatte. Während er unverletzt geblieben war, verstarb seine Tochter noch am Unfallort, die Frau wenig später im Krankenhaus.

Tränen brannten in meinen Augen, und das Bild des zerstörten Autos in der Zeitung verschwamm. Ich verstand plötzlich so viel.

Er musste die Singerei an den Nagel gehängt haben und war dann ins Ausland gegangen. Wohin? Als was? Was hatte er dort zu finden gehofft? Und warum war er zurückgekehrt?

Ich schaltete den PC aus, musste erst verarbeiten, was ich gerade herausgefunden hatte.

Um auf andere Gedanken zu kommen, nahm ich mir einen Block und einen Stift und begann, die losen Gedankenenden über Karolina aufzuschreiben.

Zuletzt war sie tatsächlich im »Red Lounge« gesehen worden. Nina hatte sie auf dem Bild erkannt. Ich kreiste den Namen des Bordells ein. Und sie hatte mit Mike Richters Handy ihre Schwester in Polen angerufen, um ihr zu sagen, dass sie in Ulm war. Der Anruf war unterbrochen worden, und Karolina hatte geschrien. Mike Richter hatte das Handy als gestohlen gemeldet. Er war zwar ein hirnloser Idiot, aber wenn Karolina ihm das Handy gestohlen hatte, musste er es verschwinden lassen, um im Zweifel nachweisen zu können, dass er das Handy zum Zeitpunkt des Anrufes nicht mehr gehabt hatte. Für den Fall, dass Fragen gestellt wurden. Von mir zum Beispiel. So dumm, es zu behalten, war er nicht.

War Mike Richter der Mann, der Karolina mit ihrem Gepäck bei Frau Decker abgeholt hatte? Die Beschreibung war vage gewesen, aber es hätte sein können. Hatte er ihr einen Modeljob versprochen, und sie war in die Falle getappt?

Wer war die tote Frau aus der Zeitung? Kannten sie und Karolina sich? Teilten sie das gleiche Schicksal?

Ich tippte mit dem Kugelschreiber auf den Block. Mir war nicht wohl bei den Gedanken, die mir durch den Kopf schossen.

Patrick Scheurer war der Geschäftsführer, hatte Nina gesagt. War er auch der Inhaber? Wenn man den Gerüchten Glauben schenken durfte, nicht. Zumindest hatte sie mir das erzählt.

Einem Impuls folgend rief ich beim Amtsgericht an und ließ mich mit der zuständigen Abteilung für das Handelsregister verbinden. Die Dame war freundlich, teilte mir mit, dass ich das Handelsregister einsehen dürfe. Dazu müsste ich mich online anmelden und pro Auszug Geld bezahlen. Oder persönlich erscheinen, dann würde sie die Auszüge heraussuchen.

Ich legte auf und wählte erneut. Mit klopfendem Herzen, weil ich jetzt wusste, welches Geheimnis er barg. »Du musst mir einen Gefallen tun, Andreas.«

»Bloß nicht wieder zu Frau Decker.« Er lachte.

Ich antwortete nicht, das Lachen verstummte.

»Das ist nicht dein Ernst! Du kannst mich nicht zwingen.«

»Aber ich kann dich bitten. Denn genau da sollst du hin.« Ich lauschte der Stille, die aus dem Hörer drang, und sprach dann einfach weiter: »Nimm bitte ein Bild von Mike Richter mit. Zieh dir eins aus dem Internet, da gibt es jede Menge davon. Vielleicht eines, das nicht ganz so anzüglich ist, wer weiß, was sie sonst von dir denkt. Und frag sie bitte, ob er der Mann von der ›Modell‹-Agentur ist, der Karolina abgeholt hat. Ich würde das ja gern selbst machen, aber ich muss zum Amtsgericht. Du bist ein Schatz! Ich danke dir!«

Ich legte auf, ehe er etwas erwidern konnte, und schnappte meinen Lederbeutel. Mittlerweile war es draußen richtig warm, und ich genoss die Sonnenstrahlen auf der Haut. Ich kramte meine Sonnenbrille aus dem Beutel und machte mich zu Fuß auf den Weg zum Amtsgericht. Von mir aus war es nicht weit, vermutlich brauchte ich keine zehn Minuten. Aber ich trödelte ein bisschen und nahm einen kleinen Umweg. Ging am Gericht vorbei in die Platzgasse und ließ mich im Strom der Einkaufswütigen treiben.

Als ich schließlich in der Zeughausgasse vor dem Amtsgericht stand, war eine halbe Stunde vergangen. Der Spaziergang hatte gutgetan. Zufrieden betrat ich das Gebäude und orientierte mich an der Tafel im Eingangsbereich.

Die Dame, mit der ich telefoniert hatte, hieß Frau Berger und war der Typ »gutmütige Omi«. Nicht zu vergleichen mit Frau Decker in ihrem Glitzer-T-Shirt und der Stretchjeans.

Sie empfing mich mit einem herzlichen Grinsen. »Sie müssen Frau Flemming sein!«, stellte sie fest und erhob sich, um mir die Hand zu geben und sie zu schütteln. »Dann lassen Sie uns mal sehen, ob ich Ihnen helfen kann. Ich gebe zu, ich wollte auch mal sehen, wie eine Privatdetektivin aussieht«, fügte sie hinzu und sah mich treuherzig von unten an.

»Sind Sie jetzt wenigstens zufrieden? Entspreche ich Ihren Vorstellungen?«

Sie nahm mich von oben bis unten in Augenschein. »So wie Sie wäre ich auch gern gewesen, als ich noch jünger war. Sie sind so … cool, sagt man da heute. Damals ging das ja alles noch nicht. Auf jeden Fall werde ich im Club etwas zu erzählen haben!«

Super, damit war ich Tagesordnungspunkt im Seniorenclub. Ein prima Aufstieg!

»Was möchten Sie denn jetzt genau wissen?«

Ich brachte mein Anliegen vor, erklärte ihr, dass ich auf der Suche nach dem Inhaber einer Firma war, deren Geschäftsführer nur vorgeschoben schien.

»Das ist gängige Praxis«, klärte sie mich auf. »Wenn es sich bei der Firma um eine Gesellschaft bürgerlichen Rechts handelt, dann gibt es Gesellschafter, das sind die, denen die Firma gehört, die die Anteile halten, und Geschäftsführer, die mit der Leitung der Firma betraut sind. Daran ist nichts Geheimnisvolles. Um welche Firma handelt es sich denn?«

Als ich das »Red Lounge« nannte, stieß sie einen Pfiff zwischen den Zähnen hervor. »Das ist ein Puff«, stellte sie richtigerweise fest, und ihre Augen glänzten ob der vermeintlichen Anrüchigkeit. »Das ist ja spannend!«

Nun, so spannend fand ich das nicht. Die Antwort auf meine Frage war aber interessant. Nämlich, wer demnach der Gesellschafter des »Red Lounge« war.

Frau Berger verschwand. Es dauerte nicht lang, und sie kehrte mit der Antwort für mich zurück.

»Das war einfach«, meinte sie und wirkte enttäuscht, dass ich ihr keine schwierigere Aufgabe gestellt hatte. »Es gibt nur einen Gesellschafter. Er heißt Martin Strohm. Hilft Ihnen das weiter?«

Alles stand still in dem Moment. Ich war allein mit Frau Berger, die immer weiter in den Hintergrund rückte. Dann gab es nur noch mich, diesen Namen und das Blut, das in meinen Ohren rauschte.

Ich verabschiedete mich murmelnd und verließ das Gebäude. Wie vom Donner gerührt stand ich wenig später auf der Straße und versuchte zu verarbeiten, was ich eben gehört hatte.

Ausgerechnet Strohm gehörte das »Red Lounge«. Ich ließ mich auf die nächste Parkbank fallen und vergrub den Kopf in den Händen. Wusste Strohm, wo Karolina war? Hatte er am Ende etwas mit ihrem Verschwinden zu tun?

Entschlossen stand ich auf.

Diesmal nahm ich das Auto. Doch kaum hatte ich die Unterführung zum Ehinger Tor passiert, wusste ich, dass etwas nicht stimmte. In der Wagner-Straße stauten sich die Autos, und ich nahm die Abkürzung über den Bismarckring, um schneller am Theodor-Heuss-Platz zu sein.

Schon von Weitem sah ich eine Rauchsäule in den sommerlichen Himmel aufsteigen. Blaues Blinklicht erhellte den Platz zusätzlich. An ein Weiterkommen war nicht zu denken.

Ein ungutes Gefühl beschlich mich. Kurzerhand fuhr ich auf den Gehsteig und parkte auf einer der eingezeichneten Haltebuchten vor einem Supermarkt. Ich schnappte meinen Beutel vom Beifahrersitz und riss die Tür auf. Immer schneller ging ich die Straße entlang und begann schließlich zu rennen. Das mulmige Gefühl verstärkte sich mit jedem Meter, den ich mich dem Haus näherte, in dem Nina und Marlene wohnten. Polizisten regelten den Verkehr in Richtung Söflingen, zur Stadtmitte hin war er gänzlich zum Erliegen gekommen. Am Theodor-Heuss-Platz standen zwei Straßenbahnen in Richtung Innenstadt, auf den Gleisen davor Feuerwehrfahrzeuge und mehrere Krankenwagen. Weitere Streifenwagen und einige Zivilfahrzeuge standen quer auf der Fahrbahn.

Ich rannte immer schneller, ignorierte den Lederbeutel, der gegen meine Beine schlug, und bog schließlich außer Atem um die Ecke. Meine schlimmsten Befürchtungen bestätigten sich. Aus Ninas Wohnhaus quoll dichter Rauch aus den Fenstern. Den Brandherd konnte ich nicht ausmachen, aber ich sah Flammen aus zerborstenen Fenstern schlagen. Demnach mussten mindestens zwei Wohnungen betroffen sein. Sie und ihre Tochter wohnten im ersten Stock, und ich stellte mit Entsetzen fest, dass auch aus dieser Wohnung Rauch drang.

Ich verlangsamte meine Schritte, drängte mich durch die Menschentraube, die sich auf der Straße gebildet hatte. Mit offenen Mündern starrten sie nach oben. Gemurmeltes Entsetzen derer, die nicht betroffen waren. Und Tränen der Angst bei denen, die ihr Haus wegen des Brandes hatten verlassen müssen. Sie waren mit dem Leben davon gekommen. Aber angesichts der Aufregung und der Angst, die sie ausgestanden hatten, drang nicht an ihr Bewusstsein, dass sie großes Glück gehabt hatten.

Ich überflog mit den Augen die Menge, suchte nach Nina und Marlene und konnte sie nicht entdecken. Panik stieg in mir hoch, hektisch suchte ich weiter. Waren sie dort gewesen? Im Haus? Oder hatten sie Glück gehabt und den Nachmittag bei dem schönen Wetter draußen verbracht?

Endlich entdeckte ich ein bekanntes Gesicht und ging schnurstracks darauf zu. Drängte mich durch die Schaulustigen, die in ihrer voyeuristischen Gier nach Sensation gar nicht merkten, dass ich sie zur Seite stieß. Dann endlich stand ich neben Jochen, noch immer atemlos.

»Na, du bist auch immer da, wo was los ist«, sagte er und legte mir freundschaftlich den Arm auf die Schulter.

»Ich bin privat hier. Eine Bekannte von mir wohnt in dem Haus, und ich kann sie nirgends finden.«

Das Grinsen verschwand von seinem Gesicht. »Wie heißt sie?«

»Nina Frey. Sie hat ein Kind, eine Tochter. Marlene.«

Für einen Moment herrschte betretenes Schweigen, und die Geräusche um mich herum wurden dumpf. Nein, bitte nicht!

»Jule …« Doch Jochen kam nicht dazu, den Satz zu beenden.

»Was willst du schon wieder hier?«

Langsam drehte ich mich um, starrte in Marks Gesicht. Noch immer versuchte ich zu verarbeiten, dass Nina und Marlene etwas geschehen sein könnte.

»Sind sie …?«, fragte ich an niemand Bestimmten gewandt und merkte, wie meine Stimme zitterte.

»Sie sucht Nina Frey und deren Tochter«, erklärte Jochen an Mark gewandt.

Der starrte mich einen Moment an, die Augen zu Schlitzen verengt. »Mitkommen«, sagte er in einem Tonfall, der keinen Widerspruch duldete, und wandte sich um.

Unsicher ging ich hinter Mark her, der zielstrebig auf einen VW-Bus der Polizei zusteuerte. Er schob die Tür auf und trat wortlos zur Seite. Drinnen saßen Nina und Marlene und klammerten sich aneinander, vor sich einen Becher mit irgendeiner Flüssigkeit. Eine Beamtin sprach mit ihnen.

Nina blickte hoch, als die Tür aufging, und ich erschrak, als ich ihr Gesicht sah. Angsterfüllt starrte sie mich an, das Gesicht gerötet, Haut und Kleidung schwarz vom Ruß. Marlenes Wangen waren ebenfalls rußgeschwärzt und von Tränenrinnsalen durchzogen, sie drängte sich eng an ihre Mutter.

Erleichterung erfasste mich, beide schienen unverletzt.

Nina stand auf und fiel mir schluchzend in die Arme. Es dauerte eine ganze Weile, bis sie sich beruhigt hatte. Marlene umklammerte ihr Bein, und beide hingen an mir. Ich wusste, dass tröstende Worte nicht halfen. Was sollte ich sagen? »Wird schon alles wieder gut«, wenn es nicht stimmte? Dort oben war gerade ihr ganzes Hab und Gut in Flammen aufgegangen. Das Leben auf wenigen Quadratmetern zerstört. Und was den Flammen nicht zum Opfer gefallen war, war durch das Löschwasser vernichtet worden.

Ich hielt sie im Arm, ließ sie sich ausweinen und streichelte ihr beruhigend über den Rücken. Dabei fragte ich mich, was jetzt werden sollte, wo sie hingehen konnten.

Mark ergriff die Flucht hinter mir, und auch die Polizistin stand auf und ging nach draußen.

Ich schob Nina sanft zurück an den Tisch und setzte mich neben sie. Sie straffte sich, riss sich Marlene zuliebe zusammen, auch wenn es sie sichtlich Mühe kostete.

Ich reichte ihr ein Päckchen Taschentücher aus meinem Lederbeutel. »So, jetzt erzähl mal, was ist passiert?«

Nina schnäuzte sich die Nase, ehe sie zum Reden ansetzte.

»Ich habe keine Ahnung. Ich kann nur sagen, dass wir verdammt großes Glück gehabt haben.«

»Habt ihr den Brand gleich bemerkt?«

»Ich war gar nicht da. Marlenes Freundin Anna hat das Hausaufgabenblatt versehentlich eingesteckt. Ich bin los, es holen, weil Marlene heute noch Turnunterricht hat. Gehabt hätte«, verbesserte sie sich mit einem bitteren Unterton in der Stimme.

»Dann war Marlene allein in der Wohnung?«

Nina nickte, und für einen Moment wurde ihr Gesicht wieder aschfahl. Mühsam riss sie sich zusammen. »Als ich zurückkam, habe ich zuerst gar nichts bemerkt. Nur einen komischen Geruch im Treppenhaus, und ich habe mich gefragt, wem das Mittagessen angebrannt ist. Irgendwie kam es mir dann aber doch seltsam vor. Dann habe ich Marlene schreien gehört. Ich bin die Treppe hochgerannt. Unter der Wohnungstür kam schon Rauch raus.«

Für einen Moment versagte ihre Stimme. Marlene hielt sich die Ohren zu.

»Ich habe nach ihr gerufen, und als ich die Tür geöffnet habe, kam mir ein ganzer Schwall Rauch entgegen und gleich darauf Flammen.«

Sie hatte das Leben ihrer Tochter retten wollen. Doch für den Brand war die Entscheidung fatal gewesen. Durch den Kamineffekt im Treppenhaus, als sie die Tür geöffnet hatte, hatte das Feuer neue Nahrung bekommen und sich in rasender Geschwindigkeit im Haus weiter ausbreiten können.

»Ich bin rein und habe fast nichts mehr gesehen, aber ich habe Marlene husten gehört, sie war schon im Flur. Ich habe sie geschnappt und bin wie eine Irre raus. Im Treppenhaus habe ich gebrüllt, dass alle das Haus verlassen sollen. Ich glaube, es haben alle geschafft. Ich hoffe es.«

Ihre Stimme war wieder leiser geworden.

Die Schiebetür ging auf, und wir blickten gleichzeitig hoch. Die junge Polizistin und Mark standen draußen. Die Stirn in tiefe Falten gelegt und das Gesicht grimmig verzogen. Ich konnte nur hoffen, dass das nicht an mir oder meiner Anwesenheit lag, und dass er sich zu benehmen wusste.

»Warum tauchst du eigentlich immer dann auf, wenn es Ärger gibt?«, fragte er an mich gerichtet, sah aber an mir vorbei.

»Entschuldigung, ich wollte mit einer Bekannten eine Tasse Kaffee trinken.«

»Sehr seltsamer Zufall mal wieder«, murmelte er. »Und jetzt raus hier. Du kannst draußen auf deine Freundin warten, wir sind mit der Vernehmung noch nicht fertig. Sie hat noch gar nicht angefangen.«

Zögernd erhob ich mich, aber Nina packte mich am Arm. »Kann Jule nicht hierbleiben?«

Ich war gespannt, ob Mark ihr das abschlagen würde. Ich hätte es nicht gekonnt.

Sein Blick wanderte zwischen uns hin und her. »Setz dich da hin und halt die Klappe«, sagte er schließlich.

Im Wesentlichen erzählte Nina das Gleiche noch einmal. Interessant wurde es erst, als Mark sich Marlene zuwandte. Ganz höflich und sanft forderte er sie auf, ihm zu erzählen, was sie wusste. Ich lernte eine ganz neue Seite an ihm kennen.

Was Marlene erzählte, war weit aufschlussreicher: Sie war in ihrem Zimmer gewesen und hatte mit ihren Puppen gespielt. Sie hatte auf ihre Mutter warten wollen, um die Hausaufgaben zu machen und dann zum Turnen zu gehen. Plötzlich hatte sie einen Schlag gehört. Und dann war etwas kaputt gegangen.

»Kaputt? Was denn?«, hakte Mark ruhig ein. Seinem Gesichtsausdruck entnahm ich, dass er alarmiert war.

Marlene zuckte mit der Schulter. »Keine Ahnung. Ein Glas, das runtergefallen ist.«

Erschrocken sahen wir Erwachsenen uns an. Splitterndes Glas. Nichts anderes konnte es sein.

»Bist du dir ganz sicher?«, fragte Mark noch einmal, aber Marlene nickte heftig.

»Ich habe erst neulich ein Glas mit Apfelsaftschorle auf den Boden fallen lassen, das hat sich genauso angehört. Das war eine ganz schöne Sauerei, obwohl nicht mehr viel drin war. Und Mama hat geschimpft.« Schuldbewusst sah sie zu Nina hinüber, die ihr über den Kopf strich.

»Das hast du gut gemacht«, sagte Mark und erhob sich. »Toll hast du aufgepasst!«

Marlene ging es schon viel besser, doch Nina stand der Schock ins Gesicht geschrieben. Ihr schien es wie mir zu gehen. Zerberstendes Glas, was hatte das zu bedeuten? Die Fensterscheibe in der Küche musste zu Bruch gegangen sein. Oder das Fenster war offen gewesen und etwas war hineingeworfen worden.

Wir verließen den Bus wortlos. Während Nina mit Marlene ein wenig abseits stand und mit den Nachbarn sprach, blieb ich bei Mark stehen. Der Brand schien gelöscht, aber die Brandwache würde noch lange bleiben, um Glutnester zu suchen.

Schließlich räusperte er sich. »Bist du dir ganz sicher, dass du nur mit einer Freundin Kaffee trinken wolltest?«, fragte er.

»Sie ist nicht meine Freundin, sie ist eine Bekannte«, verbesserte ich. Soweit zu gehen, Nina als meine Freundin zu bezeichnen, wollte ich wirklich nicht.

»Die Aussage der Kleinen deckt sich mit den ersten Spuren. In der Küche lag Glas auf dem Boden, das Fenster war gesplittert, und nach Aussage der Feuerwehrleute nicht von ihnen. Außerdem lag eine zerbrochene Flasche am Boden. Ich verwette meinen Hintern darauf, dass wir Brandbeschleuniger finden.«

Wir schwiegen, während ich nachdachte. Wer konnte es auf Nina und ihre Tochter abgesehen haben? Und warum?

Der Schatten einer Antwort drängte sich mir auf, aber er war so unglaublich und unvorstellbar, dass ich ihn wegwischte und den Kopf schüttelte.

Mark deutete das falsch. »Du weißt wirklich nichts?«

Automatisch schüttelte ich wieder den Kopf. »Wir haben uns erst vor Kurzem wiedergetroffen, Nina und ich. Wir sind zusammen zur Schule gegangen, haben uns dann aber aus den Augen verloren und hatten jahrelang keinen Kontakt mehr.«

Nein, das konnte nicht wahr sein, ich sah Gespenster.

»Na gut, dann will ich dir mal glauben, dass das diesmal wirklich nur ein Zufall gewesen ist.«

Ich hörte den Zweifel in seiner Stimme und fragte mich beklommen, ob er berechtigt war.

»Wo kommen sie unter?«, fragte ich.

»Keine Ahnung, bei ihrer Familie?«

Ich schüttelte den Kopf.

»Bei dir?«

Ich hatte keinen Platz und selbst genug Probleme, als dass ich Nina und Marlene auch noch bei mir beherbergen konnte. Dann kam mir eine Idee und ich wandte mich ab, um zu telefonieren.

Meine Freundin Conny fand die Idee alles andere als gut.

»Sie ist nicht mehr so wie damals.« Ich konnte selbst nicht glauben, dass ich das sagte.

»Du kannst mir erzählen, was du willst. Menschen ändern sich nicht.«

»Aber wo soll sie denn jetzt hin?«

»Na, zu ihren Eltern. Die haben sicher Platz genug für Tochter und Enkeltochter. Zumindest hat sie das früher mehr als deutlich raushängen lassen.«

»Aber ihr Vater hat sie rausgeworfen.«

»Willkommen in der Realität«, kommentierte Conny in ihrer unnachahmlich trockenen Art, für die ich sie so liebte. Im Moment knirschte ich mit den Zähnen. »Sie hat sicher Freunde. Die sie mögen.«

»Mir wäre es lieber, ich wüsste sie an einer Stelle, wo man sie nicht gleich vermutet.«

Conny schnaubte. »Du immer mit deinem Mutter-Theresa-Komplex!«

»Jetzt gib dir einen Ruck. Ist nicht für lange«, fügte ich hinzu und hatte keine Ahnung, ob das stimmte. »Du willst doch am Tag des Jüngsten Gerichts nicht mit leeren Händen dastehen.«

»Jetzt komm mir nicht mit dem Mist!«

»Für deine Mädels ist es sicher auch eine prima Abwechslung. Bist du noch dran?«

»Wenn sie nach zwei Tagen immer noch hier ist, werfe ich sie raus.«

Ich atmete erleichtert auf und küsste sie gedanklich.

Dann machte ich mich auf die Suche nach Nina und Marlene, um ihnen die frohe Kunde zu überbringen.

Nina entgleisten die Gesichtszüge, als ich ihr mitteilte, wo ich sie unterzubringen gedachte. »Ich glaube nicht, dass das eine gute Idee ist.«

»Ist es, vertrau mir. Niemand wird dich ausgerechnet bei Conny vermuten.«

Ihr Blick war noch immer zweifelnd, doch schließlich sah sie ein, dass sie keine Alternative hatte.

Über den Vorfall selbst verloren wir kein Wort mehr.

Ich ahnte, wie es in Nina aussehen musste. Mark bat sie noch einmal in den Wagen, und ich wusste, dass er sie fragte, wer etwas gegen sie haben könnte. Welche Feinde sie hatte, Stalker, einen Ex-Freund, etwas dergleichen. Ich beschäftigte mich in der Zwischenzeit mit Marlene.

Wir standen noch eine ganze Weile herum, und bis wir das Gelände endlich verlassen konnten, war es Abend geworden. Ich verfrachtete die beiden in mein Auto und fuhr nach Blaustein. Leise fragte ich, was Nina Mark noch erzählt hatte, aber sie konnte sich beim besten Willen nicht vorstellen, wer ihr das angetan haben könnte.

Ich sagte nichts dazu.

Die Begrüßung zwischen Conny und Nina fiel kühl aus. Während ich mich früher vor Nina gefürchtet hatte, hatte Conny sie einfach nicht gemocht und für ihre Art verachtet. Das hatte sich bis heute nicht geändert, und sie gab sich auch keine Mühe, das zu verbergen.

Schließlich waren es die Kinder, die das Eis brachen. Sophie stob mit ihrem Fahrrad um die Ecke und zeigte es stolz Marlene, die es ausgiebig bewunderte.

»Wir haben auch ein Trampolin«, fügte Sophie hinzu, nachdem sie auf Geheiß von Conny auch mich begrüßt hatte. »Kommst du mit?«

Marlene warf ihrer Mutter einen fragenden Blick zu, aber die nickte erleichtert, und die Kinder verschwanden im Garten.

Wir standen ein wenig unschlüssig vor dem Haus herum, Conny mit meinem Patenkind Alexa auf dem Arm.

»Sollen wir jetzt ewig hier herumstehen?«, fragte ich schließlich an Conny gewandt und konnte nicht verhindern, dass sich ein leichter Vorwurf in meine Stimme schlich.

Widerstrebend ging sie voran ins Haus.

»Glaubst du wirklich, dass das eine gute Idee war?«, raunte Nina mir zu.

»Lass ihr Zeit, sich ein bisschen an den Gedanken zu gewöhnen.« Die beiden würden schon miteinander klarkommen.

Wir folgten Conny ins Haus. Vor zwei Jahren hatte sie es mit ihrem Mann Dennis zusammen gekauft und renoviert. Mittlerweile waren die Arbeiten bis auf Kleinigkeiten abgeschlossen, und ich musste zugeben, dass es wunderschön geworden war. Als sie es gekauft hatten, war es eine Bruchbude gewesen.

Leichter Neid mischte sich in meine Gedanken, als ich an meine Stadtwohnung ohne Balkon dachte.

Conny war meine beste Freundin seit Kindheitstagen, und wir hatten uns nie aus den Augen verloren. Nicht einmal mein Ex-Mann Dirk Heit hatte es geschafft, uns auseinander zu bringen. Nun war sie diejenige, die glücklich verheiratet mit zwei Kindern den Traum einer spießigen Vorstadtfamilie lebte, während ich als Single weiterhin in Ulm wohnte.

Oft fragte ich mich, ob das das Leben war, das ich mir für mich gewünscht hätte. Manchmal dachte ich, dass es das sei. Und dann war Conny die, die zu mir kam, weil sie einen Nachmittag frei brauchte, keine Windeln oder Rotznasen mehr sehen konnte und sich nach ein bisschen Freiheit und Unabhängigkeit sehnte. War es das? Wollte man immer genau das, was man gerade nicht hatte?

Ich wischte die Gedanken beiseite. Nina stellte ihre Tasche mit den wenigen Habseligkeiten in den Flur, und wir folgten Conny durch das Erdgeschoss. Nach hinten hinaus war die Terrassentür geöffnet. Fröhliches Kinderlachen empfing uns, Marlene und Sophie verstanden sich bestens. Sie tobten ausgelassen auf dem Trampolin herum. Eine beneidenswerte Fähigkeit, dass Kinder immer und überall in kürzester Zeit neue Freunde finden konnten.

Conny setzte Alexa im Garten ab, die zielstrebig zur Sandkiste krabbelte und ein Förmchen herausnahm.

Endlich wandte sich Conny Nina zu.

»Ich dachte, wir essen erst mal was«, sagte sie. »Ihr seid vermutlich ziemlich fertig.« Ein Hauch von Mitleid schwang in ihrer Stimme, und in mir wuchs die Hoffnung, dass die beiden sich in den nächsten Tagen nicht an den Kragen gehen würden. »Wir werfen den Grill an. Viel habe ich nicht, aber für ein Würstchen, ein bisschen Brot und etwas Salat wird es schon reichen. Ich hoffe, du bist keine Vegetarierin.«

Gespannt sahen wir Nina an. So abwegig war der Gedanke nicht, wenn ich an früher dachte. Aber die lachte nur und schüttelte den Kopf.

»War ich mal. Aber ich esse einfach für mein Leben gern Steaks.«

Conny nötigte uns, Platz zu nehmen, und dankbar ließen wir uns auf die Stühle fallen und beobachteten die Kinder. Erst jetzt merkte ich, wie fertig ich war.

Conny brachte jedem ein Glas Lillet mit Wildberry und gefrorenen Früchten und ließ uns am Tisch zurück, um letzte Handgriffe in der Küche zu erledigen.

»Du hast also keine Ahnung, wer das gewesen sein

könnte?«, wollte ich von Nina wissen, doch die schüttelte nur den Kopf.

Wir prosteten uns zu und tranken einen Schluck. Herrlich erfrischend war das.

»Ich habe keine Feinde. Ich komme mit allen gut aus. Auch wenn es manchmal anders aussieht.«

»Gib ihr noch ein bisschen Zeit«, sagte ich und deutete in Richtung Küche.

Nina trank einen weiteren Schluck. »Vermutlich bin ich selbst schuld. Ich schätze, ich war ein ziemliches Scheusal damals.«

Ich erwiderte nichts. »Kein Stalker? Ein Typ von früher? Dein Ex?«

Sie schüttelte vehement den Kopf. »Der kommt nicht nach Deutschland. Hier würde er Ärger wegen des Unterhalts bekommen, und im Grunde sind wir ihm egal. Vermutlich hat er uns längst aus seinem Leben gestrichen.«

Wir lauschten dem Geklapper in der Küche und sahen hinüber zu den beiden Mädchen, die vom Trampolin auf die Schaukel umgezogen waren. Marlene schubste Sophie an, bis sie hoch genug war, um allein weiterzuschaukeln. Es war offensichtlich, dass beide sich bestens verstanden.

»Sagt dir der Name Martin Strohm etwas?«, fragte ich unvermittelt.

»Nie gehört. Wer soll das sein?«

»Du hast gesagt, das ›Red Lounge‹ gehört vermutlich nicht Scheurer, sondern jemand anderem. Und dieser jemand heißt Martin Strohm.«

»Da muss ich passen, den kenne ich nicht.«

Sackgasse also. Zumindest vorübergehend.

Connys Mann Dennis kam kurze Zeit später von der Arbeit nach Hause. Seine Frau musste ihn schon informiert haben, denn er stellte keine Fragen, sondern begrüßte Nina herzlich. Und auch Conny gewann langsam ihre alte Freundlichkeit zurück.

Wenig später klingelte mein Handy.

»Du bist mir etwas schuldig, Prinzessin.«

»Hat sie dich vernascht?«

Ein Schnauben drang aus der Leitung. »Sie hat in Leggins auf mich gewartet und war geschminkt, als wäre sie in den Farbtopf gefallen. Mein Glück waren ihre Highheels, mit denen konnte sie nicht so schnell laufen.«

Ich gluckste in mich hinein.

»Aber es war tatsächlich Richter, der Karolina abgeholt hat. Sie war sich sicher.«

»Wann trefft ihr euch wieder?«

»Wenn du so weitermachst, lege ich dich übers Knie, wenn ich dich das nächste Mal sehe.«

Eine interessante Vorstellung. Ich ging nicht darauf ein. »Dafür habe ich etwas herausbekommen: Das ›Red Lounge‹ gehört Strohm.«

»*Wie bitte*?«

»Du hast richtig gehört. Ich war beim Amtsgericht. Er ist einziger Gesellschafter, Scheurer ist nur der Geschäftsführer.«

Einen Moment war es still.

»Wo bist du?«, wollte er dann wissen.

»Bei meiner Freundin Conny. Ninas Wohnung ist abgefackelt. Vermutlich wurde der Brand gelegt.«

»Prinzessin, pass auf dich auf.«

»Aber sicher.« Das Schlimmste, was mir passieren konnte, war, dass Andreas mich wirklich übers Knie legte. Die Vorstellung war gleichermaßen belustigend wie erregend, und ich fragte mich, ob er das wirklich tun würde.

Wir verbrachten dann doch noch einen netten Abend. Als wir einen Moment allein in der Küche waren, flüsterte Conny mir zu, dass Nina gar nicht so übel war, wie sie gedacht hatte.

Gegen acht Uhr verfrachteten wir die Kinder in ihre Betten, was natürlich länger dauerte, denn die genossen die Ausnahmesituation und schwatzten Conny und Nina ab, zusammen in Sophies Zimmer schlafen zu dürfen.

Wir ließen den Abend bei Bier und Wein auf der Terrasse ausklingen. Ich hielt mich an Wasser, schließlich musste ich noch nach Hause fahren. Außerdem hatte ich gestern genug getrunken.

Gegen halb elf machte ich mich ebenfalls auf den Heimweg. Während ich auf der B28 zurück nach Ulm fuhr, dachte ich an früher. Wer hätte damals gedacht, dass wir drei einmal so friedlich zusammensitzen und uns unterhalten würden? Eher wäre ich ans Ende der Welt gezogen, als mit Nina einen Abend an einem Tisch zu verbringen.

Ich warf einen Blick in den Rückspiegel. Scheinwerfer tauchten auf und wurden schnell größer. Die Tachonadel zeigte etwas über 80, erlaubt waren 70. Vielleicht wieder einer, der nicht daran dachte, dass die Geschwindigkeit in diese Richtung begrenzt war, während man, wenn man nach Blaustein fuhr, 100 Stundenkilometer fahren durfte.

Ich schüttelte den Kopf und rückte ein wenig nach rechts, weil das Fahrzeug sicher gleich überholen würde.

Es hatte fast aufgeschlossen und gab mir Lichthupe. Unmöglich, das Fabrikat zu erkennen. Ich tippte auf einen Mercedes, den charakteristischen Scheinwerfern nach zu urteilen. Auf jeden Fall weit größer als mein alter Golf.

»Dann fahr halt vorbei, wenn du es so eilig hast«, begehrte ich auf. Dichtes Auffahren konnte ich überhaupt nicht leiden.

Der Wagen fuhr noch näher heran, und automatisch trat ich das Gaspedal weiter durch. War der Fahrer verrückt geworden? Die Scheinwerfer blendeten mich, und ich klappte den Spiegel nach unten. Das Licht war immer noch hell genug, füllte das Wageninnere aus. Verärgert tippte ich das Bremspedal leicht an, um anzuzeigen, dass mir das zu dicht war. Warum zum Kuckuck fuhr er nicht einfach vorbei? Wir waren allein auf der Straße, kein Auto, das uns entgegen kam. Oder wollte er warten, bis es wieder zweispurig war, und dort an mir vorbeifahren? Das dauerte noch, wir befanden uns ziemlich in der Mitte zwischen Ulm und Blaustein.

Dann endlich scherten die Scheinwerfer mit einem Ruck aus. Er beschleunigte, bis er auf gleicher Höhe war. Verwirrt sah ich hinüber und fragte mich, warum er nicht an mir vorbeizog.

Dann ging alles ganz schnell. Der Wagen neben mir machte einen Satz nach rechts und touchierte mich am vorderen Kotflügel. Das Knirschen von Metall auf Metall hörte sich widerlich an. Ich schrie auf, umklammerte verzweifelt das Lenkrad und versuchte, den Golf in der Spur zu halten. Ein weiterer Ruck traf mich, stärker diesmal, und Funken stoben auf, als die Fahrzeuge aneinander rieben. Das andere Auto drückte mich unaufhaltsam nach rechts an den Fahrbahnrand. Automatisch trat ich die Bremse. Doch es war zu spät. Der nächste Ruck traf mich mit voller Wucht, versetzte das Auto ein weiteres Stück, und ich spürte, wie die Räder über den Bordstein hinaus auf den Radweg schossen, und der Wagen nach einem weiteren heftigen Schlag abhob. Der Golf drehte sich wie in Zeitlupentempo einmal um die eigene Achse. Ich schrie, wurde vom Gurt gehalten, dann stieß mein Kopf an das Wagendach. Die Scheinwerfer erfassten Gras, das in rasender Geschwindigkeit auf mich zukam. Ich landete auf dem Dach. Oh mein Gott, das ist mein Tod!, schoss es mir durch den Kopf. Dann gab es einen harten Aufprall, und um mich herum senkte sich Dunkelheit.

Es hämmerte. Dumpf, auf Glas. Dann hatte ich eine kalte Hand im Gesicht. Am Hals. Ich versuchte, sie wegzudrücken, die Augen zu öffnen. Es war so unendlich schwer. Gelang nicht.

Scheinwerfer, da waren Scheinwerfer gewesen! Im Rückspiegel. Sie waren nähergekommen. Schnell. Das Auto hatte mich abgedrängt, von der Straße gedrückt. Ich hatte einen Unfall gehabt.

Wieder fühlte ich die Hand und kalter Angstschweiß brach mir aus allen Poren. Erneut versuchte ich, die Hand wegzuschieben, schlug danach.

Schmerz zuckte durch meinen Körper und ließ mich vorübergehend nichts als weiße Helligkeit hinter geschlossenen Lidern sehen. Ich durfte nicht wieder das Bewusstsein verlieren!

Meine Beine, ich musste meine Beine bewegen. Weg von hier! Es ging nicht. Die kalte Hand ließ nicht von mir ab.

»Sie lebt«, flüsterte eine Stimme über mir.

Klar lebte ich! Nur, wie lange noch? Ich musste fort!

»Jetzt nimm mal die Hand da weg, Herbert.«

Ja, bitte Herbert.

Mein Schädel dröhnte, als ich versuchte, die Augen zu öffnen. Ein Kopf mit grauen Haaren schob sich in mein Blickfeld, auf der Nase eine dicke Hornbrille. Daneben ein weißer Kopf, modischer Kurzhaarbob.

Ich klappte die Augen wieder zu und versuchte, meine verkrampften Glieder zu entspannen. Es gelang nicht.

Ganz ruhig, versuchte ich, mir zuzureden. Du bist nicht tot. Und wer immer da draußen steht, sie wollen dich nicht umbringen. Alles wird gut.

Nichts war gut. Eine kurze Bestandsaufnahme zeigte mir, dass ich meine Beine nicht bewegen konnte. Mein Kopf dröhnte, und die linke Schulter tat mir weh. Vorsichtig strich ich mit der Hand Haare aus meinem Gesicht und spürte Feuchtigkeit, die an meiner Hand kleben blieb.

Es war schlimmer, als ich gedacht hatte.

»Geh mal zur Seite, Herbert!«

Der weiße Schopf kam näher, ein gütiges Lächeln auf den Lippen, und ich fragte mich, warum ich an ein Vögelchen denken musste.

»Gleich kommt der Rettungswagen. Bleiben Sie ganz ruhig, Kindchen, wir bleiben bei Ihnen.«

Die Worte tropften wie warmer Honig an mein Ohr, und ich schloss die Augen wieder.

Ich wusste nicht, wie viel Zeit vergangen war, aber das Nächste, was ich hörte, waren Sirenen. Hatte ich schon wieder das Bewusstsein verloren? Blaues Licht erhellte die Nacht. Zu hell für meine Augen, ich hielt sie geschlossen.

»Hallo? Hallo? Hören Sie mich?«

Ich nickte vorsichtig und versuchte, die Augen wieder zu öffnen.

»Machen Sie das verdammte Blaulicht aus«, krächzte ich und war froh, meine eigene Stimme zu hören.

Irgendjemand seufzte auf, es klang erleichtert. Das Vögelchen oder Herbert?

Der Notarzt machte ebenfalls Bestandsaufnahme, kam aber nicht weit, weil meine Beine eingeklemmt waren.

»Die Feuerwehr ist gleich da, die Polizei auch«, sagte er und leuchtete mir ins Gesicht. »Haben Sie Schmerzen?«

Oh ja!

»Können Sie mir sagen, wo Sie verletzt sind?«

Scherzkeks, woher sollte ich das wissen? Er war der Arzt.

Unter Stöhnen versuchte ich, ihm zu erklären, was wehtat.

Währenddessen trafen mehrere Streifenwagen und die Feuerwehr ein, und der Notarzt erklärte, dass es schlimmer aussah, als es war. Hatte der eine Ahnung!

Was nun geschah, nahm ich nur wie durch einen Wattenebel wahr. Ich wollte nicht hören, wie mein Auto aufgeschnitten wurde. Nicht sehen, wie es systematisch in Einzelteile zerlegt wurde wie ein Stück Vieh beim Schlachter. Doch die Geräusche, die an mein Ohr drangen, sprachen eine eindeutige Sprache.

Es dauerte ewig, vielleicht waren es auch nur wenige Minuten. Dann war ich frei und konnte die Beine bewegen. Langsam zwar, aber es schien nichts gebrochen. Vorsichtig wurde ich von mehreren Sanitätern aus dem Wagen gehoben und auf eine Liege verfrachtet. Im Krankenwagen wurde ich einer genaueren Untersuchung unterzogen, und der Notarzt stellte fest, dass es tatsächlich nicht so schlimm war. Zumindest schienen keine Knochen in Mitleidenschaft gezogen, und auch meine Beine waren heil geblieben. Er hatte keine Ahnung, wie es in meinem Inneren aussah.

Dann klappte die Tür und Mark erschien im Wagen. Seltsamerweise sagte er nichts. Und er sah auch nicht so aus, als würde er in absehbarer Zeit einen Ton von sich geben. Ha, jetzt waren wir schon zu zweit.

»Was ist passiert?«, brachte er schließlich hervor, und ich sah ihm an, welche Überwindung ihn dieser Satz kostete.

»Ich bin im Graben gelandet.«

»Geht das genauer?«

Ich überlegte, was ich ihm sagen sollte. Leugnen hatte keinen Zweck, sie würden die Spuren am Golf, meinem lieben alten Golf, sowieso finden. Mein Golf war tot, durchzuckte es mich, und ich konnte die Tränen nur mit Mühe zurückdrängen.

»Ein Auto hat mich beim Überholen von der Straße gedrängt. Vermutlich ein Mercedes.«

Mark erstarrte in der Bewegung, sah mich mit großen Augen an. »Bist du sicher?«

»Natürlich bin ich sicher!«, antwortete ich und setzte mich auf. Schmerz zuckte durch meinen Körper. Vom Kopf bis zu den Zehen. Ich stöhnte auf und ließ mich zurücksinken.

»Welches Modell?«

»Ich habe keine Ahnung. Kein Kombi. Ich bin noch nicht einmal sicher, ob es überhaupt ein Mercedes war. Er war hinter mir«, fügte ich hinzu. »Kam mit einem Affenzahn auf mich zu. Ist zuerst fast hinten rein, dann war er plötzlich neben mir. Ich habe nicht damit gerechnet und den Wagen nicht halten können. Zwei- oder dreimal hat er mich getroffen, dann bin ich abgeflogen.«

Im Krankenwagen herrschte Schweigen, und ich schloss wieder die Augen. Ließ die Szene noch einmal Revue passieren.

»Das Nächste, an das ich mich erinnern kann, sind Herbert und das Vögelchen.«

Ein verständnisloser Blick traf mich.

»Das ältere Ehepaar, das angehalten und uns gerufen hat«, erklärte der Notarzt. »Und jetzt ist bitte Schluss, Frau Flemming muss ins Krankenhaus.«

»Bitte, nein«, hauchte ich. Bloß das nicht. Ich wollte nach Hause!

»Keine Widerrede, Sie bleiben für weitere Untersuchungen dort. Morgen früh sehen wir weiter.«

Jeglicher Protest meinerseits wurde im Keim erstickt. Zwar versuchte ich aufzustehen, musste aber selbst einsehen, dass das keine gute Idee war. Meine Beine versagten mir den Dienst, kaum dass sie den Boden berührt hatten.

Wenig später sah ich mich im Krankenhaus in gleißendes Licht getaucht. Köpfe tauchten über mir auf, sprachen beruhigend auf mich ein, zogen hier ein bisschen, zupften dort. Meine Schulter wurde geröntgt, die Platzwunde an der Stirn genäht und versorgt. Meine Beine hatten außer ein paar Prellungen nichts abbekommen.

Die Prozedur dauerte schier endlos, dabei wollte ich nur nach Hause. Als die Untersuchungen zu Ende waren, hatte ich genug. Ich bequatschte den Arzt so lange, bis er einwilligte, mich gehen zu lassen. Widerstrebend hielt er mir ein Blatt Papier unter die Nase. *Auf eigenen Wunsch*. Klar. Aber mir war alles lieber, als die Nacht in einem Krankenhausbett zu verbringen. Ich hegte eine persönliche Abneigung gegen Krankenhausluft.

»Ich bringe dich heim«, bot Mark an und sah auf die Uhr.

»Nicht nötig«, krächzte ich. Meine Stimme war noch immer nicht wieder da. »Ich komme schon zurecht.«

»Nichts da, ich bringe dich.« Er trat von einem Bein auf das andere, sah wieder auf die Uhr.

»Du musst arbeiten. Ist schon gut, brauchst du nicht, ich rufe jemanden an.«

Etwas wie Erleichterung zeichnete sich auf seinem Gesicht ab. Er sieht müde aus, dachte ich mit einem Anflug von Mitleid. Das sofort wieder verschwand, als ich mich daran erinnerte, dass es Nicole gab. Aber das war wohl kaum der richtige Moment, um darüber zu reden.

Ich verlangte nach meinem Handy und blätterte im Telefonbuch nach der Nummer. Andreas nahm nach dem zweiten Klingeln ab.

»Wo bist du?«

»Im Krankenhaus.«

Stille in der Leitung.

»Holst du mich ab?«

Aufgelegt.

Mark sah mich fragend an.

»Ich werde geholt«, erklärte ich.

Mir wäre es lieber gewesen, er wäre verschwunden.

Wenn Andreas nicht kam, konnte ich immer noch ein Taxi nehmen. Es musste nicht sein, dass die beiden erneut aufeinandertrafen. Doch Mark hielt eisern aus, bis Andreas auftauchte. Der Blick, den er ihm zuwarf, sprach Bände.

Als Andreas mich sah, wich sämtliche Farbe aus seinem Gesicht, aber er riss sich zusammen. Er überzeugte sich davon, dass ich halbwegs in Ordnung war, doch die Farbe kehrte nicht auf seine Wangen zurück, und für einen Moment fragte ich mich, ob sie nicht lieber ihn hierbehalten sollten statt mich.

Dann bat er Mark auf die Seite. Sie gingen ans Fenster. Ich konnte nicht hören, was sie sprachen. Freundlich war anders, das Gespräch machte eher den Eindruck einer geschäftlichen Abmachung. Schließlich nickten sie sich zu und kehrten zu mir zurück.

»Andreas bringt dich nach Hause«, stellte Mark unnötigerweise fest. Hatte ich auch noch etwas zu sagen? Woher der plötzliche Sinneswandel?

Es interessierte mich nicht. Wortlos und mit wackeligen Knien stand ich von der Liege auf und ging langsam davon. Links und rechts packten mich starke Arme und stützten mich, bis wir vor der Tür angekommen waren. Kein Wort war gesprochen worden.

Ein schwarzes Mercedes T-Modell stand vor der Tür, und ich wurde um den Wagen herumgeleitet und auf den Beifahrersitz geschoben. Türen schlugen zu, dann war ich allein. Gefangen in der Stille des Autos. In meinem Kopf dröhnte es.

Die Fahrertür ging auf, und Andreas stieg ein. Er startete den Motor, der leise brummte, und fuhr los. Ich schloss die Augen.

»Wie viel Uhr ist es eigentlich?«, wollte ich wissen. Unsinnige Frage.

»Halb drei.« Andreas' Stimme klang seltsam gepresst.

Ich hatte keine Ahnung, wie wir in die Wohnung gekommen waren, aber nun saß ich auf dem Sofa. In eine Decke gehüllt schlotterte ich vor mich hin. Trotz der Schmerzmittel, die ich im Krankenhaus bekommen hatte, tat mir jeder Knochen im Körper weh, und ich fühlte mich hundeelend.

»Was ist eigentlich passiert?«, fragte Andreas und drückte mir einen Becher Tee in die Hand.

Mit klappernden Zähnen wiederholte ich, was sich zugetragen hatte, und Andreas wurde wieder eine Spur blasser. Langsam ließ er sich neben mich auf das Sofa sinken und sagte lange Zeit kein Wort.

All das musste ihn an den Unfall erinnern, bei dem er seine Frau und sein Kind verloren hatte, schoss es mir durch den Kopf. Es tat mir leid, dass ich alles wieder aufgewühlt hatte.

Ich schlürfte vorsichtig an meinem Becher und verzog angewidert das Gesicht. Der Tee vermochte nicht, mich zu wärmen.

»Du hast einen Schock«, stellte Andreas fest. Seine Stimme klang sanft. Wie selbstverständlich legte er den Arm um mich und zog mich zu sich heran. Mein Kopf kam auf seiner Schulter zum Ruhen, und irgendwie fühlte es sich gut an. Ich musste mir eingestehen, dass ich Angst hatte, und seine Nähe hatte etwas Beruhigendes.

Das Schlottern ließ langsam nach. Ich wollte hier sitzen bleiben. Die ganze Nacht. Nicht mehr aufstehen müssen. Vielleicht würde mich der Schlaf irgendwann übermannen, vielleicht blieb ich auch wie betäubt sitzen, an seine Schulter gelehnt, den Kopf leergefegt.

»Besser?«, fragte Andreas irgendwann und bewegte sich vorsichtig.

Ich setzte mich auf und rückte ein Stück von ihm ab. Sofort wurde mir wieder kalt. Eine Dusche, ich brauchte eine heiße Dusche.

»Vielleicht solltest du dich unter die Dusche stellen?«, kam Andreas mir zuvor, und ich nickte.

Vorsichtig stand ich auf, spürte jeden Muskel in meinem Körper.

Er erhob sich ebenfalls, wollte mich stützen.

»Danke, geht schon«, murmelte ich und drückte ihm meine Tasse in die Hand.

Ich schlurfte zur Tür und drehte mich noch einmal um. »Wartest du auf mich?«, fragte ich schließlich und fürchtete mich vor jeder Antwort.

Er nickte, offenbar unfähig, einen Ton herauszubringen.

»Danke«, sagte ich leise und ging ins Bad.

Beim Blick in den Spiegel wunderte ich mich über die Reaktionen meiner Mitmenschen nicht mehr. Ich stöhnte bei meinem eigenen Anblick laut auf. Meine Stirn war blau, getrocknetes Blut war an einer Stelle zu sehen, ein großes Pflaster prangte quer darüber. Im Gesicht hatte ich mehrere kleine Schnitte, das linke Auge war blau und dick, die Lippe an einer Stelle aufgeplatzt.

Einen Moment starrte ich mein Spiegelbild fassungslos an, dann wandte ich mich ab und begann unter Stöhnen, mich aus meiner Kleidung zu schälen.

Es klopfte. »Alles okay bei dir?«, drang Andreas' Stimme dumpf durch die Tür.

Was war schon okay?

»Ja«, antwortete ich und ließ das Wasser auf meinen geschundenen Körper prasseln. Meine Muskeln entspannten sich langsam unter der Wärme, und ich fühlte mich wohler. Minuten später kroch ich krebsrot aus der Kabine und trocknete mich vorsichtig ab.

Ich zog meinen Bademantel über und dicke Wollsocken an, dann ging ich zurück ins Wohnzimmer.

Andreas saß noch immer auf dem Sofa. In der Hand hielt er ein Glas mit bernsteinfarbener Flüssigkeit, und die Farbe kehrte langsam in sein Gesicht zurück.

Ich ließ mich neben ihn auf das Sofa fallen.

»Jule …«, sagte er schließlich.

Ich schüttelte den Kopf und schloss die Augen. »Ich möchte den Mist jetzt einfach vergessen. Morgen können wir meinetwegen darüber reden. Jetzt bitte nicht mehr.«

Für einen Moment senkte sich wieder Stille über uns, und ich atmete tief ein und aus.

»Das war ein Mordanschlag«, sprach er schließlich aus, was ich nicht hören wollte und doch längst wusste.

Ich weigerte mich beharrlich, darüber nachzudenken.

»Jule …«

Ich wandte mich Andreas zu. Spürte das tröstliche Gefühl seiner Nähe. Ich wollte nicht, dass er ging. Für einen Augenblick nur brauchte ich die Illusion, dass alles in Ordnung war. Am Morgen würde mich die Realität wieder eingeholt haben, das wusste ich. Aber den Moment wollte ich festhalten.

»Bitte, ich will jetzt nicht darüber reden«, flüsterte ich. Ich hatte Angst, alles noch einmal erleben zu müssen. Den Drängler, das Auto, das mich traf, den sich überschlagenden Wagen … Ich wollte es einfach wegschieben. »Bleibst du hier?«

Andreas nickte. Er brachte mich ins Bett und kroch zu mir unter die Decke, ehe er mich in seine Arme zog. Den Kopf auf seiner Schulter schlief ich mit dem tröstlichen Gefühl der Geborgenheit ein.

SAMSTAG

Als ich aufwachte, war ich allein. Die Sonne schien zum Fenster herein. Vorsichtig bewegte ich mich und spürte augenblicklich Schmerz durch meinen Körper jagen. Ich zuckte zusammen. Der Unfall. Meine Schulter.

Ich stöhnte auf und ließ mich ins Kissen zurückfallen. Jeder Muskel schmerzte, die kleinste Bewegung tat weh. So musste sich ein Ironman-Teilnehmer fühlen.

Mit geschlossenen Augen blieb ich liegen und bewegte mich nicht. Obwohl die Tür zu war, drangen leise Geräusche aus der Küche an mein Ohr. Ich roch Kaffee.

Vorsichtig schwang ich ein Bein aus dem Bett und setzte mich auf. Für meinen ramponierten Zustand ging das erstaunlich gut. Dabei fiel mein Blick auf den Wecker, und ich schrak zusammen. Es war kurz nach elf! Wie hatte ich nur so lang schlafen können? Komatös fast.

Im Bad warf ich einen Blick in den Spiegel und wandte mich gleich wieder ab. Wenn möglich, sah ich noch schlimmer aus als letzte Nacht. Das Tageslicht war unbarmherzig. Es grenzte an ein Wunder, dass ich noch lebte.

Zum ersten Mal kam mir die Erkenntnis, dass ich hätte tot sein können. Welchem Schutzengel ich mein Leben zu verdanken hatte, wusste ich nicht. Aber wenn ich gläubig gewesen wäre, wäre es an der Zeit gewesen, eine Kerze anzuzünden. Eine große Kerze.

Vorsichtig tapste ich in die Küche. Andreas stand an die Küchenzeile gelehnt, eine Tasse Kaffee in der Hand.

Wie eh und je sah er aus, die hagere Gestalt in schwarzen Jeans und schwarzem T-Shirt, das Haar im Nacken zu einem Pferdeschwanz zusammengefasst. Ein bisschen müde vielleicht.

»Guten Morgen, Prinzessin.«

»Morgen«, antwortete ich.

»Kaffee?«

Ich nickte und nahm die Tasse dankbar entgegen.

Er war beim Bäcker gewesen, hatte Brezeln besorgt. Ich setzte mich und trank in kleinen Schlucken.

»Wie geht es dir?«

Ich zuckte mit der heilen Schulter. »Wie durch den Fleischwolf gedreht und wieder ausgespuckt.«

Für einen Moment herrschte Schweigen, dann nahm Andreas mir gegenüber Platz. »Dir ist schon klar, dass du gestern das Leben hättest verlieren können. Das war ein eiskalter Mordanschlag. Nicht nur auf dich, auch auf Nina. Heilig hat mir gestern Abend schon erzählt, dass Brandbeschleuniger am Tatort gefunden wurde. Ein Molotowcocktail ist durch ein Fenster geworfen worden.« Er schwieg einen Moment, gab mir Zeit, das zu verarbeiten. »Und wer immer dahinter steckt, muss damit rechnen, dass wir zurückschlagen.« Seine Gesichtszüge waren wie aus Stein, als er das aussprach. »Wir haben beide eine Vermutung, wer dahintersteckt.«

»Aber warum? Und warum jetzt?« Ich nahm mir eine Brezel und schnitt sie lustlos auf. Mir war der Appetit vergangen.

»Vermutlich ist er schon misstrauisch geworden, als du neulich nachts bei ihm vor der Tür gestanden hast. Und Richter wird ihm erzählt haben, dass es im ›Red Lounge‹ Ärger gegeben hat, als wir aufgetaucht sind. Als du dich mit Nina getroffen hast, muss er geahnt haben, dass da Dinge ausgeplaudert werden, die besser im Verborgenen geblieben wären. Und dass du die Tochter von dem Mann bist, den er auf dem Gewissen hat, hat die Sache nicht besser gemacht.«

»Ich muss schon die ganze Zeit über Zwangsprostitution nachdenken. Die Modelagentur, Karolinas illegaler Aufenthalt – alles passt dazu. Auch was Weiner mir über Strohm erzählt hat. Der Kerl geht über Leichen.«

»Der Gedanke liegt nahe.«

»Arme Karolina.« Ich ließ das Stück, das ich eben noch in der Hand gehalten hatte, wieder auf den Teller fallen.

Das Telefon läutete, und wir sahen uns an, als warteten wir auf neue Hiobsbotschaften.

Ich griff nach dem Apparat, der auf dem Tisch lag, und meldete mich.

»Wie geht es dir?«, wollte Mark wissen.

»Geht so«, brummte ich zurück. »Hab mich schon besser gefühlt.«

»Kempf ist tot«, fiel er mit der Tür ins Haus.

Ich schluckte, spürte, wie das Blut aus meinem Kopf wich und nur noch ein Dröhnen zu hören war.

»Heute Nacht gestorben.«

»Aber wie …? Ich meine, gestern sah es noch so aus, als ob …«

»Die Ärzte meinten, das könne in dem Zustand und bei der Schwere der Verletzungen immer passieren. Auch wenn es nicht mehr danach ausgesehen hat.«

Bei der Schwere der Verletzungen. Die hatte ich ihm zugefügt. Ich hatte ihn umgebracht.

»Danke«, sagte ich, dann legte ich auf.

Andreas sah mich mit schräg gelegtem Kopf an. Ich wusste, dass er darauf wartete, dass ich etwas sagte. Ich konnte nicht.

»Was ist passiert?«, fragte er schließlich.

»Kempf ist tot.«

Was sich seit gestern aufgestaut hatte, entlud sich mit einem Mal. Tränen rannen über meine Wangen, und ich schluchzte wie ein kleines Kind.

Andreas stand auf und kam zu mir herüber. Wortlos schloss er mich in die Arme, hielt mich einfach nur fest und ließ mich weinen.

Schließlich machte ich mich los, kramte nach einem Taschentuch und putzte mir die Nase. Ich brauchte Abstand.

»Entschuldigung«, murmelte ich und versuchte, die Tränen zu trocknen, die unaufhaltsam weiter über mein Gesicht strömten.

Andreas erhob sich und setzte sich wieder auf seinen Platz.

»Das wird bestimmt einen Prozess geben«, sagte ich und hörte Bitterkeit in meiner Stimme.

»Und was soll geschehen?«, fragte er ruhig. »Du wirst freigesprochen werden, weil es Notwehr war.«

»Das mag schon sein. Aber es ändert nichts an der Tatsache, dass ich ihn umgebracht habe.«

Andreas schwieg einen Moment. »Darum können wir uns später kümmern«, sagte er fest. »Jetzt ist Strohm dran.«

Ich wischte mir über die Augen. »Ich mag nicht mehr. Kann ich nicht ins Bett gehen, einschlafen und am nächsten Tag an einem anderen Ort wieder aufwachen? Einfach vergessen, was passiert ist? Ein neues Leben.«

»Oh Gott, was glaubst du, wie oft ich mir das gewünscht habe«, entfuhr es ihm. So viel Bitterkeit lag in seiner Stimme, dass es mir Angst machte.

Erschrocken sah ich auf. »Entschuldigung. So habe ich das nicht gemeint, es tut mir leid.«

Wir schwiegen einen Moment.

»Ich weiß, wer du bist«, fügte ich leise hinzu. »Und was geschehen ist.«

Weitere Worte waren überflüssig. Andreas sah mich einfach nur an.

»Ich kenne das Gefühl«, sagte er mit einem Anflug von Resignation in der Stimme. »Wenn dir alles zu viel wird. Wenn du denkst, du schaffst es nicht mehr. Ich bin geflohen. An Orte, die noch grausamer waren. Aber die Erkenntnis ist mir erst später gekommen.«

»Wieso bist du zurückgekommen?«

»Weil Flucht auch keine Lösung ist. Wenn ich ehrlich bin, habe ich gedacht, dass ich vielleicht draufgehe. Um mir selbst das Leben zu nehmen, war ich zu feige.«

Und ich hatte gedacht, ich hätte Probleme.

»Und dann war es fast so weit. Ich bin in einen Hinterhalt geraten, und Separatisten haben mich entführt. Sie wollten Lösegeld erpressen. Ein richtiger Industriezweig ist das geworden. Und da wusste ich plötzlich, dass es das nicht gewesen sein kann. Dass ich am Leben hänge und noch so viel vorhabe. Niemand wird mir meine Familie zurückbringen können, aber die Erinnerung an sie kann mir auch niemand nehmen.« Er starrte auf den Tisch vor sich hin und schwieg.

»Was ist dann passiert?«

»Meine Kameraden haben mich befreit. Ich bin nach Deutschland zurückgekehrt, und jetzt bin ich hier und versuche, irgendwie in der Normalität Fuß zu fassen. Ende der Geschichte. Wenn die Therapien abgeschlossen sind, möchte ich ein Geschäft aufmachen. Einen Sicherheitsdienst, etwas in der Art. Ich weiß es noch nicht.«

Und trotzdem würde er alle Zeit damit leben müssen, seine Frau und die Tochter verloren zu haben.

»Hat man den Täter gefasst?«

Andreas schnaubte. »Er wurde nach Jugendstrafrecht verurteilt, weil er 20 war. 20! Da darf man Auto fahren und wählen gehen. Man ist erwachsen. Aber die Richter urteilen nach Jugendstrafrecht. Drei Jahre hat er bekommen, zweieinhalb davon abgesessen.«

Wie ungerecht das Leben war! Da hatten ein Kind und seine Mutter das Leben verloren, der Vater blieb allein zurück. Und der Täter bekam gerade einmal drei Jahre Haft. Vermutlich hatte er als vermindert schuldfähig gegolten, womöglich weil er eine schwere Kindheit gehabt hatte und dem Alkohol verfallen war.

»Dann ist er schon wieder draußen!«

Andreas' Gesicht verschloss sich, seine Züge wurden hart. »Er lebt nicht mehr. Ist kurz nach der Entlassung bei einem Autounfall ums Leben bekommen. Ironie des Schicksals.«

»Warum machst du so ein Geheimnis darum, wer du bist?«

»Prinzessin, das Geheimnis habe nicht ich in die Welt gesetzt. Und es herauszufinden, war nicht sonderlich schwer, oder? Dass ich nicht gern darüber rede, sollte klar sein. Aber ein Geheimnis? Nein, das dichtet man mir an.«

Wenn Andreas das geschafft hatte, konnte ich mich nicht so hängen lassen. Auch wenn ich müde war und das Gefühl hatte, am Ende einer langen Reise angekommen zu sein, erschöpft und ausgelaugt. Ich war es meinem Vater schuldig, dass ich seinen Mörder überführte.

»Okay«, flüsterte ich.

Andreas fasste über den Tisch nach meiner Hand und drückte sie. Ich ließ es geschehen, es tat gut.

»So gefällst du mir schon viel besser.«

Die kommenden Stunden brachten wir mit Brüten zu, und der Plan, den wir überlegten, nahm langsam Gestalt an. Wir waren uns darin einig, dass wir Strohm über Karolina schnappen mussten. Der Mord an meinem Vater würde ihm nicht mehr nachzuweisen sein, es sei denn, er hätte belastendes Material oder die Tatwaffe aufbewahrt. Aber so dumm war vermutlich nicht einmal er.

Ob er der Drahtzieher war, der hinter dem Drogenschmuggel steckte, den ich über Kempf aufgedeckt hatte? Mark hatte in dem Fall ermittelt. Sie hatten die Spedition Weiner im Visier gehabt, weil sie wussten, dass Drogen geschmuggelt wurden. Aber sie hatten sie gewähren lassen, weil sie an die Hintermänner heranwollten. Diese Tour hatte ich ihm mit meinem Eingreifen vermasselt, und das hatte letztlich Kempf das Leben gekostet.

Wir vermuteten, dass Strohm neben der ganzen Steuerthematik, von der Weiner mir erzählt hatte, außerdem die Finger im Menschenhandel hatte und junge Mädchen aus dem Ostblock zur Prostitution zwang.

Ich schüttelte mich bei dem Gedanken. Was war er nur für ein widerlicher Mensch.

Aber es schien die einzige Möglichkeit, an ihn heranzukommen und ihm das Handwerk zu legen. Nina hatte von einem Bordell erzählt, das ebenfalls Patrick Scheurer gehörte. Nicht ganz legal, hatte sie gesagt und mir eine Adresse in der Weststadt gegeben. Wir konnten nur hoffen, dass Karolina dort war und nicht in einem anderen Club, der Scheurer oder Strohm gehörte. Im »Red Lounge« war sie auf jeden Fall nicht, da war Nina sich sicher.

Ich rief Sebastian an und bat ihn um Hilfe. Auf die Schnelle fiel mir niemand anderes ein, und Andreas war zu auffällig und von seinem Besuch im »Red Lounge« bereits bekannt. Wir mussten herausfinden, ob Karolina tatsächlich in dem Bordell beschäftigt war. Sebastian sollte die Lage sondieren und nach Möglichkeit mit Karolina Kontakt aufnehmen. Wir brauchten alles an Informationen, was wir kriegen konnten.

Wir saßen am Küchentisch, Andreas hatte Pizza bestellt. Mittlerweile befand ich mich auf der Jagd. Auf der Jagd nach dem Mann, der mein Leben zerstört hatte. Ich war mir sicher, dass ich meinen inneren Frieden nur dann finden konnte, wenn Strohm erledigt war. Mein Zorn war in den vergangenen Stunden derart gewachsen, dass ich kaum noch wusste, wohin damit.

»Reiß dich zusammen«, sagte Andreas und fasste über den Tisch nach meiner Hand, die unruhig auf und ab zuckte. Beschwörend sah er mich an.

»Ich muss ihn erledigen«, quetschte ich zwischen zusammengebissenen Zähnen hervor.

»Das wirst du. Aber es hilft nicht, wenn du wie ein aufgedrehtes Huhn hin und her rennst. Du musst einen kühlen Kopf bewahren. Sonst passieren Fehler.«

Einen Moment hielt ich inne. Dann nickte ich und atmete durch.

Andreas drückte meine Hand. »Wir kriegen ihn, versprochen.«

Wenig später gesellte sich Sebastian zu uns, Leon im Schlepptau. Erschrocken sah er mich an, als er meine Blessuren bemerkte. Dann zuckte er entschuldigend mit den Schultern. Leon hat sich nicht abwimmeln lassen, sollte das heißen.

»Wisst ihr schon das Neueste?«, sprudelte Leon hervor und seine Augen glänzten. Dann stutzte er und sah mich misstrauisch an. »Was ist denn mit dir passiert?«

»Kleiner Unfall«, krächzte ich. »Nichts Schlimmes.«

Das schien ihn zufriedenzustellen. Er drängte sich an mir vorbei in die Küche. Ich ging hinterher und überlegte fieberhaft, wie ich ihn am elegantesten loswerden könnte.

»Du, Leon …«

Sein Blick fiel auf Andreas, und für einen Moment presste er die Lippen zu einem dünnen Strich zusammen und warf ihm einen bösen Blick zu.

Andreas grinste. Leons offensichtliche Abneigung amüsierte ihn.

»Leon, ich habe nicht viel Zeit«, erklärte ich und versuchte, Autorität in meine Stimme zu legen. Im Umgang mit Kindern war ich nicht wirklich sicher.

»Sie wissen jetzt, wer die Tote war«, platzte er heraus. »Eine Frau aus Polen. Sie heißt Magda oder so ähnlich. Und sie hat als Arbeit irgendwo getanzt. Jule, was ist ein Bordell?«

Ich schluckte, starrte Leon unverwandt an. Für einen Moment war im Raum nur mehr unser Atmen zu hören. Dann begann Sebastian hektisch zu schnauben und Andreas hinter vorgehaltener Hand zu husten.

Ich packte Leon an der Schulter, drehte ihn um und schob ihn aus der Küche hinaus in den Flur.

»He …«, machte er und sah mich empört an.

»Leon, so geht das nicht.«

Einen Moment sah er mich an, dann senkte er den Blick. »Aber du hast doch gesagt, dass ich den Polizeifunk abhören soll. Damit du auf dem Laufenden bist.«

Da hatte er recht.

»Bist du böse auf mich?«

»Nein, bin ich nicht. Aber ich habe im Moment überhaupt keine Zeit. Ich muss arbeiten.« Einem Impuls folgend legte ich ihm eine Hand auf die Schulter. »Sieh mal, ich habe immer Zeit für dich. Aber ich stecke in einem wirklich wichtigen Fall. Deswegen sind auch Andreas und Sebastian hier. Ich brauche ihre Hilfe.«

»Ich könnte dir doch auch helfen.«

Er wirkte kleinlaut und tat mir leid.

»In dem Fall geht es leider nicht.« Sanft drängte ich ihn weiter in Richtung Tür. Aus der Küche waren leise Stimmen zu hören. Offensichtlich erklärte Andreas meinem Bruder bereits, was wir ihm für eine Aufgabe zugedacht hatten. Zu verstehen war zum Glück nichts, denn Leon spitzte schon wieder die Ohren.

»Ich wollte dir doch nur von der toten Frau erzählen.«

»Ist ja okay. Ich bin dir auch dankbar, dass du mich auf dem Laufenden hältst.«

»Jule, was ist denn jetzt ein Bordell?«, fragte er in die Stille hinein.

Ich holte tief Luft. »Ein Bordell ist kein schöner Ort«, sagte ich schließlich. »Da müssen Frauen Dinge tun, die nicht toll sind.« Ich überlegte einen Moment. »Ich glaube, mehr musst du dazu auch nicht wissen.«

Enttäuscht wandte er sich ab.

»Sieh mal, es gibt Dinge, die nicht für Kinder bestimmt sind. Auf der Welt passieren Sachen, die nicht schön sind, und Erwachsene wollen sie Kindern auch nicht erzählen. Ihr findet das früh genug allein heraus. Aber für Kinder ist es besser, Star Wars zu spielen, als über solche Dinge Bescheid zu wissen. Okay?«

Leon nickte langsam.

»Gehst du auch dahin?«, wollte er jetzt wissen und ich sah ihn verständnislos an.

»Wohin?«

»Ins Bordell. Du hast doch gesagt, du hast auch einen neuen Fall. Und Sebastian hat mir erzählt, dass ihr eine verschwundene Frau wiederfinden müsst.«

Ich würde meinem Bruder den Kragen umdrehen. Und zwar sofort und auf der Stelle!

»Passt du dann auf?«

»Ich passe doch immer auf!« Ich tat entrüstet.

»Naja …«, sagte Leon nur und betrachtete vielsagend mein geschwollenes Gesicht.

Ich ging nicht darauf ein. »Wenn das vorbei ist, gehen wir ein Eis essen, okay? Ich lade dich ein.«

Seine Augen begannen zu glänzen. »Ein ganz großes? Mit Smarties und Streuseln und Schokosoße?«

»Und einer extra Portion Sahne, wenn du magst.«

Er nickte zufrieden, die Aussicht schien ihn zu versöhnen. »Und Spätzle kochst du mir auch?«

»Versprochen, die koche ich auch. Und jetzt gehst du zurück nach unten und lässt uns in Ruhe arbeiten, okay?«

Er grinste, salutierte linkisch und wandte sich um.

»Ach, Leon, eine Frage habe ich noch«, rief ich hinter ihm her, und er drehte sich noch einmal um. »Was hast du eigentlich gegen Andreas?«

Ein Schatten legte sich auf sein Gesicht. »Ich mag ihn nicht. Ich dachte, dass du in Mark verliebt bist.«

Das saß. Ich klappte den Mund zu und sah ihm nach, wie er um die Ecke im Treppenhaus verschwand.

Langsam ging ich zurück in die Wohnung, schüttelte den Kopf.

Wir verbrachten einen quälend langen Nachmittag in meiner Küche. Immer und immer wieder gingen wir durch, was Sebastian zu tun hatte und welche Probleme auftreten könnten. Wir wollten für alle Eventualitäten gewappnet sein und spielten die unwahrscheinlichsten Verstrickungen durch.

Eigentlich war unser Plan idiotensicher: Sebastian sollte lediglich Karolina ausfindig machen und ihr ein Handy zustecken, mit dem wir Kontakt zu ihr aufnehmen konnten. Außerdem sollte er Überzeugungsarbeit leisten und sie dazu bewegen, gegen Strohm und Richter auszusagen. Wenn sie hörte, dass Alicja in der Nähe war und sie mit nach Hause nehmen wollte, half ihr das vielleicht. *Wenn* sie dort war. Wenn nicht, hatten wir ein Problem.

Am Abend verschwand Andreas, um beim Chinesen Essen zu holen. Wir richteten uns auf eine lange Nacht ein, aber keiner war müde. Über allem lag eine angespannte Stimmung. Mir taten noch immer alle Knochen weh. Ich fühlte mich, als hätte ich einen Viertausender im Sprinttempo erobert, nur um oben umzukehren und wieder hinunterzurennen. Ich nahm Schmerztabletten, mehr, als gut für mich waren, und betäubte zumindest die körperlichen Blessuren der letzten Nacht.

Während wir aßen, wurde wenig gesprochen. Selbst Andreas schien angespannt. Ich war erleichtert, als wir gegen zehn Uhr endlich aufbrachen und in Richtung des

Bordells »Flammendes Herz« starteten. Wir fuhren mit Andreas' Wagen. Wo ich ein neues bezahlbares Auto herbekommen sollte, war mir ein Rätsel, denn die Versicherung würde nur für den Zeitwert aufkommen. Im Moment war das aber auch zweitrangig. Darum konnte ich mich kümmern, wenn Strohm erledigt war. Um alles konnte ich mich dann kümmern. Nichts war mehr wichtig, außer diesem einen Ziel.

Mittlerweile war es dunkel geworden. Straßenlaternen brannten, und auf den Straßen waren Nachtschwärmer unterwegs. Wir sprachen kein Wort, die Spannung in der Luft war greifbar.

Das Bordell befand sich in einem Gewerbegebiet, etwas versteckt zwischen Lagerhallen und Bürogebäuden, in denen um diese Uhrzeit nichts mehr los war. Der Eingang war nur spärlich beleuchtet, vor der Tür stand ein Mann und rauchte. Aufgrund seiner körperlichen Statur sah er aus wie eine Kopie von Richter. Ich schauderte.

Wir fuhren langsam am Gebäude vorbei, und Andreas parkte ein Stück weiter am Straßenrand.

»Hast du alles?«, fragte ich an Sebastian gewandt, der auf dem Rücksitz darauf wartete, endlich los zu dürfen.

»Das Handy, mehr brauche ich nicht.«

»Wichtig ist, dass du sie zu einer Aussage bewegst. Sag ihr, dass wir sie da rausholen, sie muss nur noch ein bisschen durchhalten.«

Sebastian sah mich nur an. Sein Gesicht schimmerte blass in der Dunkelheit.

»Was?«

»Jule, das haben wir heute ungefähr hundertmal durchgekaut. Ich bin kein Depp.«

»Entschuldige«, murmelte ich.

»Warum bist du eigentlich so nervös? Du bist doch sonst nicht so. Nur wegen des Mädchens doch nicht, oder?«

Ich antwortete nicht. Andreas sah stur geradeaus auf die Straße.

»Also?«, bohrte Sebastian weiter. »Ich habe recht, oder? Jule, was ist los?«

Ich atmete tief durch. Einen Moment schwankte ich, dann siegte mein Gewissen, und ich gab mir einen Ruck. »Der Inhaber der Firma hat unseren Vater umgebracht.«

Ich drehte mich zu Sebastian um und sah ihm in die Augen, die in der Dunkelheit unnatürlich groß wirkten, sein Mund stand offen.

»Woher weißt du das?«

Plötzlich kam ich mir niederträchtig vor. Er war auch sein Vater gewesen. Nie hatte ich darüber nachgedacht, wie es ihm ergangen sein musste, ohne Vater aufzuwachsen. Ich war beschäftigt mit mir und meinen Problemen, traumatisiert davon, den Mord miterlebt zu haben. Und hatte nicht mehr an andere gedacht, die ebenfalls einen Verlust erlitten hatten. Sebastian hatte es verdient, die Wahrheit zu erfahren.

»Wer ist es? Was ist passiert? Warum hast du mir nie davon erzählt?«

»Ich war dabei«, sagte ich leise. Alles brach wieder über mich herein, ich erlebte jedes Detail im Schnelldurchlauf noch einmal. Hörte den Knall, der die Stille zerriss, und hielt mir wieder die Ohren zu.

Sebastian rüttelte von hinten an meiner Schulter. »Jule, Jule, hör mir zu!«

Tränen liefen mir über die Wangen.

»Du warst dabei«, stellte er fest und reichte mir ein Taschentusch aus einem Päckchen, das in der Mittelkonsole von Andreas' Wagen lag. Er klang verwirrt, und ich konnte es ihm nicht verdenken. »Ich fürchte, das musst du mir in Ruhe erklären. Vielleicht sollten wir uns mal einen Tag zusammensetzen, um über all den Mist zu reden. Hätten wir längst tun sollen«, murmelte er mehr zu sich selbst.

Ich nickte, war erleichtert, dass er es für den Moment dabei belassen wollte.

»Ich mache mich jetzt mal vom Acker. Karolina suchen. Immerhin weiß ich jetzt, warum ich das tue.«

Wir beobachteten, wie Sebastian langsam auf den Eingang des Bordells zuging und ein paar Worte mit dem Türsteher wechselte. Der trat die Zigarette aus und öffnete ihm die Tür, die sich gleich darauf hinter ihm schloss.

»Du wirst schon sehen, wir kriegen ihn. Keine Sorge.«

Daran zweifelte ich jetzt nicht einen Moment. Ich atmete tief durch, dann schlichen sich andere Gedanken in meinen Kopf. Was würde geschehen, wenn wir ihn hatten?

»Und dann?«, fragte ich deshalb.

Andreas wusste, worauf ich hinaus wollte. Schien in mir lesen zu können wie in einem offenen Buch.

Zwischen uns bestand noch immer eine gewisse Spannung. Sie hatte seit der vergangenen Nacht jedoch erheblich nachgelassen.

»Was dann?«, nahm er den Faden auf. »Dann übergeben wir ihn samt den Beweisen der Polizei.«

»Er wird sich einen guten Anwalt nehmen, drei oder vier Jahre bekommen, und als freier Mann weiter Unheil anrichten. Das brauche ich dir nicht zu sagen.«

»Du wirst ihm nichts antun«, drang Andreas' Stimme schneidend an mein Ohr, und ich sah erschrocken auf.

Dachte er etwa, ich würde Strohm auch noch über den Haufen knallen? Dass mir Kempf nicht reichte?

»Wie kommst du darauf?«, fragte ich.

»Ich habe es in deinen Augen gesehen.«

Was hatte er?

»Tief in dir drin spielst du mit dem Gedanken. Du weißt es vielleicht nicht, aber es ist da. Und ich kann dir nur einen guten Rat geben: Lass es.«

Ich schüttelte den Kopf und setzte zum Reden an, doch Andreas schnitt mir mit einer Geste, die keinen Widerspruch duldete, das Wort ab.

»Schluss jetzt. Du wirst ihm nichts tun.«

»Und warum nicht, wenn ich fragen darf?« Die Provokation konnte ich mir nicht verkneifen.

»Weil das auch keine Lösung ist«, antwortete Andreas nach einem Moment des Schweigens ruhig. »Sondern nur ein weiteres Päckchen, das du dir auflädst und mit dem du ein Leben lang herumlaufen musst. Es wird dir deinen inneren Frieden auch nicht wiederbringen.«

Etwas in seiner Stimme ließ mich aufhorchen, und ich sah zu ihm hinüber. Hatte er …? Ich brachte den Gedanken nicht zu Ende und schaute ihn einfach nur an. Andreas schien in einer anderen Welt.

Die nächste Stunde verbrachten wir in angespanntem Schweigen. Wir sahen Männer kommen und gehen. Dann endlich ging die Tür auf, und Sebastian trat an die frische Luft. Er atmete ein paar Mal tief ein und aus und zupfte demonstrativ seine Hose zurecht. Wieder hielt er einen kleinen Schwatz mit dem Türsteher. Beide lachten laut auf, dann ging Sebastian in die vom Auto abgewandte Seite gemächlich davon. Er umrundete den Block und näherte sich dem Wagen von der anderen Seite. Der Schrank am Eingang des Bordells war längst mit einem anderen Gast beschäftigt.

Sebastian öffnete die Tür des Autos und ließ sich auf die Rückbank fallen.

»Mir ist schlecht.«

Ich zwang mich zur Ruhe, wollte ihn nicht mit Fragen bestürmen, obwohl sie mir auf den Lippen brannten.

»Er hat sie umgebracht«, sagte Sebastian schließlich in die Stille hinein.

»Was? Karolina ist tot?« Ich hörte mich kreischen, und auch Andreas wandte den Kopf ruckartig nach hinten.

»Nicht Karolina. Der geht es gut. Naja, halbwegs. Die andere Frau. Die Leiche, die im Thalfinger Wald gefunden wurde. Sie war eine Freundin von Karolina. Wollte abhauen, aber sie haben sie erwischt. Jetzt haben alle Angst da drin.«

Ich atmete heftig ein und aus und sah zu Andreas hinüber. Er schien ebenso fassungslos wie ich.

»Sie will nicht aussagen. Sie hat Angst. Ich habe ihr gesagt, dass wir es schaffen können, dass der Laden dichtgemacht wird und die Verantwortlichen verhaftet werden. Aber sie weigert sich.«

Mist. Damit hatte ich nicht gerechnet.

»Hat sie wenigstens das Handy behalten? Wie geht es ihr?«

»Das Handy hat sie genommen, aber auch dazu musste ich sie überreden. Erst als ich ihr gesagt habe, dass sie mit Alicja reden kann, hat sie es eingesteckt.« Sebastian schwieg einen Moment. »Wie es ihr geht? Sie bekommt genug zu essen und zu trinken. Das ist aber auch schon alles. Ansonsten war sie nicht mehr draußen, seit sie hier ist, hat keine Papiere und muss jeden Tag weiß der Geier wie viele Freier bedienen. Kein Wochenende, kein freier Tag. Sie ist ausgebrannt. Sie konnte es zuerst nicht fassen, dass ich nicht mit ihr ins Bett wollte.« Sebastian schüttelte sich.

»Das ist fürchterlich«, flüsterte ich.

»Wie es da drin schon aussieht! Widerlich. Alles in Rot und Samt und Leder. Total kitschig. So habe ich mir das nicht vorgestellt.«

»Du warst noch nie im Puff?«, fragte ich erstaunt. Ich hatte immer gedacht, dass das bei jungen Männern dazugehörte.

»War ich nicht«, schnauzte er mich an. »Und ich war stolz darauf. Bis heute.«

Gut, das war auch nicht der geeignete Moment, um darüber nachzudenken.

»Was machen wir jetzt?«, fragte Sebastian in die Runde.

»Ganz einfach. Wir haben erreicht, was wir wollten. Wir haben Karolina gefunden, es geht ihr soweit gut, wir heben den Laden jetzt aus. Naja, nicht wir. Die Polizei.« Auch wenn mir das nicht ganz schmeckte. Ich wäre Strohm zumindest noch einmal gern von Angesicht zu Angesicht gegenübergestanden und hätte ihm ins Gesicht gesagt, was er für ein Schwein war. Aber vielleicht ergab sich die Gelegenheit ja noch. Wichtig war, dass Karolina und die anderen Mädchen in Sicherheit waren. Meine persönlichen Befindlichkeiten musste ich hinten anstellen und auf die Gerechtigkeit von Justitia vertrauen.

Ich zückte mein Handy und wollte gerade Marks Nummer wählen, als das Telefon in meiner Hand zu vibrieren begann.

»Das ist Karolina!«, sagte ich nach einem Blick auf das Display. Es war ein Anruf von dem Prepaid-Handy, das wir für sie besorgt hatten.

»Hallo? Karolina, bist du das?«

In der Leitung herrschte einen Moment Schweigen, dann schluchzte jemand leise auf.

»Karolina, ich bin Jule. Die Schwester von Sebastian. Er hat dir gerade das Handy gegeben. Wir holen dich da raus. Versprochen!«

»Alicja?« Die Stimme war kaum mehr als ein Flüstern, aber Verzweiflung und aufkeimende Hoffnung waren mit Händen greifbar.

Mitleid mit den Mädchen da drinnen ergriff mich.

»Sie ist hier in Ulm. Die Polizei wird gleich kommen und euch da rausholen. Versprich mir, dass du keine Dummheiten machst, okay?«

»Okay«, hauchte sie. »Möchte mit Alicja sprechen.«

»Das wirst du. Noch diese Nacht, versprochen.«

»Nein, jetzt!« Angst klang aus der Stimme, ging in Panik über.

»Karolina …«

»Nein, nein!« Sie schrie jetzt.

»Karolina, das geht jetzt nicht. Heute Nacht, okay? Ich verspreche es dir.«

Ihr langgezogener Schrei ging mir durch Mark und

Bein. Störgeräusche drangen aus dem Hörer, dann ein Scheppern, das Telefon musste auf den Boden gefallen sein. Karolina schrie jetzt wie am Spieß.

»Nie, nie! Puść mnie, ty świnio!*«

Dann wurde das Telefonat unterbrochen.

»Scheiße!«, brüllte ich. »Was war das? Was hat sie gesagt? Sie haben sie erwischt. Mit dem Telefon!«

»Fuck«, entfuhr es Andreas.

Sebastian öffnete die Autotür.

»Wo willst du hin? Bleib gefälligst hier!«, herrschte ich ihn an.

»Aber, wir müssen ihr doch helfen!«

»Und was soll das bringen, wenn du jetzt da reingehst?«, wollte ich wissen, während ich im elektronischen Telefonbuch nach Marks Nummer blätterte.

»Aber das andere Mädchen haben sie auch umgebracht.«

»Sie werden ihr nichts tun. Nicht, solange sie da drin sind. Das Aufsehen können sie sich nicht leisten.«

Ich lauschte dem Tuten in der Leitung. Komm schon, geh ran, flehte ich stumm. Schluck deinen verdammten Stolz runter und nimm das Gespräch entgegen.

Die Mailbox sprang an und erklärte mir, dass der Teilnehmer vorübergehend nicht erreichbar sei.

»Mark, ruf mich sofort an, wenn du das hörst. Ach Mist!« Ich legte auf und wählte stattdessen den Notruf.

Da ging die Tür des Bordells auf. Ein Mann zerrte eine Frau im seidenen Morgenrock hinter sich her über den Hof. Das Mädchen hielt sich den Kopf, ging gebückt. Der Morgenmantel reichte kaum bis über den Po und

---

* Nein, nein! Loslassen, du Schwein!

klaffte vorne ein Stück auf. Sie trug darunter nichts außer Strapsen. Ihre Füße steckten in hochhackigen Pumps.

Ich legte auf, noch ehe das Gespräch entgegengenommen wurde.

»Das ist Karolina«, flüsterte Sebastian hinter mir. »Was machen sie mit ihr?«

Der Schrank schubste sie grob vor sich her. Karolina stolperte und fiel. Er trat sie in den Bauch, zerrte sie an den Haaren wieder in die Höhe.

Wir konnten nicht auf die Polizei warten. Wenn er sie zu einem Auto brachte, war ihr Schicksal besiegelt. Wie das des anderen Mädchens, das tot im Wald gelegen hatte.

Andreas nickte und öffnete leise die Tür. Ich tat es ihm gleich.

»Du bleibst hier«, wies ich Sebastian an. »Ruf die Polizei und versuch es weiter bei Mark.«

Vorsichtig drückten wir die Türen zu und schlichen uns auf den Hof des Bordells. Immer darauf bedacht, in der Dunkelheit zu bleiben. Die Mühe hätten wir uns sparen können. Der Türsteher war zu sehr mit Karolina beschäftigt.

»Schlampe«, beschimpfte er sie. »Dir werd ich's zeigen.« Ohne Vorwarnung schlug er zu, und Karolina ging erneut zu Boden.

Gleich darauf hatten wir ihn erreicht, und noch ehe ich etwas sagen konnte, ging auch der Türsteher zu Boden. Andreas hatte ihn mit einem gezielten Griff aufs Kreuz gelegt. Jetzt stand er über ihm, den Fuß auf seiner Kehle und hielt seinen Arm.

Mit wirrem Blick starrte er uns an, während ich neben Karolina in die Knie ging und nach einem Puls suchte. Die Mühe hätte ich mir sparen können, sie begann wie wild um sich zu schlagen, wimmerte und schrie abwechselnd.

»Karolina! Karolina, es ist vorbei«, redete ich auf sie ein und bekam ihre Hand ins Gesicht. Sie kratzte mich über die Wange den Hals hinunter und ich zuckte zurück. »Du bist in Sicherheit!«, sagte ich jetzt lauter und versuchte, ihre Hände zu packen.

Zum ersten Mal sah sie mich an. Ungläubigkeit auf dem Gesicht, und trotz ihrer derangierten Erscheinung überraschte mich die Ähnlichkeit mit ihrer Schwester.

»Es ist gut«, sagte ich sanft.

Da ließ sie die Hände sinken und brach in haltloses Schluchzen aus. Ich schlang einen Arm um sie und drückte sie an mich. Ihre mageren Schultern bebten, und sie wurde von Weinkrämpfen geschüttelt.

»Schsch«, machte ich. »Es ist vorbei, okay? Alles ist gut.«

Der Türsteher lag mittlerweile auf dem Bauch, und Andreas hielt seinen Arm über den Rücken nach oben, den Fuß in sein Genick gepresst. Ich verzog das Gesicht bei dem Anblick, der Mann konnte sich nicht mehr rühren, in seinen Augen war ein schmerzverzerrter Ausdruck.

Andreas nickte mir zu.

»Jule Flemming, wenn mich nicht alles täuscht«, hörte ich eine Stimme in meinem Rücken.

Mein Magen krampfte sich zusammen, das Blut wich mir aus dem Gesicht. Wenn ich nicht schon am Boden gekniet hätte, wäre ich beim Klang dieser Stimme in die Knie gegangen. Es war vorbei. Alles.

Langsam drehte ich mich um. Auch Andreas sah auf, lockerte den Griff auf den am Boden Liegenden jedoch nicht.

»Aufstehen. Alle.« Die Stimme war kalt und durchdringend.

Strohm hatte eine Pistole in der Hand, die er aus sicherer Entfernung auf uns richtete. Ein Blick in sein Gesicht zeigte mir, dass es ihm ernst war. Er würde nicht vor einem weiteren Mord zurückschrecken.

Niemand rührte sich. Karolina war neben mir erstarrt, ich spürte ihr Zittern durch den dünnen Morgenmantel. Auch Andreas schien wie eingefroren, er ließ den Mann nicht los und bewegte auch seinen Fuß keinen Zentimeter.

»Hört ihr schlecht? Aufstehen! Ich möchte die Waffe hier nicht gebrauchen, aber glaubt mir, wenn es sein muss, werde ich es tun.«

Ich zweifelte nicht einen Moment daran. Er wollte uns vom Hof haben, kein Aufsehen erregen. Mühsam stand ich auf und konzentrierte mich, sonst hätten meine Beine unweigerlich unter mir nachgegeben, so sehr zitterten mir die Knie. Ich versuchte, auch Karolina auf die Füße zu bringen, aber sie sackte neben mir wieder zu Boden.

Andreas ließ den Arm des Schranks am Boden langsam los. In Zeitlupentempo nahm er den Fuß aus seinem Genick.

Der Türsteher stand auf, schüttelte sich ein paar Mal und rückte seine Kleidung zurecht. Aus einem Kratzer an der Schläfe war Blut gesickert, sein Kiefer mahlte. Er wandte sich Andreas zu, der unbeweglich dastand, und ohne Vorwarnung krachte seine Faust in Andreas' Bauch.

Ich zuckte zusammen bei dem Geräusch der entweichenden Luft, und Karolina neben mir schrie auf. Wenn ich gedacht hatte, dass Andreas damit außer Gefecht gesetzt war, kannte ich ihn schlecht. Er krümmte sich zusammen, aber er blieb stehen. Jeder andere wäre am Boden gelandet und für die nächsten Minuten nicht mehr ansprechbar gewesen. Ob Andreas den Schlag hatte kommen sehen und sich gewappnet hatte?

Mühsam richtete er sich auf, kein Ton kam über seine Lippen, obwohl ich ihm ansah, wie der Schlag geschmerzt haben musste. Mit verbissenen Gesichtern sahen sich die beiden Kontrahenten an.

»Los, rüber da«, kommandierte Strohm, ehe der Türsteher noch einmal zuschlagen konnte. Er deutete auf das Gebäude neben dem Bordell. Es schien eine Lagerhalle zu sein. »Mach die Tür auf«, herrschte er seinen Angestellten an, der gehorsam vorauseilte und die Tür aufschloss.

Wir humpelten langsam hinterher. Andreas hatte Mühe beim Gehen, Karolina torkelte ohnehin nur noch wie ferngesteuert. Noch deutlicher spürte ich die Blessuren der vergangenen Nacht.

Ruhig bleiben, redete ich mir zu, und merkte, wie die Panik die Kontrolle über mich zu bekommen drohte. Hastig atmete ich tief ein und aus, zwang mich, den Atem zu kontrollieren. Und mit jedem Schluck Sauerstoff, der durch meine Adern gepumpt wurde, merkte ich, wie mein Gehirn wieder zu arbeiten begann. Ich versuchte, die Situation zu analysieren.

Strohm hatte uns in seiner Gewalt. Im Moment wollte er uns vom Eingang des Bordells weghaben, weil er ungebetene Gäste und Aufsehen fürchtete. Das Gebäude nebenan schien ihm ebenfalls zu gehören, denn der Mann drückte mit einer Selbstverständlichkeit die Tür auf, die mir zeigte, dass er schon öfter hier gewesen war.

Wir mussten Zeit gewinnen. Sebastian musste längst die Polizei gerufen haben. Wie lange brauchten sie, bis sie hier waren? Sicher nicht lang. Ich musste ihn hinhalten.

Die Angst verschwand langsam, wich zunehmender Wut auf diesen Mann, der versuchte, mein ganzes Leben zu zerstören. Mit der einen Hand stützte ich Karolina, die andere ballte ich in hilflosem Zorn zur Faust.

Andreas trat vor mir durch die Tür, im Rücken hatte ich Strohm.

Zeit, ich brauchte Zeit!

Wir orientierten uns, als das Licht aufflammte. Der Raum war eine große Lagerhalle, die offenbar nicht mehr genutzt wurde. Sperrmüll lag herum, umgestoßene Regale waren zur Seite geschoben, leere Eimer und Fässer standen im Raum verteilt. Eine an die Wand gelehnte Matratze zeugte davon, dass die Halle auch als Übernachtungsstätte gedient haben musste.

Am hinteren Ende gab es einen Container, wie sie in Lagerhallen öfter zu finden sind. Vermutlich handelte es sich um ein Büro.

Strohm griff nach einem Koffer, der am Boden neben der Tür stand, und schob uns weiter vor sich her. »Hol den Transporter, wir schaffen sie weg. Alle«, wies er den Türsteher mit schneidender Stimme an. »Und dann verschwinden wir. Die Schlampe hätte mir beinahe alles vermasselt. Das Geschäft wickeln wir nicht mehr hier ab.« Er warf einen bedauernden Blick auf den Koffer.

Wie im schlechten Film, durchzuckte es mich. Da stand der Koffer mit dem Drogengeld. Oder war es Blutgeld? Für den Kauf neuer Mädchen? Ich fragte mich, ob er mit der Schlampe Karolina oder mich gemeint hatte.

Hoffentlich kam bald die Kavallerie. Ich konnte nur beten, dass sie schon im Anmarsch waren.

Als Karolina sich umblickte, ging eine Verwandlung mit ihr vor sich. Ihre Augen weiteten sich, jeder Muskel in ihrem Körper schien sich anzuspannen, und sie begann hektisch zu atmen. Ich drückte ihren Arm, merkte aber, dass das nichts brachte. Sie bewegte sich keinen Zentimeter. Auch nicht, als ich ihr meine Nägel ins Fleisch grub. Sie atmete immer schneller, und ich hatte Angst, dass sie anfing zu hyperventilieren. Das war das Letzte, was in dieser Situation hilfreich war, wenn sie die Nerven verlor. Bei allem Verständnis, das ich für sie aufbringen konnte, jetzt musste sie sich zusammenreißen, wenn wir eine Chance haben wollten.

Niemand sonst schien meine Sorgen zu bemerken. Ich sah zu Andreas hinüber, versuchte, ihn durch bloße Willenskraft auf mich aufmerksam zu machen. Flehte ihn stumm an, herüberzusehen, während Karolina immer hysterischer wurde.

Dann entlud sich die ganze Spannung in einem markerschütternden Schrei, den sie ausstieß, und ich zuckte zusammen. Sie schnellte nach vorn, entriss mir ihren Arm und stürzte sich wie eine Furie auf Strohm.

Der war zu überrascht, um reagieren zu können. Da hatte Karolina ihre Hände auch schon in seinem Gesicht. Sie riss, zerrte und kratze, trat um sich, ohne Sinn und Verstand und ohne ein wirkliches Ziel.

Fässer wurden umgestoßen, der Inhalt ergoss sich über den Boden und hüllte die Umgebung in beißenden Gestank. Strohm knallte gegen ein Regal und riss die Pistole nach oben, versuchte, seinen Kopf zu schützen, den Karolina attackierte. Ein Schuss löste sich, Putz bröckelte von der Decke und die Pistole fiel auf den Boden und segelte über den Beton.

Ohne nachzudenken, machte ich einen Hechtsprung, knallte auf den Boden und bekam die Waffe zu fassen. Aus den Augenwinkeln sah ich Andreas heranfliegen, der sich auf Karolina stürzte, die mittlerweile Strohm zu Boden gerissen hatte und mit Fäusten bearbeitete. Er zerrte sie grob von ihm herunter und schubste sie weg. Dann packte er Strohm und riss ihn vom Boden hoch.

»Hast du die Waffe?« Seine Stimme ließ mir das Blut in den Adern gefrieren. Er schrie nicht, war aber trotzdem laut und hatte eine solche Autorität darin gepackt, dass ich zusammenzuckte. »Jule, die Waffe!«

»Scheiße, ja, ich habe sie«, flüsterte ich und richtete sie auf die beiden.

Andreas hatte Strohm im Polizeigriff und zerrte ihn grob in meine Richtung. Bei mir angekommen, stieß er sein Opfer von sich, dass er auf den Boden stürzte und ein Stück davon segelte. Gleichzeitig riss er mir die Pistole aus der Hand und richtete sie auf Strohm.

Karolina hatte aufgehört zu schreien. Mit offenem Mund stand sie mitten im Raum, und ihr Blick flog panisch zwischen uns hin und her. Andreas hielt Strohm in Schach, und ich ging zu ihr hinüber und nahm sie in den Arm.

Ich merkte, wie ich zitterte. Aber Strohms Gegenwart gab mir die nötige Kraft zurück. Er kauerte am Boden, inmitten der Flüssigkeit, die ausgelaufen war, und schnaufte. Es stank beißend nach Lösungsmitteln.

Aus seinem Gesicht war alle Farbe gewichen, auf den Wangen hatte er blutige Kratzer. Karolina hatte ganze Arbeit geleistet.

Ich musste mich schwer beherrschen, um nicht zu ihm

hinüberzugehen und ihm den Rest zu geben. Ich fühlte mich hin- und hergerissen. Im einen Moment rechnete ich mit dem sicheren Tod, im nächsten verspürte ich ein Hochgefühl, wie ich es selten erlebt hatte.

Da saß er, der Mörder meines Vaters. Er war erledigt.

»Du Schwein«, zischte ich und war enttäuscht, dass mir nichts Kreativeres über die Lippen kam. Auf diesen Moment hatte ich 14 Jahre lang gewartet. Und jetzt war er da, und mehr als »du Schwein« fiel mir nicht ein? Armselig.

Strohm sah auf, und ein hämisches Grinsen stahl sich auf sein Gesicht, für das ich ihm am liebsten die Faust auf die Nase gedonnert hätte.

Ich ballte die Hände. Wütend und gleichzeitig hilflos wünschte ich mir die Waffe zurück, die Andreas mir gerade abgenommen hatte. Mir rauschte das Blut in den Ohren, jetzt zitterte ich am ganzen Leib vor unterdrücktem Zorn und wildem Hass. Fokussierte mich auf Strohms Gesicht.

»Wir warten jetzt auf die Polizei. Alle zusammen.« Andreas' schneidende Stimme drang durch den Raum, und ich sah zu ihm hinüber. Bei seinem Anblick bekam ich Angst. Er war eine stumme Warnung.

Und mit einem Mal wich die Anspannung von mir, die Vernunft kehrte zurück. Er hatte es gewusst, bevor ich es auch nur geahnt hatte. Ich hätte Strohm umgebracht. Jetzt, auf der Stelle. Ohne Rücksicht auf die Konsequenzen. Wenn ich nur eine Waffe gehabt hätte.

»Jule?«, piepste ein dünnes Stimmchen vom Eingang, und ich riss mich von Strohms Anblick los. Da stand Leon in der Tür und sah mich mit schreckgeweiteten Augen an.

Wir realisierten die Situation im gleichen Moment. Andreas, Strohm und ich.

»Raus!« In Andreas Stimme hatte sich ein Anflug von Panik gemischt.

»Verschwinde!«, ich im gleichen Moment.

Strohm hatte den kürzesten Weg. Er sprang auf und riss den verdatterten Leon an sich, hielt ihn vor sich wie ein Schutzschild. Er ging seitlich zum Fensterbrett, ohne uns aus den Augen zu lassen. Andreas konnte unmöglich schießen. Strohm hatte plötzlich einen Schraubenzieher in der Hand und drückte ihn Leon an den Hals.

Mir stockte der Atem. Das durfte alles nicht wahr sein!

Karolina neben mir wimmerte, und ich schluckte hart, als ich in Leons angsterfülltes Gesicht blickte.

»Die Waffe weg!«

Die Stimme. Diese Stimme würde mich bis ans Ende meines Lebens verfolgen. Ich wollte schreien, aber kein Ton kam über meine Lippen.

Dann sah ich zu Andreas hinüber. Er wirkte gefasst, hielt die Waffe noch immer auf Strohm gerichtet. Machte noch nicht einmal Anstalten, sie sinken zu lassen.

Er war im Krieg. Im Krieg waren alle Opfer. Wenn man zu viel Gefühl investierte, war man erpressbar. Ein Soldat ließ sich nicht erpressen.

Mich überfiel die nackte Angst, und ich starrte ihn hilflos an. Er konnte Leon nicht opfern! Irgendwo in seinem Herzen hatte es einmal Platz für ein kleines Mädchen gegeben. Da konnte er doch jetzt nicht …

»Andreas.« Meine Stimme war eine einzige Bitte, ein Flehen. »Leg die Waffe weg. Bitte.«

Einen Moment herrschte angespanntes Schweigen, und ich dachte schon, er würde sich weigern. Dann senkte er langsam die Pistole und ließ sie neben seinem Bein auf den Boden gleiten.

Ich stieß die Luft aus, merkte erst jetzt, dass ich den Atem angehalten hatte.

»Zu mir. Los, schieb sie mit dem Fuß rüber.«

Nur zögerlich gab er der Waffe einen Schubs, und sie schlitterte über den Boden zu Strohm, der sich bückte und sie aufhob.

»Da waren wir doch schon einmal«, sagte er mit einem diabolischen Grinsen.

»Den Jungen«, verlangte ich und versuchte, die Angst in meiner Stimme zu verbergen.

»Der bleibt schön hier«, erwiderte Strohm und hielt Leon mit einem Arm fest. »Der ist meine Lebensversicherung. Und jetzt los, rüber da. Alle.« Er zeigte auf den Bürocontainer am hinteren Ende der Halle.

Keiner tat einen Schritt in die angezeigte Richtung. Wo blieb nur die Polizei? Sie konnten doch nicht ewig brauchen.

»Hört ihr schlecht? Los jetzt, rüber da!« Strohm fuchtelte mit der Pistole herum und schob Leon vor sich her.

Ich tauschte einen Blick mit Andreas. Wir hatten keine Wahl. Langsam setzten wir uns einer Prozession gleich in Bewegung und gingen hintereinander auf den Container zu.

»Aufmachen«, kommandierte Strohm.

Karolina drückte die Klinke nach unten, ihre Hand zitterte. Wie festgewachsen blieb sie vor der Schwelle stehen und rührte sich nicht. Ich legte ihr eine Hand ins Kreuz und drückte sie nach vorn. Es half nichts, wenn wir uns weigerten, wir brauchten Zeit.

Nacheinander betraten wir den Container. Als Letzter Strohm, der die Pistole nun an Leons Hals gedrückt hielt. Im Raum war es eng. Ein Schreibtisch und zwei Stühle standen darin, an der Wand ein Regal mit wenigen verbliebenen Aktenordnern.

»Rüber da, umdrehen.« Strohm deutete hinter den Schreibtisch. »Du, hierbleiben!«

Ich blieb stehen, während Karolina und Andreas den Schreibtisch umrundeten.

Ohne Leon loszulassen oder uns aus den Augen zu verlieren, öffnete Strohm die obere Schreibtischschublade und holte ein Bündel starke Kabelbinder hervor. Er reichte mir zwei. »Fesseln.« Mit dem Kopf deutete er auf Andreas.

Der hielt mir die Hände hin. Ich sah, dass er sie anspannte, und doch konnten wir nichts machen. Wortlos legte ich den Kabelbinder darum und schob das Ende durch die Lasche. Vorsichtig zog ich zu und hielt dann inne.

»Festziehen!«, herrschte Strohm mich an, und ich ruckte noch einmal daran.

Ich konnte nur hoffen, dass es nicht zu fest war und Andreas sich daraus befreien konnte. Dann wiederholte ich die Prozedur bei Karolina.

Strohm befahl den beiden, sich zu setzen, dann musste ich ihnen auch die Füße zusammenbinden.

»Und jetzt du«, verlangte er und bedeutete mir, mich auf den Boden zu legen. Es bereitete ihm sichtlich Freude, als er mir den Kabelbinder um die Handgelenke legte und mit einem Ruck zuzog. Am liebsten hätte ich ihm ins Gesicht gespuckt.

Dann war Leon dran, der sich neben mich auf den Boden kauerte und leise schluchzte, und schließlich kontrollierte Strohm die Fesseln von Karolina und Andreas noch einmal. Beide zog er nach, sie hatten keine Chance mehr, sich zu befreien.

Er stand auf und betrachtete zufrieden sein Werk. »Sehr schön.« Mit beinahe provozierender Langsamkeit holte er ein Päckchen Zigaretten aus der Tasche. Er sah mich unverwandt an, als er noch einmal in die Tasche griff und ein Feuerzeug hervorzog. Ein goldenes. In Form eines Goldbarrens.

Ich schluckte heftig, als ich das Feuerzeug erblickte, das ich so viele Jahre nicht gesehen hatte. Das Feuerzeug meines Vaters. Ich spürte, wie mir das Blut ins Gesicht stieg, und ich atmete heftig, um das Rauschen in meinen Ohren zu vertreiben.

Ein Laut bahnte sich meine Kehle hinauf, und ich stieß ein wütendes und gleichzeitig hilfloses Schluchzen aus. Er hatte es behalten. Eine Trophäe, die er aufgehoben hatte.

»Ich gehe jetzt eine rauchen«, verkündete er und lächelte mich an. Er wedelte mit dem Feuerzeug in meine Richtung. »Immer praktisch, wenn man ein Feuerzeug dabei hat.«

»Du Dreckschwein! Warum hast du das getan?«

Er zuckte mit der Schulter. »Dein Vater wollte nicht mitmachen. Dabei waren wir Freunde. Alles hätte so schön sein können. Aber er wollte ja aussteigen. Ich hatte keine Wahl.« Er sann einen Moment vor sich hin, dann sah er mich wieder an. »Und jetzt spuckst du mir mit den Mädchen in die Suppe. Eure Familie wird langsam zum echten Ärgernis. Naja, wenn Fred mit dem Wagen da ist, fahren wir in den Wald. Alle zusammen. Da könnt ihr Marta Gesellschaft leisten.«

Karolina wimmerte hinter mir, und Leon schluchzte immer lauter.

»Bitte«, sagte ich leise. »Lass wenigstens Leon gehen. Er kann doch überhaupt nichts dafür.«

»Kommt nicht infrage.«

Mit diesen Worten machte er kehrt und verließ den Container. Ich folgte ihm mit den Augen, sah durch das Fenster, wie er die Halle durchquerte. Dann verschwand er aus meinem Blickfeld.

Ich stieß ein wütendes Schnauben aus und konnte die Tränen nicht mehr zurückhalten. Wut und Hilflosigkeit rissen mich beinahe auseinander.

Der Moment dauerte nicht lang. Leon sah mit schreckgeweiteten Augen zu mir hoch. Reiß dich zusammen, redete ich mir zu. Die Polizei würde gleich hier sein, es konnte sich nur noch um wenige Augenblicke handeln. Wir würden hier herauskommen, und Strohm würde verhaftet werden.

Plötzlich drang gleißende Helligkeit zum Fenster herein. Unwillkürlich wandte ich den Blick in die Richtung. Dann hörte ich einen gellenden Schrei, der immer lauter anschwoll und in ein Brüllen mündete.

Leon neben mir schrie ebenfalls auf und warf den Kopf in meinen Schoß.

Draußen flackerte es hell auf, gleich darauf verglomm das Leuchten wieder. Das Brüllen jedoch ging weiter, es war ein unmenschliches Schreien. Gebannt starrte ich nach draußen, dann erkannte ich den Grund: Ein Mensch stand in Flammen, torkelte durch die Halle und brach schließlich zusammen. In dem Moment verstummte auch das Schreien, und die Stille schien fast noch unerträglicher. Ich wandte den Kopf ab und schloss die Augen.

Für einen Moment herrschte gespenstische Ruhe, dann

wurde die Eingangstür aufgerissen und Bewaffnete des MEK stürmten in den Raum.

Ich saß auf den Stufen eines Krankenwagens. Jemand hatte mir eine Decke und etwas zu trinken gereicht. Meine Schulter schmerzte, und auch die Beine taten mir weh, dass ich kaum noch stehen konnte. Wie viel davon dem Unfall geschuldet war und was den Ereignissen der letzten Stunden, wusste ich nicht zu sagen. In Summe war es zu viel gewesen.

Andreas musste sich aus dem Staub gemacht haben, nachdem er befreit worden war. Wie immer er das auch bewerkstelligt haben mochte bei dem Großaufgebot an Polizei. Mir war das ganz recht. Ein erneutes Aufeinandertreffen von ihm und Mark hätte ich heute nicht mehr verkraftet.

Karolina war ins Krankenhaus gebracht worden. Auch die anderen Mädchen wurden aus dem Gebäude geholt. Bei Strohm konnte der Notarzt nur noch den Tod feststellen. Als Karolina sich auf ihn gestürzt hatte, war ein Kanister mit Benzin umgefallen und hatte sich in breiter Fläche über den Boden ergossen. Strohm musste die Zigarettenkippe in die Pfütze geworfen und damit die Dämpfe in Brand gesetzt haben. Ironie des Schicksals, dass ausgerechnet Vaters Feuerzeug ihn entzündet hatte.

Ob ich nun endlich meinen Frieden finden würde? Ich fühlte mich leer, ausgebrannt.

Leon kauerte neben mir. Blaulicht erhellte die Nacht, um uns herum schwirrte es wie in einem Bienenschwarm. Ich hatte den Arm um ihn gelegt und drückte ihn fest an mich.

»Wo bist du eigentlich hergekommen?«, wollte ich wissen.

»Von zu Hause.«

»Das dachte ich mir schon.« Er wusste genau, was ich meinte. »Warum bist du hier?«

Leon druckste ein wenig herum. »Vom Polizeifunk. Es war doch so spannend, ich wollte wissen, was passiert. Und da habe ich von der Razzia erfahren.«

Mir fehlten die Worte.

»Und weil ich doch wusste, dass ihr auch da seid, bin ich hinterher.«

»Um Gottes willen, Leon! Welche Razzia?«

»Na, die haben rausgekriegt, wo die tote Frau gearbeitet hat. Ich wollte dich doch nur warnen. Damit du verschwindest und es nicht noch mehr Ärger gibt mit Mark. Sonst redet ihr gar nicht mehr miteinander.«

Mir brach fast das Herz bei seinen Worten.

»Und da habe ich gesehen, wie ihr alle da reingegangen seid. Ich wusste doch nicht, dass er eine Waffe hat.« Leon begann leise zu schluchzen, als ihn die Erinnerung einholte. Ich vergrub mein Gesicht in seinen Haaren und barg seinen Kopf an meiner Schulter.

»Das war sehr mutig von dir. Und unglaublich dumm. Du wusstest doch, dass Mark kommen würde.«

»Aber ich wollte doch zu dir.« Schluchzer schüttelten den kleinen Körper, und ich hielt ihn fest an mich gepresst.

Er brachte kein Wort mehr hervor. Mir graute, ihn bei seiner Mutter abliefern und ihr erzählen zu müssen, was geschehen war.

Mark trat auf uns zu, das Gesicht in sorgenvolle Falten gelegt, doch er brachte mich sofort wieder in Rage.

»Wo ist dein Gesangslehrer?«

»Er ist nicht mein Gesangslehrer, verdammt nochmal!«

Mit schief gelegtem Kopf sah er mich an, während ich ihn anfunkelte.

»Okay«, sprach er unvermittelt weiter. »Wo ist er?«

Ich zuckte mit der Schulter. War das jetzt wichtig? »Ich habe keine Ahnung.«

»Fred sagte etwas von einem Koffer, der fehlt.«

»Lass mich damit in Ruhe, ich habe keine Ahnung.« Woher sollte ich wissen, wo der Koffer hingekommen war? Ich war müde, wollte ins Bett. Konnte er nicht ein Einsehen mit mir haben? Nach allem, was ich durchgemacht hatte?

»Jetzt hört auf zu streiten«, mischte sich Leon ein und klang wie meine Mutter, wenn Sebastian und ich uns in den Haaren gelegen hatten.

Mark setzte sich auf meine andere Seite. Er berührte mich nicht. Aber ich fühlte mich in seiner vertrauten Nähe geborgen, und der Geruch seines Aftershaves weckte tröstliche Erinnerungen.

»Willst du es mir erzählen?«, fragte er nach geraumer Zeit.

»Ohne Protokoll? Nur unter uns zwei?« Ich musste sichergehen. Wollte nicht, dass irgendetwas an die große Glocke gehängt wurde, das da nicht hingehörte. Ich wollte kein Mitleid, nur meine Ruhe.

»Puh«, machte er. »Kommt darauf an, was du mir erzählst.«

»Das ist meine Bedingung. Nimm es oder lass es bleiben. Dann werde ich nie wieder ein Wort darüber verlieren.«

Mark schwieg lange Zeit. Es war kein unangenehmes Schweigen, und letztlich war es mir egal, welche Entscheidung er treffen würde.

Sebastian trat zu uns. Er war noch immer käsig im Gesicht. Obwohl er nicht miterlebt hatte, was geschehen war, war ihm die Sache an die Nieren gegangen. Ich bat ihn, Leon nach Hause zu bringen, weil ich ahnte, dass die Angelegenheit für mich noch nicht zu Ende war.

»Kommst du auch bald?«, fragte Leon, und ich nickte.

»Ich sollte mit deiner Mutter mal einen Kaffee trinken.« Und hoffen, dass mein Kopf anschließend noch auf den Schultern saß. »Vielleicht gehst du besser erst mal ins Bett, und wir reden morgen.«

Es war nicht fair von mir, Sebastian mit Leon nach Hause zu schicken, aber ich hatte noch zu tun. Und mit Barbara, die sicher einen berechtigten Aufstand machen würde, wollte ich mich heute Abend nicht mehr befassen. Dazu fehlte mir die Kraft. Die beiden trollten sich, und wir verfielen wieder in Schweigen.

»Okay«, sagte Mark schließlich, als ihm klar zu werden schien, dass mein Mund verschlossen bleiben würde. »Aber nur deshalb, weil ich hoffe, dass ich einiges zu verstehen beginne, was in letzter Zeit vorgefallen ist.«

»Strohm hat meinen Vater umgebracht. Ich war damals dabei. Ihr werdet dort drin das goldene Feuerzeug finden, das meinem Vater gehört hat. In Form eines Goldbarren. Naja, wenn noch etwas davon übrig ist. Strohm hat es ihm damals abgenommen, um einen Raubüberfall vorzutäuschen. In Wahrheit ging es um Drogengeschäfte. Mein Vater wollte nicht mitmachen.«

Mark hörte mir schweigend zu.

»Ich war dort, als es geschehen ist. Versteckt hinter einem Kleiderschrank. In der ›Hundskomödie‹ habe ich seine Stimme wiedererkannt.«

Mark starrte mich mit offenem Mund an. »Deswegen bist du so plötzlich aufgesprungen. Aber warum hast du mir das denn nicht gesagt? Was hast du nur mitgemacht. Und all die Jahre mit dir herumgeschleppt.«

Ich sah ihn mit einer Mischung aus Spott und Trauer an. »Damit du was getan hättest? Du hättest mir den Fall abgenommen. Außerdem war ich dann so wütend, als du dich mit Nicole getröstet hast.«

»Jule, sie ist meine Cousine. Wir haben uns ewig nicht gesehen, weil ich in Stuttgart war. Wir hatten nie viel Kontakt, weil unsere Eltern sich nicht besonders verstehen.«

»Dann ist sie nicht deine …?«

»Nein, ist sie nicht. Aber woher weißt du überhaupt, wie sie heißt?«

»Sie ist der Grund, dass ich mich von meinem Mann getrennt habe.«

»Oh …«

»Ja, oh …«

»Dein Drogenfall könnte übrigens auch gelöst sein. Dein Hintermann liegt tot in der Lagerhalle«, fuhr ich fort und deutete auf das Gebäude, in dem wir eben noch gewesen waren. »Ich vermute, dass er der Drahtzieher war, auf seinem Rechner ist eine Liste mit Namen und Telefonnummern. Er hatte sich ein ganzes Netz an Speditionen aufgebaut, die für ihn tätig gewesen sein könnten.«

Mark schüttelte den Kopf und starrte mich ungläubig an. »Ich verstehe nur Bahnhof«, gestand er. »Aber ich fürchte auch, dass es länger dauern wird. Vielleicht sollten wir das morgen klären und dich erst einmal ins Bett bringen. Du siehst ziemlich … mitgenommen aus.«

Das war charmant ausgedrückt, ich hätte deutlichere Worte gefunden.

»Kempf ist umgebracht worden«, sagte er in die Stille hinein. »Das hat die Obduktion ergeben.«

Ich war müde. Mit wackeligen Knien stand ich auf.

Mark wies einen Kollegen an, mich nach Hause zu bringen. »Was bist du nur für ein unglaublicher Dickkopf.«

SONNTAG

Gerade kam ich vom Frühstück bei Barbara und Leon zurück, schloss die Tür hinter mir und genoss die Stille in der Wohnung. Es würde noch lange Zeit dauern, ehe ich die Ereignisse der letzten Tage verarbeitet hatte und deren Auswirkungen realisierte. Ich horchte in mich hinein, versuchte, zu ergründen, ob der Tod von Strohm etwas in mir verändert hatte. Ich war mir nicht sicher. Meinen Vater würde es mir nicht zurückbringen. Aber ich hatte erwartet, dass die späte Vergeltung ein tieferes Gefühl der Befriedigung hinterlassen würde. Dabei fühlte ich nichts als Müdigkeit und Leere. Die Schlacht war geschlagen, der Krieg gewonnen. Und ich war platt.

Es grenzte an ein Wunder, dass Barbara mir den Kopf nicht abgerissen hatte. Aber schließlich hatten wir beide einsehen müssen, dass niemand damit hatte rechnen können, dass Leon seine Ausbildung zum Polizisten derart ernst nehmen würde. Wir hatten ihm ins Gewissen geredet, und er hatte wie ein Häuflein Elend die Standpauke über sich ergehen lassen. Das Funkgerät hatte Barbara konfisziert.

Ich wollte mir gerade ein Badewasser einlassen, als es an der Tür klingelte. Seufzend drehte ich den Hahn wieder zu.

Einen Moment betrachtete ich Andreas' hageres Gesicht durch den Spion, dann öffnete ich die Tür. Aus dunklen Augen und mit unbewegter Miene sah er mich an. Ich trat zur Seite und ließ ihn ein.

Er stand in der Küche, in der rechten Hand hielt er einen Koffer.

»Setz dich. Magst du einen Kaffee?« Ich merkte selbst, wie hoch und dünn meine Stimme klang.

Andreas schüttelte den Kopf. »Ich wollte nicht lange bleiben. Dir nur das geben.« Er hob den Koffer.

»Was ist das?«

»Das, was von Strohm übriggeblieben ist«, sagte er und stellte den Koffer auf den Tisch.

Der Verschluss schnappte auf, dann klappte er den Deckel nach oben. Ich sah nur Geldscheine. In einer Menge, die ich in meinem Leben noch nie gesehen hatte. Ich schlug mir die Hand vor den Mund und starrte den Koffer an.

»Ich finde, du solltest das bekommen.«

Mir fehlten die Worte. Mein Blick wanderte zwischen Andreas und dem Koffer hin und her. Dann trat ich einen Schritt nach vorn und schlug den Deckel zu.

»Nein. Nimm das mit, ich will das nicht.«

»Du musst das nicht jetzt entscheiden.«

»Habe ich aber bereits. Ich will nichts von ihm. Was soll ich damit?«

»Ich finde, du solltest ihn bekommen. Es liegt an dir, was du damit machst.«

»An dem Geld klebt Blut. Das will ich nicht in meiner Wohnung haben.«

»Du brauchst ein neues Auto«, erinnerte er mich.

»Bezahle ich schon.«

»Und wie?«

»Ist mir wurscht. Zur Not fange ich als Sängerin bei Lou an.«

Andreas prustete.

»Du hast das Geld gestohlen.« Ich funkelte ihn an.

»Ich habe es mitgenommen. Strohm kann es nicht mehr brauchen.«

»Wie bist du da überhaupt rausgekommen?«

»Prinzessin, ich bin schon aus ganz anderen Situationen herausgekommen. Übrigens habe ich gerade mit deinem Kommissar telefoniert.«

Ich sah ihn mit hochgezogenen Brauen an. »Wie kommt's? Ihr werdet doch nicht noch Freunde werden?«

»Bestimmt nicht. Fred hat letzte Nacht geredet wie ein Wasserfall. Strohm hat Kempf auf dem Gewissen, den Brandanschlag auf Nina verübt und den Mordanschlag auf dich.«

Damit hatte ich schon fast gerechnet.

Er reichte mir eine dicke Mappe, die in dem Koffer gelegen hatte.

»Was ist das?«

»Was ich über die ›Au-pair Agentur‹ zusammengetragen habe. Es sollte ausreichen, dass zumindest denen das Handwerk gelegt wird.«

Ich wusste, was er meinte. Sie waren wie eine Hydra. Schlug man ihr einen Kopf ab, wuchsen zehn andere nach. Ich blätterte ein bisschen in den Papieren. Andreas hatte ganze Arbeit geleistet. »Danke.«

»Ich muss los.«

»Vergiss den Koffer nicht«, erinnerte ich ihn, und er drehte sich noch einmal um.

»Danke«, sagte er einfach. »Für alles.«

Ich wusste nicht, was ich sagen sollte. Es fiel mir schwer, seinem Blick standzuhalten.

»Ich hatte nicht gedacht, dass ich jemals wieder …« Seine Stimme brach ab.

»Ich danke dir«, flüsterte ich zurück. »Ohne dich hätte ich das nicht durchgestanden.«

Er lehnte seine Stirn an meine und umfasste meinen Nacken mit seiner Hand. Einen langen Moment standen wir so da.

»Andreas, hast du …«

»Sch«, machte er und verschloss meine Lippen mit einem sanften Kuss.

Es war nur ein Moment, aber in dem spürte ich, dass Andreas ein Mann war, auf den ich mich auf ewig verlassen konnte. Uns verband etwas. Und im Grunde war die Antwort auf meine unausgesprochene Frage egal. Egal, wie sie gelautet hätte, es hätte zwischen uns gestanden.

»Freunde?«, flüsterte er.

»Freunde.«

Wenig später lag ich mit geschlossenen Augen in der Wanne. Genoss das warme Wasser und den Schaum auf meiner immer noch geschundenen Haut. Das Leben würde weiter gehen. Ich hatte das Gefühl, es damit aufnehmen zu können, auch wenn ich im Moment keinen konkreten Plan hatte.

Ich öffnete die Augen und mein Blick wanderte hinüber zum Waschbecken. Dort stand der Koffer. Der Deckel war geschlossen.

Ich lehnte mich wieder zurück und schloss die Lider.

ENDE

NACHWORT UND DANKSAGUNG

Bevor ich mich bei all den Personen bedanke, die mir beim Schreiben dieses Romans hilfreich zur Seite gestanden haben, möchte ich zunächst richtigstellen, dass ich in Sachen Abhören des Polizeifunks in Ulm die Uhr ein wenig zurückgedreht habe. Auch hier ist längst das digitale Zeitalter angebrochen, und somit muss ich jeden enttäuschen, der versuchen möchte, als Amateurfunker den Polizeifunk abzuhören.

Ein Buch zu schreiben bedeutet Arbeit, Schweiß und oft auch Frustration. Umso schöner ist es zu wissen, dass man nicht allein ist. Dass man Verwandte, Freunde und Bekannte hat, die helfen. Nicht nur in Sachfragen, auch mit moralischer Unterstützung stehen sie hilfreich zur Seite.

Bedanken möchte ich mich insbesondere bei meinen Mädels aus Bad Nauheim: Dorit Kostall, Gertraude Fydrich, Christine Giegerich und Christine Sylvester. Alles liebe Kolleginnen, die stets ein offenes Ohr für meine Sorgen hatten und speziell an diesem Wochenende mit Motivation nicht gespart haben. Das war klasse, Mädels, danke! Außerdem haben sie mir geholfen, eine delikate Szene ein wenig aufzupeppen. Gertraude Fydrich hat außerdem als Testleserin Zweifel aus dem Weg geräumt, die mir gründlich im Magen gelegen haben.

Meinem Bruder Daniel Ludwig danke ich für die ausführliche Rechtsberatung in Sachen Fahrerflucht und Anwendung von Jugendstrafrecht. Im Justizdschungel verirrt man sich als Laie leicht und stellt dann Manches aus Unwissenheit falsch dar. Mir ist es jedoch ein Anliegen, dass auch die kleinsten Details, und mögen sie noch so unbedeutend erscheinen, der Wahrheit entsprechen.

Jochen Kress danke ich für die ausführliche Hilfe beim Legen des entscheidenden Brandes. Er hat mir geholfen, umzusetzen, was mir für diese Geschichte wichtig war. Ohne ihn wäre das nicht möglich gewesen. Und auch hier kann ich sicher sein, dass die Details der Wahrheit entsprechen.

Im Rahmen meiner Lesungen für den 2. Band »Gefährlicher Rausch« habe ich aber auch neue Freunde gefunden. Nennen möchte ich hier Sabrina Cremer vom Blog »Bookwives«, die mir sofort mit Rat und Tat zur Seite stand. Wir hatten nicht nur eine tolle Wohnzimmerlesung bei ihr, die geradezu nach einer Wiederholung schreit, sie hat auch den Anfang probegelesen, um mir ein erstes Gefühl zu vermitteln.

Unterstützt bei meinen Lesungen haben mich wieder »echt | klang«. Danke, Manu und Micha, mit euch macht es doppelt Spaß, und ich hoffe, dass wir auch in Zukunft so viel Freude zusammen haben werden.

Aber auch in Ulm habe ich Hilfe erfahren. Zum einen von Margret Heilman vom Amtsgericht Ulm, zum anderen aber auch von Kaddy Mack-Gruhler für das Lesen und die Hilfe bis ins kleines Detail. Ich danke euch!

Monika Sulich hat mir einen Satz ins Polnische übersetzt und die Geschichte damit authentischer gemacht. Und meine Schriftsteller- und Montsegurkollegin Dorothea Bergermann hat ihr fundiertes Wissen in Sachen Computer und deren Sicherung beigesteuert.

Mein ganz besonderer Dank gilt wieder einmal meiner Kollegin Andrea Schacht. Diesmal für das Salz auf der Brezel, im wörtlichen wie im übertragenen Sinne. Zwar war ich nach dem Gespräch mit ihr fast am Verzweifeln, schlussendlich muss ich aber sagen, dass sie wieder einmal recht gehabt hat und die Geschichte somit um ein ganzes Stück besser geworden ist.

Und nicht zuletzt danke ich meinem Mann Thorsten und meinen beiden Kindern für ihre Geduld, wenn es einmal wieder hieß, »pst, Mami muss schreiben«.

Außerdem danke ich Ihnen, liebe Leserinnen und Leser, für die zahlreichen Rückmeldungen. Die allein sind es wert, alles auf sich zu nehmen. Und ich hoffe, Sie auch diesmal wieder gut unterhalten zu haben.

REZEPTE

Straußensteaks in Rotweinsoße mit Kartoffeln, Sour Cream und Blattsalat

Straußensteaks
Butterschmalz
1 Bund Suppengrün
2 Schalotten
2 EL Tomatenmark
ein wenig Zucker
250 ml Rotwein
100 ml Rinderfonds
Lorbeerblatt
Salz, Pfeffer
ein Stück kalte Butter
evtl. ein kleiner Schuss Sahne
gekochte festkochende Kartoffeln, abgekühlt

Die abgekühlten gekochten Kartoffeln schälen und in Scheiben schneiden. Die Scheiben sollten nicht zu dünn sein, sonst erhalten Sie trockene Kartoffelchips, aber auch nicht zu dick, sonst sind sie innen zu weich. Scheiben auf ein mit Backpapier ausgelegtes Backblech geben und mit Salz und Pfeffer würzen. Bei 170°C im Backofen 45–55 Minuten backen. Nach 30 Minuten wenden. Idealerweise sind die Kartoffelscheiben außen schön knusprig, während sie innen noch einen weichen Kern haben.

Die Straußensteaks waschen und trocken tupfen. Butterschmalz in einer Pfanne zerlassen und Steaks im heißen Fett auf jeder Seite 1-2 Minuten anbraten. Je nach gewünschtem Garpunkt, im Ofen ziehen lassen. Erst kurz vor dem Servieren salzen und pfeffern.

In der gleichen Pfanne das in Würfel geschnittene Suppengrün und die Schalotten kräftig anbraten. Das Tomatenmark hinzugeben und mitrösten. Den Zucker hinzufügen und karamellisieren lassen. Mit wenig Rotwein ablöschen und den Bratensatz vom Boden des Topfes lösen. Den Rest vom Rotwein, den Rinderfonds und das Lorbeerblatt hinzugeben und aufkochen lassen. Bis zur gewünschten Konsistenz einreduzieren lassen.

Die Soße durch ein Sieb geben und das Gemüse entfernen. Mit Salz und Pfeffer würzen und die kalte Butter darin zergehen lassen. Eventuell mit einem kleinen Schuss Sahne abrunden.

Für die Sour Cream

1 Becher saure Sahne
2 EL Schmand
Salz und Pfeffer
Zucker
evtl. nach Geschmack Curry, Cayennepfeffer, Knoblauch
gehackter Schnittlauch
alle Zutaten vermengen und glatt rühren.

Für die Balsamico-Vinaigrette

Salz
1 EL Balsamico-Essig
1 TL Senf
1 TL Honig
1 EL Walnussöl
2 EL Olivenöl
Pfeffer nach Geschmack

Salz so lange im Essig verrühren, bis es sich aufgelöst hat. Dann den Senf und den Honig hinzufügen und unterrühren. Nach und nach das Öl hinzugeben, bis die Vinaigrette emulgiert. Über den Salat geben und mit Pfeffer würzen.

Crème brûlée (für 8 Personen)

250 ml Milch
250 ml Sahne
3 Eier
125 g Puderzucker
1 Vanilleschote
8 EL Zucker zum Überbacken.

Vanillemark vorsichtig auskratzen und mit Milch, Sahne, Eiern und Puderzucker verrühren und auf acht flache, feuerfeste Förmchen verteilen. Diese in eine mit Wasser gefüllte Fettpfanne stellen und im vorgeheizten Backofen bei 150 Grad 35 Minuten garen, bis die Masse stichfest ist. Die Förmchen herausnehmen, abkühlen lassen und am besten über Nacht in den Kühlschrank stellen. Kurz vor dem Servieren wird die Crème mit Zucker bestreut. Pro Förmchen ungefähr einen Esslöffel Zucker. Im vorgeheizten Grill überbacken. Wer hat, kann dazu auch ein Flambiergerät verwenden. Wenn der Zucker geschmolzen ist und Bräunung annimmt servieren.

Kettensägenmassaker

6 cl brauner Rum
3 cl Zitronensaft
2 cl Kiwisirup
4 cl Ananassaft

Die Säfte mit Rum mischen, im Shaker mixen und auf Crushed Eis in einem hohen Gefäß servieren. Der Verzierung sind keine Grenzen gesetzt, so kann man in ein Stück Melone beispielsweise Zähne schneiden und mit Preiselbeersirup das Glas verzieren.

GLOSSAR

Jule Flemming (28): Vom Leben und der Liebe enttäuschte Privatdetektivin mit Anpassungsschwierigkeiten. Getrieben vom unbedingten Willen, den Mörder ihres Vaters zur Strecke zu bringen.

Jules Familie

Elisabeth Flemming (47): Jules Mutter. Freischaffende Künstlerin mit Hang zu Übernatürlichem.

Fritz Flemming (vor 14 Jahren verstorben): Jules Vater. Entertainer und Hypnotiseur, Opfer eines Mörders, dessen Stimme Jule gehört hat. Sie sucht ihn noch immer.

Sebastian Flemming (23): Jules kleiner Bruder. Zieht Schwierigkeiten magisch an, aus denen Jule ihn ein ums andere Mal herauspauken muss, ist aber ein begnadetes Computergenie.

Jules Jazz-Familie

Gregor »Lou« Falke (45): Hysterischer, übergewichtiger Besitzer des Jazz-Kellers, der mit seinen Smokings und Hüten wie eine zu klein geratene Kopie von Lou Bega daher kommt. Im Dauer-Liebes-Stress mit Freund Hannes.

Fanny Mahler (23): Bedienung im Jazz-Keller, die ihren Traum von der Ausbildung zur Kosmetikerin noch nicht begraben hat. Mit Jule verbindet sie mehr als nur das schlechte Verhältnis zu Cosima.

Cosima Ziegler (32): Singender Vamp im Jazz-Keller, der ständig seine Wirkung auf andere probt und dabei nicht nur bei Jule aneckt. Hat ein kleines wohlgehütetes Geheimnis.

Andreas (38): Schweigendes Geheimnis des Jazz-Kellers mit großer, ständig sabbernder rotbrauner Dänischen Dogge, die auf den zarten Namen »Flocki« hört. Keiner weiß, wo er herkommt und was er macht, doch sein Blick verursacht Gänsehaut.

Jules Arbeit

Werner Simon (51): Jules Arbeitgeber und Inhaber der »Privatdetektei Simon«. Er hat sie in größter Not aufgefangen und ihr eine Zukunft gegeben. Gutmütiger Brummbär, der gefährlicher wird, je leiser seine Stimme wird.

Anna Jost (53): Einsame Herrscherin über das Chaos in der Detektei, die einen ständig pupsenden Dackel und einen Rocker mit Motorrad ihr Eigen nennt.

Wer sonst noch etwas mit Jule zu tun hat

Mark Heilig (30): Früher ein Weiberheld, jetzt Kriminalkommissar. Seinem Charme wäre Jule während ihrer gemeinsamen Ausbildung beinahe erlegen. Jetzt freuen sich beide auf das Wiedersehen. Und fürchten es mindestens ebenso sehr.

Jochen Eigner (30): Jules Ex-Kollege von der Polizei, der schon damals wusste, dass mehr hinter ihrer unnahbaren Art stecken muss. Sieht dem Geplänkel zwischen Jule und Mark amüsiert zu.

Conny Schmied (28): Jules beste Freundin, mit Mann, zwei Kindern und Haus. Conny sehnt sich manchmal nach Jules Freiheit, Jule wünscht sich insgeheim die Geborgenheit in Connys Familie.

Leon Master (8): Jules kleiner Freund, der mit seiner Mutter Barbara in die Wohnung unter Jule eingezogen ist. Er fällt nicht nur durch seine Intelligenz auf, sondern auch dadurch, dass er beinahe unheimlich viel sieht und hört.

Weitere Krimis finden Sie auf den folgenden Seiten und im Internet:

WWW.GMEINER-SPANNUNG.DE

KATRIN RODEIT
Gefährlicher Rausch

978-3-8392-1571-5 (Paperback)
978-3-8392-4431-9 (pdf)
978-3-8392-4430-2 (epub)

»Nichts ist, wie es scheint. Und der Kriminalkommissar Mark Heilig treibt Jule Flemming fast in den Wahnsinn …«

Privatdetektivin Jule Flemming soll ermitteln, wer der Tochter des Bürgermeisteranwärters die Vergewaltigungsdroge GHB ins Getränk gemischt hat. Doch sie stößt auf eine Mauer des Schweigens. Wer verbirgt was? Nichts scheint zu sein, wie es ist, und Jule wird selbst Opfer eines feigen Anschlages. Was verbirgt der Kriminalkommissar Mark Heilig? Dann verschwindet der Hauptverdächtige. Und plötzlich nimmt alles an Fahrt auf, aber in eine ganz andere Richtung …

ANGELIKA GODAU
Granny, ein Mord und ich

978-3-8392-1727-6 (Paperback)
978-3-8392-4717-4 (pdf)
978-3-8392-4716-7 (epub)

»Wenn ›Granny‹ und ihre Ur-Ur-Enkelin Sabrina sich zusammentun, um einen Mord aufzuklären, dann ist das dramatisch, lustig und macht absolut süchtig.«

Einbrecher! Dieser Gedanke lähmt die 34-jährige Journalistin Sabrina, als sie aufwacht und eine Fremde in ihrem Schlafzimmer sitzen sieht. Als diese dann auch noch behauptet, ihre Ur-Ur-Großmutter zu sein, ist sie sicher, über Nacht den Verstand verloren zu haben. Dabei will ›Granny‹ doch nur Hilfe bei der Aufklärung des ungefähr 145 Jahre zurück liegenden Mordes an ihrem geliebten Kabinettsminister. Dazu müssen sich die beiden völlig unterschiedlichen Frauen zusammenraufen, und ›Granny‹ gefällt fast nichts an der modernen Zeit.

SIGRID HUNOLD-REIME
Zweite Chance am Deich

978-3-8392-1723-8 (Paperback)
978-3-8392-4709-9 (pdf)
978-3-8392-4708-2 (epub)

»Kann man seiner Jugendliebe verzeihen, wenn sie etwas Unaussprechliches getan hat?«

Anne, Tomke Heinrichs Freundin, reist zu ihr in die Pension, um besser schreiben zu können. Für die einsame Tomke ein Geschenk des Himmels. Sie ist gerade auf dem besten Weg, ihrem Exgeliebten Paul erneut zu verfallen. Aber Anne und Tomke haben bald ganz andere Probleme. Sophie, eine Kellnerin im Restaurant »Leuchtfeuer«, sucht bei ihnen Zuflucht. Ihre Jugendliebe ist an ihrem Arbeitsplatz aufgetaucht und will sich mit ihr treffen. Aber kann man dem Mann, der einen Menschen auf dem Gewissen hat, verzeihen? Tomke leistet Schützenhilfe und bringt damit sich und Anne in Gefahr.

GMEINER SPANNUNG

WWW.GMEINER-VERLAG.DE
Wir machen's spannend